Wn G1Q(12,80) 4.95

DuMont's Bibliothek des Phantastischen

Meisterwerke der phantastischen Literatur

Vernon Lee (eigentlich Violet Paget, *1856 Boulogne, †1935 Florenz), ausgezeichnete Kennerin der italienischen Kunst und Kultur, Mittelpunkt eines Zirkels von Künstlern und Intellektuellen, die sie in ihrer Villa bei Florenz empfing, verfaßte neben phantastischen Erzählungen zahlreiche Essays, Reisebeschreibungen und eine bis heute bedeutsam gebliebene Kunst- und Kulturgeschichte Italiens im 18. Jahrhundert.

Herausgegeben von Frank Rainer Scheck

Vernon Lee

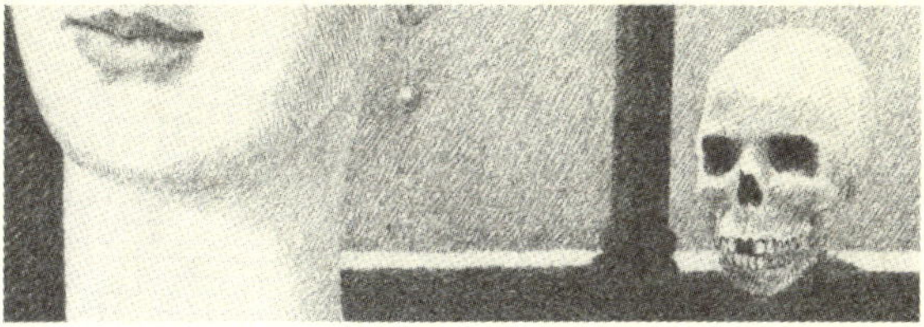

Amour dure

Unheimliche Erzählungen

DuMont Buchverlag Köln

CIP-Titelaufnahme der Deutschen Bibliothek

Lee, Vernon:
Amour dure. Unheimliche Erzählungen / Vernon Lee
– Köln : DuMont 1990
(DuMont's Bibliothek des Phantastischen ; 3002)
ISBN 3-7701-2568-1

Umschlagmotiv von Willi Glasauer
Aus dem Englischen von M. von Berthof und Susanne Tschirner

Redaktion: Irene Martschukat
Satz: Fotosatz Froitzheim, Bonn
Druck und buchbinderische Verarbeitung: Boss-Druck, Kleve

Printed in Germany ISBN 3-7701-2568-1

Inhalt

Amour dure

Auszüge aus dem Tagebuch des Spiridion Trepka

Urbania, 20. August 1885

Seit Jahren und Jahren hatte ich danach gestrebt, in Italien zu leben, mich von Angesicht zu Angesicht der Vergangenheit gegenüber zu befinden. Aber, war das Italien, das die Vergangenheit? Ich hätte weinen, ja, vor Enttäuschung wahrhaftig weinen mögen, als ich mich zum erstenmal in Rom herumirrend fand, in meiner Tasche eine Einladung zum Diner auf der Deutschen Botschaft und mir auf den Fersen drei oder vier Wandalen aus Berlin und München, die mich belehrten, wo das beste Bier und das beste Sauerkraut zu finden wären und was der letzte Artikel von Grimm oder von Mommsen behandelte.

Ist es Wahnsinn? Ist es Lüge? Bin ich nicht selbst das Produkt der modernen Zivilisation des Nordens; danke ich nicht selbst meine Anwesenheit in Italien diesem sehr modernen wissenschaftlichen Wandalismus, der mir ein Reisestipendium beschert hat, weil ich ein Buch geschrieben habe, ganz ähnlich allen anderen abscheulichen Büchern voller Gelehrsamkeit und Kunstkritik? Und noch mehr, bin ich nicht hier in Urbania unter der formellen Bedingung, in einer bestimmten Anzahl von Monaten ein durchaus ähnliches Werk zu schaffen? Bildest du dir etwa ein, du armer Spiridion, du, ein Pole, der es dahin gebracht hat, einem pedantischen Deutschen zu gleichen, Doktor der Philosophie, ja sogar Professor, gekrönter Autor eines Essays über die Tyrannen des fünfzehnten Jahrhunderts zu werden, bildest du dir etwa ein, mit deinen ministeriellen Briefen und deinen Druckfahnen in den Taschen deines schwarzen Professorenrockes, daß du jemals auch nur das geringste Verständnis gegenüber dieser Vergangenheit haben könntest? Es ist leider nur zu wahr! Aber ich will es wenigstens von Zeit zu Zeit vergessen, wie ich es heute Nachmittag vergaß, als weiße Ochsen langsam meine Kutsche durch endlose Täler an endlosen Gebirgsabhängen entlang, in deren Tiefen der unsichtbare Strom brauste, dahinzogen, weit und breit nichts als die grau und rötlich schimmernden starren Bergspitzen, bis zu dieser von der Welt vergessenen Stadt Urbania, die mit ihren Türmen und Zinnen an der hohen Kette der Apenninen hängt. Sigillo, Penna, Fossombrone, Mercatello, Montemurlo – jeder einfache Dorfname, den mir der Kutscher nannte, weckte in meinem Geiste die Erinnerung an irgendeine Schlacht oder irgendeinen großen Verrat vergangener Zeiten. Und als nun allmählich die hohen Berge die untergehende Sonne verdeckten, bloß einen düsteren, rötlichen Streifen hinter den Türmen und Kuppeln der auf einem Gipfel schwebenden Stadt hinterlassend, als die Täler sich mit bläulichen Schatten und Nebeln füllten, als der Klang der Kirchenglocken von Urbania über den Abgründen schwebte, da erwartete ich fast bei jeder Wendung des Weges einen Trupp von Rittern heraufgaloppieren zu sehen, mit spitzen Helmen, spitzen Schuhen, in glänzendem Waffenschmuck, im Lichte der untergehenden Sonne, überweht von leuchtenden Fahnen. Dann, es sind kaum zwei Stunden her, betrat ich die Stadt beim Einbruch der Nacht, streifte durch ihre verödeten Gassen, die hier und da von einer schwelenden Lampe vor einem Reliquienschrein oder vor einem Obststand erhellt wurde, oder auch von der Feuerglut, die aus dem Dunkel einer Schmiede hervorleuchtete, vorüber an den Zinnen und

Fialen des Palastes. – Ja, das, das war Italien, das war die Vergangenheit!

21. August

Aber das ist zweifellos die Gegenwart! Vier Einführungsschreiben überreichen und eine Stunde höflicher Unterhaltung mit dem Unterpräfekten, dem Syndikus, dem Archivdirektor und dem einfältigen Menschen, an den mich mein Freund Max wegen der Wohnung gewiesen hatte, aushalten müssen . . .

22.–27. August

Fast den größten Teil des Tages in den Archiven zugebracht und fast die ganze Zeit bis zur Verzweiflung von dem Direktor gelangweilt worden, der heute dreiviertel Stunden lang, ohne Atem zu schöpfen, die Kommentare des Aeneas Sylvius deklamierte. Ich entfliehe diesem Martyrium, indem ich lange Spaziergänge durch die Stadt mache. (Welches sind die Empfindungen eines ehemaligen Rennpferdes, das vor einen Mietwagen gespannt wird? Wenn man sich sie vorzustellen vermag, so sind es dieselben wie die eines Polen, der in einen preußischen Professor verwandelt wurde.)

Die Stadt, eine Handvoll großer, schwarzer Häuser, auf einem Berggipfel willkürlich durcheinandergewürfelt, von dem die engen, langen Gassen niedersteigen wie die Rutschbahnen, die wir in unserer Jugend von den kleinen Anhöhen niedergehen ließen, und in ihrer Mitte das herrliche Bauwerk aus roten Ziegelsteinen mit seinen Zinnen und Türmchen, der Palast des Herzogs Ottobuono, aus dessen Fenstern man die See mit ihren Strudeln und düstere, graue Berge überblickt. Die Bewohner, das sind gebräunte Männer mit wirren Bärten; reiten wie Straßenräuber in ihren grün gefütterten Mänteln lässig auf ihren langhaarigen Maultieren; oder junge schwarzbraune Männer mit ernsten Mienen, ähnlich den *bravis* auf den Fresken des Signorelli, schlendern müßig dahin. Schöne kleine Knaben mit vorliegenden Augen, wie junge Raffaels, und kräftige Frauen, Madonnen gleich oder heiligen Elisabeths, die Sandalen fest an die Füße gebunden, die Kupferkrüge auf den Köpfen, steigen die abschüssigen Gassen auf und ab. Ich spreche nicht mit diesen Leuten – aus Furcht, meine Illusionen zerstört zu sehen. An einer Straßenecke, dem schönen Portikus des Francesco di Giorgio gegenüber, gibt es ein blau und rotes Plakat, das einen vom Himmel herabsteigenden Engel darstellt, der Elias Howe zum Lohn für seine Nähmaschine krönen kommt; die Beamten der Unterpräfektur, die in demselben Gasthaus wie ich speisen, politisieren wie rechte Unruhestifter: Minghetti, Cairoli, Tunis, Soldaten usw. und singen Bruchstücke aus »La fille de Madame Angot«, welche Operette man, wie ich vermute, erst kürzlich hier aufgeführt hat.

Die Einheimischen anzusprechen scheint also ein gefährliches Unternehmen, meinen vortrefflichen Wirt, den Signor Notaio Porri, vielleicht ausgenommen, der ebenso gebildet ist und beträchtlich weniger Tabak schnupft (oder richtiger ihn viel öfter von seinen Kleidern abschüttelt) als der Archivdirektor.

Ich vergaß zu bemerken (und ich glaube, ich sollte es tun, in der eitlen Hoffnung, daß diese Bruchstücke, wie ein vertrockneter Olivenzweig oder eine dreiarmige toskanische Lampe auf meinem Arbeitstisch in diesem hassenswerten Babylon Berlin, meinem Geiste die Erinnerung an diese glücklichen italienischen Tage zurückbringen werden!), ich vergaß zu bemerken, daß ich im Hause eines Antiquitätenhändlers wohne. Mein Fenster geht nach der Hauptstraße, an deren Ende sich Merkur auf einer kleinen Säule erhebt zwischen den Zelten und Portiken des Marktplatzes. Wenn ich mich über die verrotteten Vasen und die Kästen voll Basilikum, Nelken und Chrysanthemen hinausbeuge, kann ich die Ecke eines Palasttürmchens und das verschwommene Ultramarin einer fernen Hügelkette erblicken. Das Haus, das nach rückwärts senkrecht auf den Hohlweg führt, ist ein originelles, völlig schwarzes Bauwerk. In den geweißten Zimmern hängen Bilder von Raffael, il Francia und Perugino, die mein Wirt regelmäßig in den Gasthof trägt, sooft Fremde erwartet werden. An den Wänden stehen alte, geschnitzte Stühle und Sofas im Empirestil, vergoldete und eingelegte Hochzeitstruhen und Schränke, die Stücke alten Damasts und gestickte Altardecken enthalten und im ganzen Haus einen Geruch von Moder und altem Weihrauch verbreiten. Das Ganze wird überwacht von drei alten Jungfern, den Schwestern des Signor Porri – Sora Serafina, Sora Ludovica und Sora Adalgisa: die drei Parzen in Person, ihre Spinnrocken und schwarzen Katzen mit inbegriffen.

Sor Asdrubale, wie mein Wirt genannt wird, ist auch Notar. Er trauert der päpstlichen Regierung nach, da er einen Vetter hatte, der Schleppenträger eines Kardinals war, und glaubt daran, daß man, wenn man nur einen Tisch für zwei deckt, darauf vier Kerzen stellt, die aus dem Fett eines Toten gegossen sind, und dabei gewisse Bräuche vollzieht, über die er sich selbst nicht ganz klar ist, am Heiligen Abend und auch an gewissen anderen Abenden San Pasquale von Babylon herbeirufen kann, der dann die Gewinnzahlen der Lotterie auf den angeräucherten Grund eines Tellers schreibt, wenn man ihn denn vorher auf beide Backen geohrfeigt und drei Ave Maria gebetet hat. Die Schwierigkeit liegt nur darin, sich das Fett von Toten zu verschaffen, und auch, den Heiligen zu ohrfeigen, ehe er wieder verschwindet.

»Denn wäre das nicht«, sagt Sor Asdrubale, »oh! dann hätte die Regierung schon seit langer Zeit die Lotterie aufgehoben!«

9. September

Dieser Geschichte von Urbania fehlt es nicht an einer romantischen Seite, obgleich sie (wie gewöhnlich) von unseren Altertumsforschern vernachlässigt wurde. Schon bevor ich hierher kam, fühlte ich mich durch eine sonderbare Frauengestalt angezogen, die mir in den ziemlich trockenen Blättern über diese Stadt, den Berichten von Gualtiero und dem Padre de Sanctis, begegnet war. Diese Frau ist Medea, Tochter des Galeazzo IV. Malatesta, Herrn von Carpi, in erster Ehe die Gattin des Pierluigi Orsini, Herzog von Stimigliano, und in zweiter Ehe mit Guidalfonso II., Herzog von Urbania, dem Vorgänger des großen Herzogs Robert II., vermählt.

Die Geschichte dieser Frau und ihr Charakter erinnern an Bianca Cappello und gleichzeitig auch an Lucrezia Borgia. Geboren im Jahre 1556, wurde sie im Alter von zwölf Jahren mit einem Vetter, einem Malatesta aus der Familie der Rimini, verlobt. Da diese Familie viel von ihrem Rufe eingebüßt hatte, wurde das Eheversprechen gebrochen, und ein Jahr darauf ward ihre Hand einem Mitgliede der Familie Pico gewährt; sie wurde ihm *per procura* im Alter von vierzehn Jahren angetraut. Da aber diese Verbindung weder ihren eigenen noch den Ehrgeiz ihres Vaters befriedigte, so wurde sie unter dem einen oder anderen Vorwand für null und nichtig erklärt, und man ermutigte die Bewerbung des Herzogs von Stimigliano, eines großen umbrischen Lehnsherrn aus der Familie Orsini. Doch der Bräutigam Giovanfrancesco Pico sträubte sich dagegen, sich zu unterwerfen, verteidigte sein Recht vor dem Papst und versuchte seine Braut, in die er über alle Maßen verliebt war, gewaltsam zu entführen, denn die junge Frau war sehr schön, sehr gut und sehr liebenswürdig, wie eine alte Chronik von unbekannter Hand besagt. Pico lauerte ihrer Sänfte auf, als sie in eine der Villen ihres Vaters getragen wurde, und brachte sie auf sein Schloß nahe bei Mirandola, wo er sie ehrfürchtig anbetete und behauptete, daß er das Recht habe, sie als seine Gattin anzusehen. Doch die junge Frau entfloh, indem sie sich an einem aus Leintüchern geknüpften Seil in den Graben hinunterließ, und Giovanfrancesco Pico wurde mit einem Dolch in der Brust aufgefunden, getötet von der Hand der Madonna Medea da Carpi. Er war ein schöner junger Mann, der nur achtzehn Jahre zählte.

Als Pico so aus der Welt geschafft und die Ehe mit ihm durch den Papst für null und nichtig erklärt war, wurde Medea da Carpi mit großem Pomp dem Herzog von Stimigliano vermählt und folgte ihm auf seine Güter bei Rom.

Zwei Jahre darauf wurde Pier Luigi Orsini von einem seiner Stallknechte auf seinem Schloß Stimigliano nahe Orvieto erschlagen. Der Verdacht fiel auf seine Witwe, besonders weil sie unmittelbar nach dem Ereignis den Mörder von zwei Dienern in ihrem eigenen Zimmer töten ließ. Doch nicht, bevor dieser erklärt hatte, daß sie ihn durch das Versprechen ihrer Gunst zu dem Totschlag bewogen habe. Die Lage war für Medea da Carpi so unhaltbar, daß sie nach Urbania floh, um sich dem Herzog Guidalfonso II. mit der Behauptung zu Füßen zu werfen, daß sie den Stallknecht nur deshalb habe töten lassen, um sich für die Verleumdung, durch die er ihren Ruf angetastet hätte, zu rächen, und daß sie am Tod ihres Gatten vollkommen unschuldig wäre. Die wunderbare Schönheit der Witwe des Herzogs von Stimigliano, die erst 19 Jahre alt war, verdrehte dem Herzog von Urbania vollständig den Kopf. Er legte den vollsten Glauben an ihre Unschuld an den Tag, verweigerte es, sie den Orsinis, den Verwandten ihres verstorbenen Gemahls, auszuliefern, und wies ihr die prächtigen Gemächer im linken Flügel des Schlosses an, worunter sich auch der Saal mit dem berühmten Kamin befand, der mit Amoretten in Marmor auf blauem Grunde geziert ist. Guidalfonso verliebte sich leidenschaftlich in seinen schönen Gast. Bis zu diesem Augenblick war er schüchtern und von gütiger Art gewesen; jetzt begann er öffentlich, seine Gattin Maddalena Varano de Camerino zu vernachlässigen, mit der er, obgleich kinderlos, bis dahin im vortrefflichsten Einvernehmen gelebt hatte. Nicht nur, daß er die Mahnungen seiner Räte und seines Souveräns, des Papstes, mit Verachtung behandelte, er ging so weit, Maßnahmen zu treffen, um seine Gattin unter dem vollkommen erfundenen Vorwand schlechter Aufführung zu verstoßen. Die Herzogin Maddalena, unfähig, diese Behandlung zu ertragen, flüchtete sich in das Kloster der Barfüßlerinnen von Pesaro, wo sie dahinsiechte, während Medea da Carpi, an ihrer Stelle in Urbania herrschend, den Herzog Guidalfonso in Streitigkeiten verwickelte, sowohl mit den mächtigen Orsinis, die fortfuhren, sie des Mordes an Stimigliano zu zeihen, wie mit den Varanos, den Verwandten der unglücklichen Herzogin Maddalena; bis schließlich im Laufe des Jahres 1576 der Herzog von Urbania ganz plötzlich und nicht ohne verdächtige Umstände Witwer wurde und Medea da Carpi zwei Tage nach dem Tod seiner unglücklichen Gemahlin heiratete.

Kein Kind entsproß dieser Ehe. Aber die Tollheit des Herzogs Guidalfonso ging so weit, daß die neue Herzogin ihn dazu bringen konnte, die Thronfolge des Herzogtums auf ihren Sohn aus ihrer Ehe mit Stimigliano, den jungen Bartolomeo, zu übertragen, den aber die Orsinis als solchen verleugneten, indem sie erklärten, er wäre das Kind jenes Giovanfrancesco Pico, dem Medea durch Prokuration angetraut gewesen war und den sie, wie sie sagte, in

Verteidigung ihrer Ehre umgebracht hatte. Diese Ernennung eines Fremden und Bastards zum Nachfolger des Herzogs von Urbania (zu der man mit großer Mühe die Zustimmung des Papstes erlangt hatte) geschah auf Kosten der angestammten Rechte des Kardinals Robert, des jüngsten Bruders Guidalfonsos.

Im Mai 1579 verstarb der Herzog Guidalfonso ganz plötzlich und geheimnisvoll. Medea hatte allen den Zutritt zu seinem Gemach verweigert aus Furcht, daß er auf seinem Sterbebett bereuen und seinen Bruder in die ihm zustehenden Rechte wieder einsetzen möchte.

Die Herzogin ließ alsbald ihren Sohn Bartolomeo Orsini zum Herzog von Urbania und sich selbst zur Regentin proklamieren. Darauf bemächtigte sie sich mit Hilfe einiger skrupelloser junger Männer, besonders eines Kapitäns Oliverotto da Narni, den die schlechte Welt für ihren Geliebten ausgab, der Zügel der Regierung mit ebenso außerordentlicher als furchtbarer Kraft und setzte gegen die Varano und die Orsini ein Heer in Bewegung, durch das sie bei Sigillo geschlagen wurden. Auch vernichtete sie mitleidslos jeden einzelnen, der die Rechtmäßigkeit der Nachfolge anzuzweifeln wagte. Inzwischen reiste Kardinal Robert, der aus der Kutte gesprungen war und sein Gelübde gebrochen hatte, in Rom, der Toskana und Venedig herum – ja er ging sogar so weit, die Hilfe des Kaisers und des Königs von Spanien gegen den Usurpator zu erflehen. In einigen Monaten brachte er es zuwege, die Sympathien für die Herzogin-Regentin zu untergraben. Der Papst erklärte feierlich die Nichtigkeit der Nachfolge des Bartolomeo Orsini und proklamierte Robert II. zum Herzog von Urbania und Grafen von Montemurlo. Der Großherzog der Toskana und die Venezianer sagten heimlich ihre Unterstützung zu, doch nur in dem Falle, daß Robert seine Rechte mit bewaffneter Hand geltend machen sollte.

Nach und nach gingen, eine nach der anderen, alle Städte des Herzogtums zu Robert über, und Medea da Carpi sah sich in der Festung der Berge von Urbania so eingeschlossen wie ein Skorpion, den die Flammen umzingeln. (Dieser Vergleich stammt nicht von mir, er gehört dem Raffaello Gualtiero, dem Historiographen Robert des II.) Aber darin war Medea dem Skorpion unähnlich, daß sie sich weigerte, ihrem Leben ein Ende zu machen. Es ist höchst merkwürdig, wie sie ohne Mittel, ohne Verbündete ihre Feinde so lange in Schach zu halten vermochte. Gualtiero schrieb dieses Wunder den verhängnisvollen Reizen zu, die schon den Tod des Pico und des Stimigliano herbeigeführt und aus dem bis dahin so redlichen Guidalfonso einen Nichtswürdigen gemacht hatten und die so groß waren, daß sich unter all ihren Liebhabern kein einziger fand, der nicht bereit gewesen wäre, für sie zu sterben, selbst nachdem er Undank erfahren hatte und durch einen Nebenbuhler ersetzt worden war; eine Macht, die Messer Raffaello Gualtiero kurzweg dem Einfluß der Hölle zuschreibt.

Endlich trug der Ex-Kardinal Robert den Sieg davon und zog im November 1579 triumphierend in Urbania ein. Seine Thronbesteigung war durch Milde und Mäßigung gekennzeichnet. Kein Mensch fand den Tod, außer Oliverotto da Narni, der sich auf den neuen Herzog stürzte, um ihn zu erdolchen, als dieser vor dem Palast dem Wagen entstieg. Ihn töteten die Leute des Herzogs, während er mit erlöschender Stimme noch rief: »Orsini, Orsini! Medea! Medea! Es lebe der Herzog Bartolomeo!«, obwohl man sagte, daß die Herzogin ihn schmachvoll behandelt hätte. Der kleine Bartolomeo wurde zu den Orsinis nach Rom geschickt, die Herzogin wurde achtungsvoll in die Grenzen des linken Palastflügels gewiesen.

Man erzählt, daß sie hochmütig den neuen Herzog zu sehen verlangte, doch dieser schüttelte den Kopf und zitierte mit seiner priesterlichen Miene einen Vers von Ulysses und den Sirenen. Es ist bemerkenswert, daß er sich hartnäckig weigerte, sie zu sehen, und eines Tages, als die Herzogin unverhofft sein Zimmer betrat, es ungestüm verließ. Mehrere Monate darauf wurde eine Verschwörung gegen das Leben des Herzogs Robert entdeckt, die ganz gewiß von Medea angezettelt worden war. Doch der Angeklagte, ein junger Mann, ein gewisser Marcantonio Frangipani aus Rom, leugnete selbst unter den grausamsten Qualen der Tortur ihre Mitschuld; dennoch ließ Herzog Robert, der die gewaltsamen Mittel haßte, die Herzogin einfach aus seiner Villa von Sant' Elmo in das Kloster der Klarissinnen im Innern der Stadt überführen, wo sie aufs strengste überwacht werden sollte. Es schien wirklich unmöglich, daß Medea von dort aus ihre Intrigen fortzusetzen vermochte, denn sie durfte keinen Menschen sehen und von niemandem gesehen werden. Dennoch gelang es ihr, einen Brief und ihr Bildnis einem gewissen Prinzivalle degli Ordelaffi zukommen zu lassen, einem neunzehnjährigen jungen Manne aus einer vornehmen Familie der römischen Provinz, der mit einem der schönsten Mädchen von Urbania verlobt war. Er löste sofort seine Verlobung und versuchte kurz darauf, den Herzog Robert durch einen Pistolenschuß zu töten, während dieser am Ostertage kniend der Messe beiwohnte. Diesmal beschloß Herzog Robert, sich Beweise gegen Medea zu verschaffen. Man ließ Prinzivalle von Ordelaffi mehrere Tage ohne jegliche Nahrung, dann unterwarf man ihn den schauerlichsten Foltern und schließlich wurde er zum Tode verurteilt. In dem Augenblicke, wo man Vorbereitungen traf, ihn bei lebendigem Leibe mit glühenden Eisen brandmarken und durch Pferde vierteilen zu lassen, versprach man ihm die Gnade eines sofortigen Todes, wenn er die Mitschuld der Herzogin bekennen wollte.

Andererseits beschworen der Beichtvater und die Nonnen des Klosters, die auf dem Richtplatz außerhalb der Porta San Romano standen, Medea, ihr Verbrechen zu bekennen, um das unglückliche Kind zu retten, dessen Wehgeschrei bis zu ihr herauf drang. Medea bat um die Erlaubnis, auf einen Balkon hinauszutreten, von dem aus sie Prinzivalle sehen und von ihm gesehen werden konnte. Kalten Blickes sah sie hin, dann warf sie dem armen verstümmelten Geschöpf ihr gesticktes Taschentuch zu. Er bat den Henker, ihm die Lippen mit diesem Taschentuch abzutrocknen, küßte es und rief aus, Medea sei unschuldig. Er verstarb erst nach mehrstündigen Martern. Das war zu viel, selbst für die Langmut des Herzogs Robert. Wohl fühlend, daß, so lange Medea lebe, sein eigenes Leben in unausgesetzter Gefahr schwebe, aber von dem Wunsch geleitet, keinen Skandal hervorzurufen (etwas, das von der Natur des Priesters zurückgeblieben sein mochte), ließ er Medea im Kloster erdrosseln, und, was sehr merkwürdig ist, er forderte, daß man Frauen, zwei Kindsmörderinnen, die er dafür begnadigte, mit der Vollstreckung der Exekution betraue.

»Man kann diesem gütigen Fürsten«, schreibt Don Arcangelo Zappi in dessen »Lebenslauf«, den er 1725 veröffentlichte, »nur einen einzigen Akt der Grausamkeit vorwerfen, einen Vorgang, der besonders verabscheuenswert ist von seiten eines Mannes, der dem Priesterstande angehörte, bis seine Gelübde durch den Papst aufgehoben wurden. Man erzählt, daß, als er die infame Medea da Carpi umbringen ließ, seine Furcht vor der Wirkung ihrer unwiderstehlichen Reize so groß war, daß er nicht allein nur Frauen zur Ausführung des Urteils bestellte, sondern ihr auch den Beistand eines Priesters oder Mönches verweigerte, sie also zwang, unbußfertig zu sterben, ihr so die Wohltat der Reue versagend, vorausgesetzt, daß ihr steinernes Herz ihr überhaupt zugänglich gewesen wäre.«

Dies ist die Geschichte der Medea da Carpi, Herzogin von Stimigliano Orsini, dann Gattin des Herzogs Guidalfonso II. von Urbania. Es sind gerade zweihundertsiebenundneunzig Jahre her, daß sie umgebracht wurde, im Dezember 1582. Sie war nur 27 Jahre alt geworden, und während dieses so kurzen Lebens trug sie die Schuld am Tod von fünfen ihrer Liebhaber, an dem des Giovanfrancesco Pico und des Prinzivalle degli Ordelaffi.

20. September

Große Beleuchtung der Stadt zu Ehren der Einnahme Roms vor fünfzehn Jahren. Außer Sor Asdrubale, meinem Wirt, der die Piemontesen, wie er sie nennt, nicht mag, sind alle Leute hier durchaus königstreu gesinnt. Die Päpste hielten sie unter sehr schwerem Joch, seitdem Urbania dem Heiligen Stuhl im Jahre 1645 zugefallen war.

28. September

Einige Zeit hindurch habe ich die Bildnisse der Herzogin Medea gesucht. Ich stelle mir vor, daß der Herzog Robert II. sie vielleicht vernichten ließ aus Furcht, daß diese verhängnisvolle Schönheit ihm auch nach ihrem Tode noch irgend einen bösen Streich spielen könnte.

Schließlich habe ich aber doch drei oder vier gefunden: Das erste, eine Miniatur in den Archiven, ist, wie man sagt, dasjenige, das sie dem armen Prinzivalle von Ordelaffi sandte, um ihm den Kopf zu verdrehen, das zweite eine Marmorbüste in den Bodenräumen des Palastes, das dritte auf einem großen Gemälde, möglicherweise von Baroccio, Kleopatra zu Füßen des Augustus darstellend. Augustus ist das idealisierte Porträt Roberts II., der runde Kopf mit kurzgeschorenen Haaren, der etwas gekrümmten Nase, dem kurzgeschnittenen Bart und der Narbe, wie gewöhnlich gezeichnet, doch in ein römisches Kostüm gehüllt.

Trotz des vollkommen orientalischen Kostüms und trotz des schwarzen Haarschmucks, den sie trägt, macht mir Kleopatra den Eindruck, als sei sie da, um Medea da Carpi darzustellen. Sie liegt auf den Knien und enthüllt ihren Busen, damit der Sieger sie niederstoße, in Wirklichkeit aber, um ihn zu erobern, er aber wendet sich mit einer Gebärde des Entsetzens und der Verlegenheit ab. Keines dieser Bilder scheint wirklich gut gemacht zu sein, mit Ausnahme der Miniatur, die eine exquisite Arbeit ist; mit ihrer Hilfe und indem man sich in den Anblick der Büste versenkt, ist es sehr leicht, die Schönheit dieses furchtbaren Wesens zu rekonstruieren. Der Typus ist der, welcher in der Spätrenaissance am meisten bewundert und bis zu einem gewissen Punkt von Jean Goujon und den Franzosen verewigt wurde: Das Gesicht ein vollkommenes Oval, die Stirn etwas zu gewölbt, von ganz kleinen, gleich einem Vlies geringelten rotblonden Löckchen umgeben; die Nase etwas zu stark gebogen; die Backenknochen ein wenig zu nieder; die grauen Augen groß und vorliegend, unter Brauen und Lidern von auserlesenem Schwung, die nur in den Ecken etwas zu hart erscheinen; der blutrote, gleichfalls sehr feingezeichnete Mund ist auch ein wenig zu hart, die Lippen sind zu fest über den Zähnen geschlossen. Die Lider und die festgeschlossenen Lippen geben dem Antlitz etwas seltsam Klares und zugleich Geheimnisvolles, in dem dunkle Verlockung liegt; sie scheinen zu nehmen, aber nicht zu geben. Der in kindlichem Schmollen aufgeworfene Mund scheint wie ein Blutegel stechen und saugen zu wollen. Der Teint ist blendend weiß, von der Durchsichtigkeit rosig angehauchter Lilien, wie er Rothaarigen eigen ist; der Kopf, mit den äußerst sorgfältig geordneten Löckchen, den festen, perlengeschmückten Zöpfen, sitzt gleich dem der antiken Arethusa auf einem langen, biegsamen Hals, einem wahren Schwanenhals.

Es ist eine Art merkwürdiger, fast konventioneller Schönheit, die auf den ersten Blick gekünstelt, sinnlich und doch kalt erscheint, die aber, je länger man sie betrachtet, verwirrt und gefangen nimmt. Um den Hals der schönen Frau schlingt sich eine goldene Kette mit verteilten kleinen goldenen Anhängern, auf denen der Wahlspruch oder das Wortspiel (die Mode der französischen Devisen war um jene Zeit sehr verbreitet) eingraviert ist: *Amour dure – Dure Amour.* Derselbe Wahlspruch findet sich in der Höhlung der Büste, und ihm danke ich es, daß ich in ihr das Porträt Medeas erkennen konnte. Ich betrachte oft diese tragischen Bildnisse und frage mich, wie wohl dieses Antlitz, das so vielen Männern den Tod brachte, gewesen sein müsse, wenn es sprach oder lächelte, in jenen Augenblikken, wo Medea da Carpi ihre Opfer faszinierte und ihnen eine bis in den Tod währende Liebe einflößte. *Amour dure – Dure Amour,* wie ihr Wahlspruch sagt, eine Liebe, die dauert, eine grausame Liebe, ja gewiß, wenn man an die Treue und an das Schicksal ihrer Liebhaber denkt!

13. Oktober

Ich hatte buchstäblich nicht die Zeit, auch nur eine Zeile in mein Tagebuch zu schreiben. Alle meine Vormittage bringe ich in den Archiven und die Nachmittage auf langen Spaziergängen zu. Inzwischen muß ich aber doch ein merkwürdiges Detail verzeichnen, das ich in einer Lebensbeschreibung des Herzogs Robert fand, dem Manuskript eines Unbekannten, das mir heute in die Hände gefallen ist. Als der Fürst seine Reiterstatue auf der Piazza della Corte errichten ließ, die man dem Meißel des Agostino Tassi, einem Schüler des Gianbologna dankt, hieß er im geheimen, sagt mein unbekanntes Manuskript, eine silberne Statuette anfertigen, die seinen Hausgenius, seinen Schutzengel darstellte, *»familiaris ejus angelus seu genius,* *quod a vulgo dicitur Idolino«*. Diese Statuette oder das Idol wurde, nachdem es durch Astrologen geweiht worden war, *»ab astrologis quibusdam ritibus sacrato«*, in die Brusthöhle der Statue des Tassi gefügt, damit, so besagt das Manuskript, seine Seele Ruhe finde bis zum Tag der allgemeinen Auferstehung. Diese Stelle ist sonderbar und etwas bedenklich. Wie konnte die Seele des Herzogs Robert den Tag der Auferstehung abwarten, da er als Katholik doch daran glauben mußte, daß die Seele, im Augenblick, wo sie sich vom Körper loslöst, ihren Weg ins Fegefeuer nimmt? Oder gibt es irgendeinen halbheidnischen Aberglauben in der Zeit der Renaissance (auf jeden Fall höchst sonderbar bei einem Manne, der Kardinal gewesen war!), der die Seele mit einem Schutzgeist verbindet, der durch irgendeinen magischen Ritus gezwungen werden kann (*ab astrologis sacrato* sagt das Manuskript von dem kleinen Idol), auf Erden zu verweilen, damit die Seele friedlich in dem Körper ruhen könne bis zum Tag des Jüngsten Gerichtes? Ich gestehe, daß diese Geschichte mich verwirrt. Ich frage mich, ob ein solches Idol jemals existiert hat oder ob es noch jetzt im Bronzekörper der Statue des Tassi existiert?

20. Oktober

Ich bin all die Zeit her sehr viel mit dem Sohn des Unterpräfekten zusammen gewesen. Ein angenehmer junger Mann mit sehnsüchtigem Ausdruck, der ein gewisses Interesse an der Geschichte und den Altertumsforschungen von Urbania nimmt, die ihm vollkommen unbekannt sind. Dieser junge Mann, der in Siena und in Lucca gelebt hat, bevor sein Vater hierher berufen wurde, trägt lange, festanliegende Beinkleider, die ihn beinahe daran hindern, die Knie zu beugen, einen hohen steifen Kragen, ein Lorgnon und helle, ziegenlederne Handschuhe, die immer in der Öffnung seines Rockes stecken. Er spricht über Urbania, wie ungefähr Ovid vom Pontus gesprochen haben mag, und klagt (mit vollem Recht) über die Ungeschliffenheit der jungen Leute, der Regierungsbeamten, die an der *table d'hôte* meines Gasthauses speisen und wie die Verrückten singen und schreien, und über die Adligen, die in ihren Tilburys herumfahren, nahezu so dekolletiert wie Frauen auf einem Ball. Dieser junge Mann unterhält mich oft mit seinen *amori,* den vergangenen, gegenwärtigen und zukünftigen. Er findet es augenscheinlich sehr komisch, daß ich ihm meinerseits nichts Ähnliches zu erzählen habe. Wenn wir zusammen durch die Straßen gehen, macht er mich auf die hübschen (und auch häßlichen) Dienstmädchen und Näherinnen, denen wir begegnen, aufmerksam. Er stößt tiefe Seufzer aus und trällert mit Fistelstimme hinter jedem passablen Frauenzimmer her; schließlich hat er mich auch zu der Dame seines Herzens gebracht, einer großen Contessa mit schwarzem Schnurrbärtchen und ordinärer Stimme. Dort, hatte er mir versichert, würde ich die beste Gesellschaft von Urbania treffen und ein paar schöne – ach! leider nur zu schöne Frauen! Ich finde drei immense Räume, notdürftig möbliert, mit kahlen Ziegeln gepflastert, Petroleumlampen, an den Wänden entsetzlich schlechte Bilder in leuchtenden blauen und gelben Farben und in dieser Umgebung jeden Abend ein Dutzend Männer und Frauen, die im Kreis herumsitzen und einander die immergleichen alten Geschichten in die Ohren gellen. Die jüngsten Damen, in schreiendes Gelb und Grün gekleidet, fächeln sich Kühlung zu, während mir die Zähne klappern, und horchen, hinter ihren Fächern verborgen, den süßen Redensarten, die ihnen Offiziere, deren Haare wie Borsten in die Höhe stehen, zuflüstern. Und das sind die Frauen, von denen mein Freund hofft, daß ich mich in sie verlieben werde! Ich warte vergeblich auf den Tee oder das Souper, die nicht erscheinen wollen, und kehre eiligst nach Hause zurück, fest entschlossen, die *beau monde* von Urbania fahren zu lassen.

Es ist wirklich vollkommen wahr, daß ich keine Liebschaft habe, wenn es auch mein Freund nicht glauben will. Schon während meines ersten Aufenthalts in Italien war ich auf der Suche nach einer Romanze. Ich seufzte danach wie Goethe in Rom, endlich ein Fenster aufgehen und irgendein herrliches Geschöpf erscheinen zu sehen, »das mich versengend erquickt«. Vielleicht ist es, weil Goethe als Deutscher an deutsche »Frauen« gewöhnt war, und ich doch schließlich ein Pole bin und an etwas ganz anderes gewöhnt als »Frauen«, aber Tatsache ist, daß ich trotz all meiner Anstrengungen weder in Rom, noch in Florenz, noch in Siena jemals habe eine Frau entdecken können, die mir den Kopf verdreht hätte. Weder unter den Damen, die ein schlechtes Französisch radebrechen, noch in den untersten Klassen, wo sie so raffiniert und kalt wie die Wucherer sind. Ich kann mich also ganz gut ohne das weibliche Geschlecht Italiens mit seinen kreischenden Stimmen und seinen auffallenden Toiletten behelfen. Ich habe mich der Geschichte verlobt, der Vergangenheit, Frauen wie Lucrezia Borgia, Vittoria Accoramboni oder für den Augenblick dieser Medea da Carpi. Vielleicht begegne ich einmal der *grande passion,* einer Frau, für die ich als echter Pole, der ich bin, den Don Quichotte spielen, aus deren Schuh ich trinken und der zuliebe ich das Leben lassen könnte, aber – nicht hier.

Wenige Dinge sind mir so besonders aufgefallen wie diese Degeneration der Frauen in Italien. Was ist aus dem Geschlecht der Faustinas, der Marozias, der Bianca Cappellos geworden? Wo ist heutzutage eine zweite Medea da Carpi zu finden? (Denn ich bekenne, daß sie mich verfolgt.) Wenn es nur möglich wäre, einer Frau von dieser außerordentlichen, von dieser erhabenen Schönheit zu begegnen, einer Frau mit dieser entsetzlichen Natur, wenn dies nur möglich wäre, ich glaube, ich könnte sie lieben, selbst bis zum Tage des Jüngsten Gerichtes, ganz wie ein Oliverotto da Narni, ein Frangipani, ein Prinzivalle.

27. Oktober

Das sind schöne Gefühle für einen Professor, für einen Gelehrten! Ich habe die jungen Künstler in Rom für verrückt gehalten wegen ihres Lärmens, Schreiens und Scherzens, wenn sie abends das Café Greco oder den Keller der Via Palombella verließen. Aber bin ich nicht tausendmal verrückter, ich melancholischer, armer Teufel, eine Figur wie Hamlet oder der Ritter von der traurigen Gestalt?

5. November

Ich kann mich von dem Gedanken an diese Medea da Carpi nicht losmachen. Während der Morgenstunden in den Archiven, während meiner einsamen Abende ertappe ich mich dabei, nur an diese Frau zu denken. Sollte ich mich aus einem Geschichtsschreiber in einen Romanschriftsteller verwandeln? Und doch will es mir scheinen, als verstünde ich sie sehr gut, weit besser, als es mein Handeln beweisen könnte. Vor allem muß man, um sie beurteilen zu können, alle modernen und kleinlichen Begriffe von Gut und Böse beiseite lassen. Gut und Böse existieren nicht in einem Jahrhundert der Gewalttätigkeit und des Verrates und am allerwenigsten für Geschöpfe wie diese Medea. Ja, ja, Verehrteste! Man spreche einer Tigerin von Gut und Böse; und doch – gibt es etwas Vornehmeres als diese herrliche Kreatur wie aus Stahl, wenn sie einen Satz macht, samtweich, wenn sie sich ausstreckt, ihren geschmeidigen Körper dehnt, ihr schönes Fell glättet oder ihre mächtigen Krallen in den Körper ihres Opfers gräbt?

Ja, ich begreife Medea. Man vergegenwärtige sich eine Frau von erhabenster Schönheit, von höchstem Mut, von der größten Kaltblütigkeit, die sich stets zu helfen weiß, eine geniale Frau, die von einem mittelmäßigen Vater, einem unscheinbaren, kleinen Fürsten, erzogen wird und die von Tacitus, Sallust und den Geschichten der großen Malatestas, von Cesar Borgia und seinesgleichen hört! Eine Frau, deren einzige Leidenschaften das Erobern und die Macht sind – man stelle sie sich vor, am Vorabend ihrer Vermählung mit einem so allmächtigen Manne wie dem Herzog von Stimigliano, zurückgefordert, entführt von einer so erbärmlichen Persönlichkeit wie diesem Pico, eingeschlossen in seinem raubritterlichen Erbschloß und gezwungen, die leidenschaftlichen Liebesbekenntnisse dieses jungen Narren wie eine Gunst und eine Notwendigkeit zu ertragen!

Schon allein der Gedanke an irgendeine Vergewaltigung einer derartigen Natur ist eine empörende Beleidigung, und wenn es Pico gefällt, diese Frau zu umarmen auf die Gefahr hin, in ihren Händen der zarten Spitze eines Stiletts zu begegnen, so empfängt er nur, was ihm gebührt. Armer Narr oder, wenn man es vorzieht, junger Held, der daran denkt, ein solches Weib zu behandeln, wie man eine Kuhmagd behandeln würde! – Medea heiratet ihren Orsini. Es ist die Ehe – wohlgemerkt – eines alten, fünfzigjährigen Soldaten mit einem sechzehnjährigen Kinde. Man bedenke wohl, was das sagen will. Das will heißen, daß diese hochmütige Frau behandelt wird wie ein Eigentum, daß man ihr in derber Weise begreiflich macht, daß es ihre Pflicht sei, dem Herzog einen Erben zu schenken und nicht, ihm Ratschläge zu erteilen, daß ihr nicht einmal das Recht zusteht zu fragen, warum dies und warum jenes? Sie soll sich vor den Räten des Herzogs, seinen Anführern, seinen Maitressen beugen, bei den geringsten Zeichen des Widerstandes ist sie seinen groben Redensarten und seinen Schlägen ausgesetzt und beim leisesten Verdacht der Untreue kann sie erwürgt oder in ein Verlies geworfen werden, um Hungers zu sterben. Nehmen wir an, daß sie weiß, ihr Gatte habe sich in den Kopf gesetzt, sie habe diesen oder jenen zu oft angesehen: einer seiner Offiziere oder eine seiner Frauen habe dem Herzog zu verstehen gegeben, daß das Kind Bartolomeo schließlich ebensogut ein Pico wie ein Orsini sein könne. Nehmen wir an, sie weiß, daß sie nur die Wahl hat, zu schlagen oder geschlagen zu werden! Also schlägt sie zu oder findet jemanden, der es für sie besorgt. Um welchen Preis? Ein Liebesversprechen, Liebe für einen Bedienten, den Sohn eines Sklaven! Warum nicht gar? Das Viech muß toll oder betrunken gewesen sein, um so etwas für möglich zu halten. Wenn er etwas so Ungeheuerliches wirklich geglaubt hat, dann verdient er den Tod! Und da wagt er es noch, etwas einzuwenden! Das ist ja noch viel ärger als bei Pico! Medea sieht sich zum zweitenmal genötigt, ihre Ehre zu verteidigen. Wenn sie den Pico erdolchen konnte, wird es ihr doch noch gelingen, dieses Individuum zu erdolchen oder erdolchen zu lassen!

Verfolgt von den Verwandten ihres Gatten, flüchtet sie sich nach Urbania. Der Herzog verliebt sich wie alle anderen Männer sterblich in Medea und vernachlässigt seine Gattin. Ja, gehen wir noch weiter, er bricht ihr das Herz! Ist das Medeas Schuld? Ist es ihre Schuld, wenn die Räder ihres Wagens über alle Hindernisse hinweggehen, die auf ihrem Weg liegen? Gewiß nicht! Kann man sich etwa vorstellen, daß eine Frau wie Medea die geringste Feindseligkeit empfinden kann gegen eine arme, kraftlose Herzogin Maddalene? Sie weiß ja nicht einmal von ihrer Existenz! Anzunehmen, Medea sei eine grausame Frau, ist ebenso absurd, als wenn man sagen würde, sie sei eine unmoralische Frau. Ihre Bestimmung ist, früher oder später über ihre Feinde zu triumphieren oder deren Sieg beinahe als

Niederlage erscheinen zu lassen. Sie hat die magnetische Kraft, sich alle Männer dienstbar zu machen, die ihr in den Weg kommen. Alle, die sie sehen, lieben sie und werden ihre Sklaven, und der Tod ist die Bestimmung aller ihrer Sklaven. Ihre Liebhaber, mit Ausnahme des Herzogs Guidalfonso, sterben alle eines vorzeitigen Todes, und es liegt nichts Ungerechtes darin. Der Besitz eines Weibes wie Medea ist ein zu großes Glück für einen Sterblichen; sie verdreht ihm den Kopf, sie läßt ihn sogar vergessen, was er ihr schuldet. Kein Mann vermag längere Zeit den Gedanken zu überleben, daß er Rechte auf sie hat. Es ist wie eine Art Entweihung. Da gibt es nichts als den Tod; nur der Wille, ein solches Glück mit dem Tod zu bezahlen, kann einen Mann würdig machen, ihr Liebhaber zu sein. Er muß bereit sein zu lieben, zu leiden und zu sterben. Das ist wohl der Sinn ihres Wahlspruches: *Amour dure – Dure Amour!* Die Liebe zu Medea da Carpi ist unvergänglich, aber ihr Liebhaber muß sterben – eine dauernde und grausame Liebe.

11. November

Ich hatte recht, wirklich und wahrhaftig recht! Ich habe es gefunden, welche Freude! In der Fülle meines Glücks gab ich dem Sohn des Unterpräfekten zu Ehren ein Diner zu fünf Gedecken in der Trattoria *La stella d' Italia.* In den Archiven habe ich, wovon der Direktor gar keine Ahnung hat, ein Paket Briefe gefunden. Briefe des Herzogs Robert über Medea da Carpi und Briefe von Medea selbst! Ja, die eigene Handschrift der Medea – eine rundliche Schrift, eine Schülerschrift, voll von Abkürzungen, mit einem griechischen Anstrich, wie es sich für eine vornehme Prinzessin gehört, die fähig ist, Plato ebenso wie Petrarca zu lesen. Die Briefe sind ziemlich nichtssagend, einfache *brouillons,* zum Kopieren für den Sekretär bestimmt, aus jener Zeit, wo sie nach ihrem Belieben den kranken und schwachen

Guidalfonso beherrschte. Aber es sind Briefe von ihrer Hand, und mir will es scheinen, als entströme ihnen ein unbestimmter Duft wie von weiblichem Haar.

Die wenigen Briefe des Herzogs Robert zeigen ihn in einem neuen Lichte. Ein feiger, durchtriebener, hartherziger Priester. Er zittert beim bloßen Gedanken an Medea, *la pessima Medea,* tausendmal ärger als ihre Namensschwester von Kolchis, wie er sie nennt. Seine Langmut und Milde entspringen nur der einfachen Furcht, in brutaler Weise Hand an sie zu legen. Er fürchtet sie wie irgend etwas Übernatürliches; es würde ihn gefreut haben, sie wie eine Hexe verbrennen zu lassen. In den Briefen, die er nach Rom an seinen Gevatter, den Kardinal Sanseverino, schreibt, spricht er von all den Vorsichtsmaßregeln, mit denen er sich umgab, solange sie lebte. Wie er ein Panzerhemd unter seinem Gewand trug, wie er nur Milch trank, die vor seinen Augen gemolken wurde, wie er, aus Furcht vergiftet zu werden, keinen Bissen aß, den sein Hund nicht vorher gekostet hatte, wie er sich vor den Wachslichtern wegen ihres eigenartigen Geruchs fürchtete, wie er kein Pferd bestieg, aus Angst, daß man es scheu machen und er sich den Hals brechen könnte. Und nach alldem, da Medea schon zwei Jahre lang tot und begraben ist, äußert er seinem Korrespondenten gegenüber die Furcht, dem Geist Medeas nach dem Tode zu begegnen. Und mit Vergnügen ergreift er das sinnreiche Mittel (ein Mittel, das sein Astrologe, ein Kapuziner, ein gewisser Fra Gaudenzio, herausgefunden hatte), das seiner Seele den absoluten Frieden sichern sollte, bis die der infamen Medea endgültig in der Hölle festgekettet sein werde, »zwischen Seen von siedendem Pech und dem Eise der Kaïna«, von denen der unsterbliche Dichter spricht. Geh! Du alter Pedant! Das also ist die Erklärung jener silbernen Statuette – *quod vulgo dicitur Idolino* –, die er der Statue des Tassi hat einfügen lassen. Solange das Abbild seiner Seele an das seines Körpers gebunden bleibt, kann er ruhig schlafen und den Tag des Jüngsten Gerichts abwarten, überzeugt, daß die Seele Medeas geteert und gefedert werde, während die seine, als die eines ehrenwerten Mannes, geraden Weges ins Paradies eingeht! Wenn ich bedenke, daß ich vor kaum vierzehn Tagen mir einbildete, dieser Mann sei ein Held! Ja, ja, mein guter Herzog Robert, Du sollst in meiner Erzählung entlarvt werden, und kein kleines silbernes Idol wird es verhindern, daß man Dich nicht aus vollem Halse auslacht.

15. November

Sonderbar! Dieser Esel von Sohn eines Unterpräfekten, der mich schon Hunderte von Malen von Medea da Carpi sprechen hörte, hat sich plötzlich erinnert, daß er in seiner Kindheit in Urbania von seiner Amme gewöhnlich mit einem Besuch der Madonna Medea erschreckt wurde, die, wie man sagte, am Himmel auf einem schwarzen Widder umherreite. Meine Herzogin Medea in einen Popanz für unartige Kinder verwandelt!

20. November

Ich habe einen Bayern, einen Professor der Geschichte des Mittelalters, herumgeführt, um ihm das Land zu zeigen. Unter anderen Orten haben wir auch Rocca Sant' Elmo besucht, die ehemalige Villa der Herzöge von Urbania, in der Medea gefangen gehalten wurde in der Zeit zwischen der Thronbesteigung des Herzogs Robert und der Verschwörung des Marcantonio Frangipani, die ihre sofortige Überführung in das Kloster in der Stadt zur Folge hatte. Ein langwieriger Ritt durch die öden Täler der Apenninen, die in dieser Zeit über alle Begriffe kalt erscheinen, mit ihren mageren, verkrüppelten Eichen, die ganz rotbraun geworden sind, ihren kleinen Rasenflecken, die der Frost verbrannt hat, und den letzten gelben Blättern der Pappeln, die längs des Stromes fallen und wehen, umhergetrieben vom eisigen Winde der Tramontana. Die Gipfel der Berge sind von dichten, grauen Wolken verhüllt, wenn der Wind morgen anhält, werden sie sich in runden Schneeflocken vom blauen Himmel lösen. Sant' Elmo ist ein elendes Nest, sehr hoch oben auf den Spitzen der Apenninen, wo die italienische Vegetation bereits der nordischen Platz macht. Man galoppiert meilenweit zwischen entblätterten Kastanienwäldern, wo die Luft mit dem Geruch der feuchten, modernden Blätter erfüllt ist und wo das Brausen des von den Herbstregen geschwellten Stroms aus der Tiefe des Abgrunds aufsteigt. Dann plötzlich weichen die entlaubten Kastanienwälder, wie in Vallombroso, einem dichten, schwarzen Tannenwald. Wenn man diesen verläßt, befindet man sich in einem weiten Tal; die Wiesen sind vom Frost zerstört, die Felsengipfel von Schnee bedeckt, Schnee, der rings um uns her und hoch über uns frisch gefallen ist. Und mitten darin, auf einem Hügel, einen knorrigen Lärchenbaum an jeder Seite, die herzogliche Villa von Sant'Elmo, ein großes und düsteres Gebäude aus Granit, mit einem steinernen Wappen, vergitterten Fenstern und einer doppelrampigen Freitreppe an der Vorderseite. Es ist gegenwärtig an den Besitzer der umliegenden Waldungen vermietet, der sich seiner zum Einlagern der Kastanien, des Reisigs und der Holzkohle der Umgebung bedient. Wir befestigten die Zügel unserer Pferde an die eisernen Ringe und traten ein. Ein altes Weib mit unordentlichen Haaren war allein im Hause. Diese Villa ist ein einfaches Jagdhaus, im Jahre 1530 von Ottobuono IV., dem Vater der Herzöge Guidalfonso und Robert, erbaut. Es gab eine Zeit, wo einige der Räume mit Fresken und Täfelungen in Eichenschnitzerei geschmückt waren, aber all das, Fresken und

Täfelungen, ist verschwunden. Nur in einem der weiten Säle ist ein großer Kamin zurückgeblieben, ähnlich dem im Palais von Urbania mit wunderbar modellierten Amoretten auf blauem Grunde geschmückt. Ein entzückendes, nacktes Kind hält an jeder Seite eine Urne, die eine mit Nelken, die andere mit Rosen gefüllt. In diesem Raum häuften sich Stöße von Reisig.

Es war spät, als wir heimkehrten, und mein Gefährte war in der unausstehlichsten Laune ob der Vergeblichkeit unseres Ausflugs. Wir wurden von den Ausläufern eines Schneesturms überrascht, als wir die Kastanienwälder betraten. Der Anblick des sanft niederfallenden Schnees, der die Erde und die Bäume in gleichmäßiges Weiß hüllte, weckte in mir die Empfindung, ich wäre wieder nach Posen zurückgekehrt und zum Kind geworden. Zum großen Entsetzen meines Begleiters begann ich zu singen und zu jubeln. Das wird einen Minuspunkt für mich abgeben, wenn man es in Berlin erfährt. Ein vierundzwanzigjähriger Geschichtsforscher, der singt und jubelt, während ein anderer Geschichtsforscher den Schnee und die schlechten Wege verwünscht! Die ganze Nacht blieb ich wach, versenkte mich in die Betrachtung der glimmenden Reste meines Holzfeuers und dachte an Medea da Carpi, die da im Winter gefangen gewesen war in dieser Einsamkeit von Sant' Elmo, inmitten der ächzenden Fichten, des brausenden Stroms, des ringsum niederfallenden Schnees, Meilen und Meilen von allen lebenden Wesen entfernt. Ich bildete mir ein, daß ich all das sähe und daß ich, ich weiß selber nicht wieso, Marcantonio Frangipani wäre, gekommen, sie zu befreien – oder war es vielleicht Prinzivalle degli Ordelaffi? Ich vermute, daß der lange Ritt, die ungewöhnliche Gemütsreizung durch die Schneeluft oder vielleicht der Punsch, den mein Professor durchaus nach dem Diner trinken wollte, daran schuld waren.

23. November

Gott sei Dank, der bayerische Professor ist endlich fort! Die Tage, die er hier zubrachte, haben mich fast verrückt gemacht. Im Gespräch über meine Arbeit entwickle ich ihm eines Tages meine Gedanken über Medea da Carpi. Darauf antwortet er mir herablassend, das seien so die üblichen Erzählungen, die man der mythologisierenden Tendenz (alter Esel!) der Renaissance verdanke. Nachforschungen würden die Unrichtigkeit der meisten von ihnen erweisen, wie sie auch die Geschichten widerlegt hätten, die über die Borgias in Umlauf wären, usw. Übrigens sei eine Frau, wie ich sie schildere, psychologisch und physiologisch undenkbar. Könnte man das nur auch von Professoren wie ihm und seinen Kollegen behaupten!

24. November

Ich kann meiner Freude, von diesem Dummkopf befreit zu sein, gar nicht Herr werden. Ich fühlte, daß ich jedesmal Lust bekam, ihn zu erdrosseln, wenn er von der Dame meines Herzens sprach, denn das ist sie, »Metea«, wie dieses Untier sie nannte, tatsächlich geworden.

30. November

Ich kann mich noch nicht von dem erholen, was geschehen ist. Ich fange an zu fürchten, daß dieser alte Pedant doch recht haben mochte, wenn er sagte, daß es für meinen Verstand nicht tauge, so allein in einem fremden Lande zu leben, und daß es krankhafte Stimmungen bei mir entwickle. Ist es nicht lächerlich, daß die zufällige Entdeckung des Bildes einer Frau, die vor nahezu dreihundert Jahren gestorben ist, mich in einen solchen Zustand versetzt? In Anbetracht dessen, was meinem Onkel Ladislaus zugestoßen ist, und anderer Spuren von Geistesstörungen in meiner Familie sollte ich mich vor solch blöden Überreizungen in acht nehmen. Und doch, dieser Zwischenfall war wahrhaft dramatisch und unerwartet. Ich hätte schwören können, daß ich alle Porträts des Palastes kenne und besonders ihre Porträts. Wie dem auch sei, diesen Morgen, als ich die Archive verließ, passierte ich eines der unzähligen kleinen Gemächer, Kabinette von unregelmäßiger Form, die die Winkel und Schlupfwinkel dieses seltsamen Palastes füllen, der von so vielen Türmchen gekrönt ist wie ein französisches Schloß. Ich mußte dieses Kabinett schon einmal passiert haben, denn die Aussicht aus den Fenstern war mir vertraut, dieser ganz eigenartige Winkel des dicken vorderen Turms, die Zypressen auf der anderen Seite der Schlucht, jenseits des Glockenturms, und ein Stück des Sankt Agataberges und des schneebedeckten Leonessa, der in den Wolken verschwimmt. Ich nehme an, daß es zwei ganz gleiche derartige Räume geben und daß ich in den falschen eingetreten sein muß. Oder vielleicht hatte man nur einen Fensterladen geöffnet oder einen Vorhang zurückgezogen? Im Vorübergehen wurden meine Augen von einem alten Spiegelrahmen angezogen, der in die braunen und gelben Intarsien der Wand eingefügt war. Ich ging näher heran, und während ich den Rahmen musterte, blickte ich mechanisch in den Spiegel. Ich machte einen großen Satz nach rückwärts, ich glaube sogar, daß ich beinahe aufschrie (ein wahres Glück, daß der Professor aus München fern von Urbania in Sicherheit gebracht ist!). Hinter meinem eigenen Spiegelbilde sah ich ein zweites, eine Gestalt an meine Schulter gelehnt, ein Gesicht neben dem meinen; und diese Gestalt, dieses Gesicht, sie gehörten ihr! Es waren die der Medea da Carpi! Lebhaft wandte ich mich um, ich glaube, dabei ebenso bleich wie der Geist, den ich zu sehen erwartete. An der Wand, dem Spiegel gegenüber, genau zwei Schritte von der Stelle entfernt, an der ich stand, hing ein Bild. Und welch ein Bild! Nie hat Bronzino etwas Schöneres gemalt. Von einem dunklen, tiefblauen Hintergrunde hebt sich die Silhouette der Herzogin (denn es ist Medea, die wirkliche Medea, tausendmal wahrer, persönlicher, lebendiger als in all ihren anderen Bildern) ganz steif auf einem Stuhl mit hoher Lehne sitzend ab. Der Eindruck der Steifheit wird noch erhöht durch die Starrheit, die Sprödigkeit der Falten des Rocks aus schwerem Brokat und der Taille, die mit großen silbernen Blumen bestickt und mit Perlen übersät ist. Das mit Silber geäderte und von Perlen übersäte Kleid ist von einem stumpfen Rot wie das Innere der Mohnblume und läßt den Hautton der langen schmalen Hände, des schlanken Halses und des Antlitzes mit der freien Stirn weiß und hart wie Alabaster hervortreten. Das Gesicht ist dasselbe wie auf den anderen Bildern. Es sind dieselbe gewölbte Stirn, umrahmt von leichten, intensiv blonden Locken, dieselben feinen, wunderbar gezeichneten Augenbrauen, dieselben leichtbeschatteten Lider, dieselben ein wenig zusammengepreßten Lippen – aber all das von einer Reinheit der Linien, einem blendenden Glanze, einer allen anderen weit überlegenen Intensität des Ausdrucks.

Sie sieht gerade vor sich hin, weit über den Betrachter hinweg, mit einer kalten, gleichgültigen Miene, und dennoch lächelt der Mund. Die eine Hand hält eine rote Rose, die andere, lang, schmal und spindeldürr, spielt mit einer langen Schnur aus Gold und Seide und mit Geschmeiden, die an ihrem Gürtel hängen. Um den marmorweißen Hals, der aus dem halbhohen Ausschnitt des Leibchens heraustritt, ist ein goldenes Halsband geschlungen, das auf kleinen, emaillierten Medaillons abwechselnd die Devise trägt: *Amour Dure – Dure Amour.*

Wenn ich darüber nachdenke, scheint es mir unmöglich, daß ich jemals zuvor diesen Raum betreten haben sollte, ich muß mich in der Tür geirrt haben. Trotz dieser ganz einfachen Erklärung fühle ich mich nach Verlauf von mehreren Stunden noch ganz erschüttert. Wenn ich bis zu diesem Grad nervös werde, sollte ich mir wohl zu Weihnachten einige Ruhetage gönnen und nach Rom gehen. Ich habe das Gefühl, als stünde ich unter dem Zeichen irgendeiner Gefahr (vielleicht ist es das Fieber?), und dennoch, dennoch glaube ich nicht, daß ich mich jemals von hier werde losreißen können.

10. Dezember

Ich habe mir einen Ruck gegeben und bin der Einladung des Sohnes des Unterpräfekten gefolgt, mir in seiner Villa an der Küste die Bereitung des Öls anzusehen. Die Villa oder der Meierhof ist ein wohlbefestigtes Haus mit kleinen Türmen, am Abhang eines Berges, inmitten von Olivenbäumen und Weidenstämmen gelegen, die glänzenden, orangegelben Flammen ähneln. Die Oliven sind in einem furchtbar dunklen Keller zusammengeschüttet, der einem Kerker gleicht. Beim Schein des schwachen, matten Tageslichts und dem rauchigen, gelblichen Licht des Harzes, das in Schüsseln brennt, kreisen große weiße Ochsen um eine ungeheure Mühle. Undeutliche Gestalten arbeiten an Rollen und Kurbeln. Es erscheint mir wie eine Szene aus der Inquisition. Der junge Herr hat mich mit seinem besten Wein und Biskuits bewirtet.Ich habe lange Spaziergänge an der Meeresküste gemacht. Ich hatte Urbania von Schneewolken umhüllt verlassen, unten an der Küste gab es glühenden Sonnenschein. Die Sonne, die See, die Bewegung in dem kleinen Hafen am adriatischen Meer schienen mir wohl zu tun. Ich bin nach Urbania zurückgekehrt als ein ganz anderer Mensch. Sor Asdrubale, mein Wirt, der in seinen Pantoffeln inmitten seiner vergoldeten Möbel, den Empirekanapees, den alten Tassen und Schüsseln und den Bildern, die nie ein Mensch kaufen wird, herumschlurfte, beglückwünschte mich zu meinem verbesserten Aussehen. »Sie arbeiten zu viel«, sagte er mir, »die Jugend bedarf der Zerstreuung, des Theaters, der Spaziergänge, der Liebschaften, es wird vollauf Zeit für Sie sein, ernst zu werden, wenn Sie erst einmal kahl sind«. Dabei nahm er seine rote, speckige Mütze ab. Ja, es geht mir besser, und der Erfolg ist, daß ich mich mit neuem Vergnügen an mein Werk mache. Ich werde sie schon noch ausstechen, diese angeblichen Gelehrten in Berlin!

14. Dezember

Ich glaube nicht, daß mich jemals eine Arbeit glücklicher gemacht hat. Ich sehe das alles so deutlich: diesen listigen und feigen Herzog Robert, diese melancholische Herzogin Maddalena, diesen Herzog Guidalfonso, schwach, prunksüchtig und bestrebt, ritterlich zu erscheinen, und über all ihnen die bewunderungswürdige Gestalt der Medea. Ich habe das Gefühl, der größte Geschichtsforscher des Jahrhunderts zu sein, und gleichzeitig ist mir, als ob ich ein zwölfjähriges Kind bin. Es hat gestern zum erstenmal in der Stadt geschneit, zwei gute Stunden lang. Als es zu schneien aufhörte, ging ich auf den Platz hinunter und zeigte den Gassenbuben, wie man einen Schneemann macht. Nein, eine Frau aus Schnee, und mir kam die Lust an, sie Medea zu nennen. »*La pessima Medea!* die, die auf einem Widder durch die Luft reitet?« schrie einer der Kleinen. »Nein, nein«, entgegnete ich, »das war eine wunderschöne Frau, die Herzogin von Urbania, die schönste Frau, die je gelebt hat.« Ich machte ihr eine Krone aus Rauschgold und lehrte die Kinder zu rufen: »*Eviva Medea!*« Aber eines von ihnen sagte: »Das ist eine Hexe! Man muß sie verbrennen!« Da stürzten alle los und schleppten brennendes Reisig und Werg herbei; in einem Augenblick haben diese brüllenden Ungeheuer sie zerschmelzen lassen.

Was für ein Esel bin ich doch! Und wenn ich bedenke, daß ich vierundzwanzig Jahre alt und in der Literatur bewandert bin! Während meiner langen Spaziergänge habe ich auf eine Melodie, die mir unbekannt war, die aber im Moment ein jeder hier auf der Straße pfeift und singt, ein Gedicht in entsetzlichem Italienisch gemacht, das beginnt: *»Medea, mia Dea«,* und worin ich sie im Namen aller ihrer Liebhaber anrufe. Ich gehe auf und ab und summe vor mich hin. »Warum bin ich nicht Marcantonio oder Prinzivalle oder jener de Narni oder der gute Herzog Alfonso? Um von Dir geliebt zu werden, »Medea, mia Dea« usw., usw. Fabelhafter Blödsinn! Ich vermute, mein Wirt glaubt, Medea sei eine Dame, der ich während meines Aufenthaltes am Meer begegnet bin. Ich bin überzeugt, daß Sora Lodovica, Sora Serafina und Sora Adalgisa, die drei Parzen oder die drei Nornen, wie ich sie nenne, diese Ansicht teilen. Diesen Nachmittag, beim Einbruch der Dämmerung, sagte mir Sora Lodovica, ohne sich im Aufräumen meines Zimmers zu unterbrechen: »Wie gut der Signorino singt!« Ich war mir gar nicht bewußt, daß ich aus vollem Halse schrie: *»Vieni Medea, mia Dea«,* während die alte Dame hin- und herging und das Feuer schürte. Ich verstummte. Ich werde mir einen schönen Ruf machen, dachte ich im stillen, auf die ein oder andere Weise wird das alles in Rom und Berlin bekannt werden. Sora Lodovica hatte sich aus dem Fenster hinausgelehnt, sie zog an der eisernen Kette der Laterne, die das Haus des Sor Asdrubale beleuchtet. Während sie die Lampe in Ordnung brachte, bevor sie sie draußen wieder baumeln ließ, sagte sie mit jenem zurückhaltenden und dennoch freundlichen Ton, der ihr eigen ist: »Es ist unrecht, daß Sie zu singen aufhören, mein Sohn (sie nennt mich bald *Signor Professore,* bald zärtlich *nino* oder *viscere mie* etc.), es ist unrecht, daß Sie zu singen aufhören, denn in der Gasse ist eine junge Dame stehen geblieben, um Ihnen zuzuhören.«

Ich stürzte ans Fenster. Eine Frau, in ein schwarzes Tuch gehüllt, stand auf der Schwelle des gegenüberliegenden Hauses und betrachtete mein Fenster.

»Ja, ja, der Signor Professore hat seine Bewunderer«, sagte Sora Lodovica.

»*Medea, mia Dea!*« schrie ich aus voller Kehle, mit dem ganzen Vergnügen, das ein Gassenbub empfindet, wenn er einen indiskreten Zuhörer in Verlegenheit bringen kann. Die junge Frau wandte sich sogleich um, wie um sich zurückzuziehen, machte mir jedoch im selben Augenblick ein Zeichen mit der Hand. In diesem Moment ließ Sora Lodovica die kleine Lampe auf ihren Platz zurückschnellen. Ein Strahl des Lichts streifte die Gasse. Ich fühlte, wie mir das Blut in den Adern zu Eis gefror. Das Antlitz dieser Frau da draußen war dasjenige der Medea da Carpi! Wahrhaftig, ich bin verrückt!

17. Dezember

Ich habe Angst, daß meine Besessenheit von Medea da Carpi sich herumspricht, dank meinem Geschwätz und meinen albernen Liedern. Wenn nur nicht der Sohn des Unterpräfekten oder einer der Beamten des Archivs oder vielleicht jemand aus der Gesellschaft der Contessa es versucht, mir einen Streich zu spielen. Aber nehmt Euch in acht, meine schönen Damen und meine guten Herren, ich werde es Euch schon heimzahlen! Man stelle sich meine Erregung vor, als ich heute früh auf meinem Schreibtisch einen gefalteten Brief finde, der an mich adressiert und dessen bizarre Schrift mir doch vertraut war. Im Verlauf eines Augenblicks erkannte ich die Handschrift der Briefe Medeas, die ich in den Archiven gesehen hatte. Das versetzte mir einen furchtbaren Stoß. Mein erster Gedanke war, daß es das Geschenk irgendeines Freundes sein müsse, der mein Interesse für Medea kannte. Einer ihrer echten Briefe, auf den ein Dummkopf meine Adresse geschrieben hatte, anstatt ihn in ein Kuvert zu stecken. Aber er war an mich adressiert, er war für mich geschrieben, es war kein alter Brief. Er enthielt nur die wenigen folgenden Zeilen:

An Spiridion,
eine Person, die weiß, welches Interesse Sie ihr entgegenbringen, wird sich heute abend um neun Uhr in der Kirche San Giovanni Decollato einfinden. Suchen Sie im linken Flügel eine Dame, die in einen schwarzen Mantel gehüllt ist und eine Rose in der Hand hält.

Da begriff ich, daß ich der Gegenstand einer Verschwörung, das Opfer einer Täuschung war. Ich drehte den Brief nach allen Seiten. Er war auf einem Papier geschrieben wie das, dessen man sich im 16. Jahrhundert bediente, und die Handschrift der Medea da Carpi war in der außerordentlichsten Weise nachgeahmt. Wer hatte also diesen Brief geschrieben? Ich ließ alle möglichen Leute an meinem Geist vorübergehen. Schließlich mußte es doch der Sohn des Unterpräfekten sein, vielleicht von der Contessa, der Dame seines Herzens, unterstützt. Sie hatten gewiß die leere Seite eines alten Briefes abgetrennt; denn keiner von ihnen hätte jemals den Geist gehabt, eine solche Komödie auszuhecken, noch das Geschick, so eine Fälschung durchzuführen. Es überraschte mich über alle Maßen. Diese Leute erlauben sich doch mehr, als ich geglaubt habe. Aber wie soll man ihnen das heimzahlen? Indem man von dem Brief keine Notiz nimmt? Das ist achtbar, aber dumm. Nein, ich werde hingehen. Vielleicht finde ich jemanden, den ich dann meinerseits aufziehen kann. Oder wenn ich niemanden finde, wie ich mich dann über ihre mißglückte Verschwörung lustig machen werde! Vielleicht ist es irgendein verrückter Einfall des Cavaliere Muzio, um mich mit der Dame zusammenzubringen, die er mir zum Gegenstand meiner künftigen *amori* ausersehen hat. Das kommt mir sehr wahrscheinlich vor. Es wäre zu dumm und zu kleinlich, einer solchen Aufforderung nicht zu folgen. Eine Frau, die mit solcher Vollendung Briefe aus dem 16. Jahrhundert nachzuahmen versteht, ist schon der Mühe wert, daß man sie kennenlernt. Ich werde hingehen! Beim Himmel, ich werde es ihnen heimzahlen. Jetzt ist es fünf Uhr, wie diese Tage doch lang sind!

18. Dezember

Bin ich verrückt? Oder gibt es wirklich Gespenster? Dieses Abenteuer von gestern abend hat mich bis in die tiefste Seele aufgewühlt.

Ich bin um neun Uhr ausgegangen, wie es mir der geheimnisvolle Brief empfahl. Es war sehr kalt und die Luft erfüllt von Nebel und Eis. Kein offener Laden, kein Fenster, das nicht geschlossen war, keine lebende Seele sichtbar. Die engen schwarzen Gassen, die sich wie Schluchten zwischen den hohen Mauern und den hohen Arkaden wanden, erschienen nur noch düsterer im matten Licht meiner Öllampe, die hier und da einen schwachen Lichtschein auf das feuchte Pflaster warf. San Giovanni Decollato ist eine kleine Kirche oder richtiger: eine Kapelle, die ich bisher immer geschlossen gesehen hatte (wie es deren so viele geschlossene in den kleinen Städten Italiens gibt, die man nur an Feiertagen öffnet); sie liegt hinter dem herzoglichen Palast auf einer schroffen Anhöhe, an der Gabelung von zwei gepflasterten Gäßchen, die steil abwärtslaufen. Ich war hundertmal dort vorübergegangen und hatte die kleine Kirche kaum beachtet, da sie mit Ausnahme des marmornen

Basreliefs oberhalb der Pforte, welches das entsetzliche Haupt von Johannes dem Täufer in seiner Schüssel darstellt und daneben den eisernen Käfig, in den man ehemals den Kopf von enthaupteten Verbrechern ausstellte, durchaus nichts interessantes bietet. Johannes der Täufer, der Enthauptete, oder *il decollato,* wie sie ihn hier nennen, war augenscheinlich der Schutzpatron von Henkerbeil und Block.

Wenige Schritte führten mich aus meiner Wohnung zu San Giovanni Decollato. Ich gestehe, daß ich sehr erregt war. Man ist nicht umsonst Pole und vierundzwanzig Jahre alt. Als ich auf einer Art Plattform an der Gabelung der beiden spitzzulaufenden Gäßchen anlangte, bemerkte ich zu meinem großen Erstaunen, daß die Fenster der Kirche oder der Kapelle nicht erleuchtet waren und das Tor geschlossen. Das also war der Streich, den man mir spielen wollte! Mich an einem Abend, an dem es recht kalt und das Pflaster schlüpfrig war, an eine Kirchentür locken, an der ich mir die Nase einrennen konnte und die vielleicht schon seit Jahren geschlossen war. Ich weiß nicht, was ich in diesem Augenblick aus Wut nicht getan hätte! Ich hatte Lust, die Kirchentür zu stürmen oder zum Sohn des Unterpräfekten zu laufen und ihn aus dem Bett herauszuziehen (denn ich war überzeugt, daß er der Anstifter dieses Scherzes wäre). Dies einmal festgestellt, ging ich auf die Türe zu, durch das düstere Gäßchen zur Linken der Kirche, als ich plötzlich durch das Brausen der Orgel, ja wahrhaftig, der Orgel, Stimmen von Sängern und ein Gemurmel von Litaneien festgebannt wurde. Also war am Ende die Kirche doch nicht geschlossen! Ich ging denselben Weg bis zum Ende des Gäßchens zurück. Alles war dunkel und lag in tiefster Stille. Dann plötzlich eine leise Luftströmung von Orgeltönen und Stimmen. Ich horchte. Der Klang kam gewiß aus dem anderen Gäßchen, dem zur Rechten. Gab es vielleicht noch eine andere Tür? Ich ging durch die Arkaden und stieg ein wenig in die Richtung hinunter, aus der Schritte zu nahen schienen. Aber weder Tür noch Lichter, nichts als schwarze Mauern, das schwarze feuchte Pflaster, das den bleichen Widerschein der kleinen wackligen Laternen zurückwarf, und dabei vollkommenste Stille. Ich blieb einen Augenblick stehen, darauf begann der Gesang von neuem. Aber diesmal schien es mir ganz gewiß, daß die Töne aus dem Gäßchen kamen, das ich eben verlassen hatte. Ich ging zurück – nichts! Etliche Male ging ich bald hin, bald her, nach vorwärts, nach rückwärts, immer wieder von den Klängen bald nach der einen, bald nach der anderen Seite gezogen – und immer vergeblich.

Schließlich verlor ich die Geduld und wurde von einer dumpfen Furcht erfaßt, die nur durch eine energische Handlung bewältigt werden konnte. Wenn die geheimnisvollen Klänge weder aus dem Gäßchen zur Rechten noch aus dem Gäßchen zur Linken kamen, dann konnten sie nur aus der Kirche dringen. Halb wahnsinnig erklomm ich die zwei oder drei Stufen und machte mich bereit, die Tür mit Gewalt aufzudrücken. Zu meinem Erstaunen öffnete sie sich ganz leicht. Ich trat ein. Die Töne der Litanei drangen deutlicher an mein Ohr, als ich einen Augenblick zwischen der äußeren Tür und dem schweren Ledervorhang stehen blieb. Ich hob ihn auf und schlüpfte hinein. Der Altar war von Kerzen und Kronleuchter glänzend erleuchtet, man beging allem Anschein nach einen Abendgottesdienst im adventhaften Gedenken des Weihnachtsfestes. Das Hauptschiff und die Seitenschiffe der Kirche waren verhältnismäßig dunkel und nur zur Hälfte gefüllt. Ich bahnte mir einen Weg durch den rechten Flügel dem Altar zu. Als meine Augen mit der ungewohnten Helle dort vertraut zu werden begannen, blickte ich klopfenden Herzens um mich. Der Gedanke, daß dies alles nur ein Scherz sei, daß ich ganz einfach irgendeine Bekannte meines Freundes, des Cavaliers, treffen würde, hatte mich einigermaßen verlassen. Jedermann war eingehüllt, die Männer in weite Mäntel, die Frauen in Schleier und wollene Umhänge. Der Chor der Kirche war relativ dunkel, und ich konnte nichts genau unterscheiden. Doch schien es mir, daß alle diese Leute unter ihren Mänteln und Schleiern auf ganz ungewöhnliche Weise gekleidet waren. Der Mann vor mir, so bemerkte ich, hatte lange gelbe Strümpfe unter seinem Mantel, und ganz dicht daneben trug eine Frau ein rotes, hinten mit goldenen Schnüren zusammengehaltenes Mieder. Waren es Bauern aus irgendeiner entfernten Provinz oder legten die Bewohner von Urbania zu Ehren des nahenden Weihnachtsfestes die Kostüme vergangener Zeiten an?

Während ich mir diese Sonderlichkeiten zu erklären versuchte, wurden meine Augen plötzlich vom Anblick einer Frau angezogen, die sich im gegenüberliegenden Flügel dicht beim Altar befand, vom Glanz der Lichter voll beleuchtet. Sie war schwarz gekleidet und hielt in den Händen in auffallender Weise eine rote Rose, zu dieser Jahreszeit ein unbekannter Luxus an einem Ort wie Urbania. Es war klar, daß sie mich bemerkte, und sich noch schärfer dem Licht zuwendend, schlug sie ihren schweren schwarzen Mantel zurück und enthüllte ein dunkelrotes Kleid mit schillernden Stickereien in Gold und Silber. Sie wandte mir ihr Antlitz zu, auf das der volle Glanz der Kronleuchter und der Wachskerzen fiel. Es war das Antlitz der Medea da Carpi. Ich stürzte durch das Schiff, ungestüm die Leute beiseite stoßend oder eher, wie es mir scheinen wollte, durch empfindungslose Körper hindurcheilend. Doch die Frauengestalt wandte sich um, durchschritt das Seitenschiff der Kirche und erreichte schnell die Türe. Ich folgte ihr, dicht hinter ihr eilend, ohne sie jedoch einholen zu können. Noch einmal, in der Nähe des Vorhanges, schaute sie sich um. Sie war nur wenige Schritte von mir entfernt. Ja, es war Medea, Medea selbst, ohne Zweifel, ohne Einbildung, ohne Selbstbetrug! Das ovale Gesicht, die fest geschlossenen Lippen, die leicht umschatteten Augen, der helle Teint, klarer als der klarste Alabaster! Sie hob den Vorhang in die Höhe und verschwand. Ich folgte ihr. Jetzt war ich nur noch durch den Vorhang von ihr getrennt. Ich sah die Eichentür sich hinter ihr schließen, einen Schritt vor mir. Heftig riß ich die Tür auf, sie mußte auf den Stufen sein, meinem Arm erreichbar!

Vor der Kirche blieb ich stehen. Kein Mensch ringsum, nichts als das nasse Pflaster, die gelblichen Reflexe in den Wasserpfützen. Mich überlief es eisig, ich konnte nicht von der Stelle. Ich versuchte, in die Kirche zurückzukehren, sie war geschlossen. Ich lief nach Hause, während mir die Haare zu Berge stiegen und ich an allen Gliedern zitterte, und in diesem Zustand blieb ich über eine Stunde, wie ein Wahnsinniger. Kann das alles nur ein Traum gewesen sein? Ist es eine Täuschung? Ach Gott! mein Gott! Werde ich vielleicht verrückt?

19. Dezember

Ein strahlender, sonniger Tag. Der ganze schmelzende Schnee ist aus der Stadt, von den Gebüschen und Bäumen verschwunden. Die Gipfel der Berge heben sich neuerdings schimmernd, mit glänzendem Schnee bedeckt, von dem azurblauen Himmel ab. Ein Sonntag, ein wahres Sonntagswetter. Alle Glocken tönen zu Ehren des herannahenden Weihnachtsfests. Auf dem Säulenplatz wird eine Art Markt vorbereitet. Man richtet Buden auf, die mit farbigem Woll- und Leinenzeug gefüllt sind, Schals, leichten Tüchern, Spiegeln, Bändern und glänzenden Zinnlampen. Die ganze Auslage des Hausierers im »Wintermärchen«. Die Läden der Wursthändler sind sämtlich grün bekränzt und mit Papierblumen geschmückt, die Schinken und die Käse mit kleinen Fahnen und grünem Laub bedeckt. Ich bin gestern aus der Stadt hinausgegangen, um mir den Viehmarkt anzusehen. Hunderte von mächtigen weißen Ochsen mit ellenlangen Hörnern und roten Quasten auf der kleinen Piazza d' Armi, unter den Toren der Stadt, dicht aneinandergedrängt. Ach was! Warum schreibe ich all diese Nichtigkeiten! Wozu kann das alles nützen? Während ich mich abmühe, über die Glocken, die Weihnachtsfreuden und Viehmärkte zu schreiben, schwingt wie eine Glocke in meinem Innern nur der eine Gedanke: Medea. Medea! Habe ich sie wirklich gesehen – oder bin ich wahnsinnig geworden?

Zwei Stunden später

Diese Kirche von San Giovanni Decollato ist, wie mir mein Wirt berichtet, seit Menschengedenken außer Gebrauch. Sollte das alles nur eine Halluzination, ein Traum gewesen sein, vielleicht ein Traum, in jener Nacht geträumt? Ich bin abermals ausgegangen, um diese Kirche zu untersuchen. Da steht sie, an der Gabelung der beiden abschüssigen schmalen Gäßchen, mit ihrem Basrelief, das Haupt Johannes des Täufers darstellend, oberhalb der Tür. Diese Tür sieht aus, als wäre sie seit Jahren nicht geöffnet worden. Ich sehe das Spinngewebe auf den Scheiben, und wie Sor Asdrubale sagt, kann diese verfallene Kirche nur den Ratten und den Spinnen als Versammlungsort dienen. Und doch – und doch! Ich habe eine so klare Erinnerung an all das, einen so lebhaften Eindruck von all dem! Oberhalb des Altars hing ein Bild, die Tochter des Herodes tanzend darstellend. Ich erinnere mich an ihren weißen Turban mit dem Büschel roter Federn. Ich erinnere mich sogar an die Form des Kronleuchters in der Mitte. Er schwankte langsam, und Hitze und Zugluft hatten eine der Wachskerzen fast gänzlich herabschmelzen lassen.

Es ist ja möglich, daß ich alle diese Vorgänge anderswo beobachtet habe, daß sie sich in meinem Gedächtnis aufgespeichert haben und daß sie von dort, ich weiß nicht wie, vielleicht durch einen Traum, herausgefunden haben. Ich habe Psychologen auf ähnliche Vorkommnisse anspielen hören. Ich werde noch einmal hingehen. Ist die Kirche geschlossen, nun gut, dann war es ein Traum, eine Vision, das Resultat einer allzugroßen Überreizung. Ich muß dann gleich nach Rom abreisen, muß Ärzte konsultieren, denn ich fürchte, verrückt zu werden.

Wenn andererseits – ach was, es gibt kein *andererseits* in solchem Falle! Wenn es aber dennoch eins gäbe – nun wohl, dann hätte ich Medea wirklich gesehen. Dann könnte ich sie wiedersehen, mit ihr sprechen. Dieser Gedanke allein bringt mein Blut in Wallung, nicht vor Entsetzen, aber ... ich weiß nicht, wie ich das bezeichnen soll. Dieses Gefühl läßt mich erstarren und ist doch köstlich. Dummkopf! Es muß doch eine Schraube in meinem Gehirn locker sein. Der zwanzigste Teil eines Haars leicht aus der Richtung gebracht – das ist das Ganze!

20. Dezember

Ich bin abermals hingegangen, ich habe die Musik gehört, ich war in der Kirche, ich habe sie gesehen – Sie! Ich kann nicht länger an meinem gesunden Verstand zweifeln. Warum sollte ich auch? Diese Pedanten sagen, daß die Toten tot sind, daß das Vergangene vergangen ist. Für sie, ja – aber warum für mich? Warum für einen Mann, der liebt, der fühlt, wie er aus Liebe zu einer Frau vergeht, einer Frau, die ... ja, man lasse mich meinen Satz beenden. Warum sollte es keine Gespenster geben für die, die sie zu sehen vermögen? Warum sollte sie nicht auf die Erde zurückkehren, wenn sie weiß, daß diese einen Mann trägt, der nur an sie denkt, nur sie begehrt?

Eine Halluzination? Ja freilich! Ich habe sie gesehen, wie ich dieses Papier sehe, auf dem ich schreibe. Sie stand aufrecht, im vollen Licht des Altars. Ich hörte das Rauschen ihrer Röcke, ich roch den Duft ihres Haars, ich hob den Vorhang in die Höhe, den sie im Vorübergehen bewegt hatte. Auch diesmal habe ich sie nicht erreicht. Aber diesmal, als ich ihr nachstürzte in die öde Gasse, die der Mond erhellte, fand ich auf den Stufen der Kirche eine Rose, die Rose, die ich einen Augenblick vorher in ihrer Hand gesehen hatte; ich habe sie gefühlt, ich habe ihren Duft eingeatmet. Eine Rose, eine wirkliche Rose, tiefrot und ganz frisch gepflückt. Heimgekehrt, steckte ich sie ins Wasser, nachdem ich sie, wer weiß, wieviel Male, geküßt hatte. Ich habe sie hoch oben auf den Schrank gestellt und beschlossen, sie nicht vor vierundzwanzig Stunden wieder anzusehen, aus Furcht, daß es nur eine Täuschung sein könnte. Aber ich muß sie jetzt wiedersehen! Ich muß! ... Großer Gott! Es ist schrecklich, schrecklich! Wenn ich ein Skelett gefunden hätte, könnte es nicht schlimmer sein! Diese Rose, die mir gestern noch frisch gepflückt schien, voll Duft und Farbe, ist braun, trocken – ein Ding, das seit undenklichen Zeiten zwischen den Blättern eines Buchs gelegen hat –; sie ist unter meinen Händen zu Staub zerfallen. Furchtbar! furchtbar! ... Aber warum eigentlich? ... Hab ich es denn nicht gewußt, daß ich in eine Frau verliebt bin, die seit dreihundert Jahren tot ist? Wenn ich die frischen Rosen, die gestern erblühten, liebte, dann könnte die Contessa Fiametta oder die erstbeste kleine Näherin aus Urbania sie mir geben. Was liegt daran, wenn die Rose zu Staub zerfallen ist? Wenn ich nur Medea in meinen Armen halten könnte, wie ich diese Rose zwischen meinen Fingern gehalten, wenn ich ihre Lippen küssen könnte, wie ich deren Blätter geküßt, wäre ich nicht glücklich, wenn sie auch einen Augenblick darauf zu Staub zerfallen würde, ja wenn ich selbst zu Staub zerfallen sollte?

Ich habe sie noch einmal gesehen! Ich habe fast mit ihr gesprochen. Sie hat mir ihre Liebe zugesagt! Ach Spiridion! Du hattest recht, als Du fühltest, daß Du für keinerlei irdische Liebschaft geschaffen bist. Zur gewohnten Stunde begab ich mich diesen Abend nach San Giovanni Decollato. Eine ganz helle, schöne Winternacht. Die hohen Häuser und Glockentürme hoben sich von einem tiefblauen Himmel, der wie Stahl glänzte und mit Myriaden von Sternen bedeckt war, scharf ab. Der Mond war noch nicht aufgegangen. Die Fenster der Kapelle waren nicht erleuchtet, aber nach einer schwachen Anstrengung konnte ich die Tür öffnen und betrat die Kirche. Der Altar war wie immer glänzend erleuchtet. Plötzlich hatte ich die Empfindung, daß diese ganze Menge von Männern und Frauen, die aufrecht dastanden, diese Priester, die sangen und sich um den Altar bewegten, tot waren, daß sie für niemanden vorhanden waren, außer für mich. Ich berührte wie zufällig die Hand meines Nachbarn, sie war kalt wie feuchter Ton. Er wandte sich um, doch schien er mich nicht zu sehen. Sein Gesicht war fahl wie Asche und seine Augen starr wie die eines Blinden oder eines Leichnams. Ich hatte Lust zu fliehen. Doch in diesem Moment fiel mein Blick auf *sie*, die aufrecht wie immer auf den Stufen des Altars stand, in einen schwarzen Mantel gehüllt, im vollen Schein der Lichter. Sie wandte sich um, das Licht der Wachskerzen und der Kronleuchter fiel gerade auf ihr Gesicht, dieses Gesicht mit den feinen Zügen, den umschatteten Augen, den feinen Lippen, der alabasterweißen, von zartem Rot durchschimmerten Haut. Unsere Augen begegneten sich.

Ich bahnte mir einen Weg durch das Schiff zu den Stufen des Altars, auf denen sie stand. Sie verschwand eiligst in den Seitenflügel und ich folgte ihr. Ein- oder zweimal blieb sie stehen, und ich glaubte, sie erreichen zu können. Aber als sich kaum eine Sekunde danach die Tür hinter ihr geschlossen hatte, blieb ich auf der Straße stehen, und sie war verschwunden. Auf den Stufen der Kirche sah ich etwas Weißes. Diesmal war es keine Blume, sondern ein Brief. Ich wollte in die Kirche zurück, um ihn zu lesen, aber die Tür war fest geschlossen, als wäre sie seit Jahren nicht geöffnet worden. Beim unsteten Licht der Laternen konnte ich nichts sehen, ich lief nach Hause, zündete meine Lampe an und zog den Brief aus meiner Brust hervor. Ich habe ihn vor mir. Es ist ihre Schrift, dieselbe wie in den Archiven, dieselbe wie in ihrem ersten Brief:

»An Spiridion. – Möge Deine Tapferkeit Deiner Liebe gleichen, dann wird Deine Liebe belohnt werden. Am Vorabend des Weihnachtsfestes, wenn es Nacht wird, nimm ein Beil und eine Säge, schlage kühn auf der linken Seite neben dem Gürtel in den Körper des erzenen Ritters, der sich auf der Corte erhebt. Öffne ihm die Brust mit der Säge, Du wirst darin die Statue eines geflügelten Genius finden. Nimm sie heraus, brich sie in tausend Stücke, wirf sie nach allen Seiten, auf daß der Wind sie zerstreue. Schon in derselben Nacht wird die, die Du liebst, kommen, Deine Treue zu belohnen.«

Auf dem bräunlichen Siegel war der Wahlspruch zu lesen: *Amour Dure – Dure Amour.*

23. Dezember

Es ist also wahr! Mir war etwas Außerordentliches in dieser Welt vorbehalten! Ich habe nun endlich das gefunden, was meine Seele anstrebte. Ehrgeiz, Liebe zur Kunst, Liebe zu Italien, alles, was meinen Geist beschäftigte und mich trotzdem nur wenig befriedigte, nichts von alldem war meine Bestimmung. Ich suchte das Leben, ich dürstete danach, wie man in der Wüste nach einem frischen Trunk dürstet, aber das sinnliche Leben, wie es andere junge Burschen führen, das geistige Leben, das andere Männer befriedigt, haben diesen meinen Durst nie stillen können. Sollte das Leben für mich die Liebe einer Toten bedeuten? Wir lächeln über das, was wir den Aberglauben der Vergangenheit zu nennen belieben, vergessen jedoch, daß unsere gegenwärtig so hochgepriesene Wissenschaft einem zukünftigen Geschlecht ebenso leicht als Aberglaube erscheinen kann. Warum sollte die Gegenwart klug und die Vergangenheit töricht sein? Die Menschen, die vor dreihundert Jahren Bilder gemalt und Paläste gebaut haben, hatten gewiß ebenso zart empfindende Nerven, gewiß einen ebenso scharfen Verstand wie wir selber, die wir uns damit begnügen, Baumwollstoffe zu bedrucken und Lokomotiven zu bauen. Was mich auf diese Gedanken bringt, ist, daß ich mir mit Hilfe eines alten Buches, das dem Sor Asdrubale gehört, soeben mein Horoskop gestellt und es in allen Dingen fast genau dem der Medea da Carpi gleich gefunden habe, das uns durch einen ihrer Chronisten übermittelt worden ist. Ist das zu erklären? Nein, nein! Alles wird dadurch erklärt, daß ich diese Frau schon geliebt habe, als ich das erstemal ihre Geschichte las, das erstemal ihr Bild sah, wenn ich auch diese Liebe vor mir selbst, unter dem Deckmantel des historischen Interesses, zu verbergen suchte. Ja wirklich, des historischen Interesses!

Ich habe mir Beil und Säge verschafft. Die Säge habe ich bei einem armen Tischler in einem Dorf, nur wenige Meilen von hier, gekauft. Anfangs verstand er gar nicht, was ich wollte, und ich glaube, er hat mich für verrückt gehalten. Vielleicht bin ich es! Aber wenn Wahnsinn das Glück des Lebens bedeutet, was tut's? Das Beil habe ich auf einem Zimmerplatz gefunden, wo die Stämme der großen Fichten, die auf den Gipfeln der Apenninen von Sant' Elmo wachsen, bearbeitet werden. Niemand war auf dem Platz, und ich habe der Versuchung nicht widerstehen können. Ich habe dieses Werkzeug in die Hand genommen, seine Schneide geprüft, es gestohlen. Zum erstenmal im Leben bin ich zum Dieb geworden. Warum bin ich nicht in einen Laden gegangen, um eine Hacke zu kaufen? Ich weiß es nicht. Beim Anblick dieser stählernen Schneide habe ich nicht widerstehen können. Die Tat, zu der es mich treibt, ist sicherlich ein Akt des Wandalismus. Ich habe durchaus nicht das Recht, das zu zerstören, was der Stadt Urbania gehört. Ich will weder der Statue noch der Stadt Schaden zufügen. Wenn ich die Bronzestatue unberührt lassen könnte, würde ich es sehr gern tun. Aber ich muß *ihr* gehorchen, ich muß *sie* rächen. Ich muß mich des silbernen Idols bemächtigen, das Robert von Montemurlo anfertigen und weihen ließ, damit seine kleinmütige Seele in Frieden ruhen könne und nicht Gefahr laufe, demjenigen Wesen zu begegnen, das er am meisten im Leben fürchtete. O! mein Herr Herzog, Ihr habt in das Abbild Eures Körpers das Bild Eurer Seele eingeschlossen, glaubend, daß, während sie alle Qualen der Hölle leidet, Ihr bis zum Tag des Jüngsten Gerichts in Frieden ruhen werdet, bis Eure kleinliche Seele vollkommen gereinigt ins Paradies eingehen würde! Ihr habt sie noch im Tod gefürchtet und den Tag, an dem ihr schließlich beide tot wäret, und Ihr habt Euch für sehr klug gehalten, so allen Eventualitäten zuvorgekommen zu sein. Irrtum, Hoheit! Auch Ihr sollt erfahren, was es heißt, nach dem Tode umzugehen und den Verblichenen zu begegnen, denen man im Leben Unrecht zugefügt hat.

Welch endloser Tag! Aber ich werde sie noch heute abend wiedersehen.

Elf Uhr

Nein, die Kirche ist geschlossen; der Zauber ist gebrochen. Ich werde sie vor morgen nicht wiedersehen. Aber morgen! Ach Medea! Liebten Dich Deine anderen Liebhaber so, wie ich Dich liebe?

Vierundzwanzig Stunden trennen mich noch von dem Augenblick des Glücks. Von dem Augenblick, auf den ich, wie mir scheint, mein ganzes Leben gewartet habe. Und dann, was wird dann geschehen? Ja, jede Sekunde zeigt es mir klarer – nach dem gibt es nichts mehr! Alle sind sie gestorben, die Medea da Carpi geliebt haben, sie geliebt haben und ihre Sklaven waren. Giovanfrancesco Pico, ihr erster Gemahl, erdolcht in dem Schloß, aus dem sie geflüchtet war. Stimigliano durch Gift gestorben; der Diener, der ihm das Gift gereicht auf ihren Befehl, zum Tode verurteilt. Oliverotto da Narni, Marcantonio Frangipani und dieses arme Kind, Ordelaffi, das nicht einmal ihr Antlitz gesehen hatte und dessen einzige Belohnung das Taschentuch gewesen war, mit dem ihm der Henker den Schweiß von der Stirne wischte, als er nur noch ein Haufen gebrochener Glieder und zerfetzten Fleisches war – alle sind sie gestorben, und ich werde auch sterben.

Die Liebe einer solchen Frau genügt, aber es ist eine verhängnisvolle Liebe. *Amour Dure,* wie ihr Wahlspruch sagt. Auch ich werde sterben. Und warum auch nicht? Wäre es möglich, weiter zu leben, um eine andere Frau zu lieben? Wäre es möglich, ein elendes Dasein wie dieses länger zu ertragen, nach einem Glück, wie es der morgige Tag bringen wird? Unmöglich! Die anderen sind gestorben, und auch ich muß sterben. Ich habe immer gefühlt, daß ich nicht lange leben werde. In Polen hat mir einst eine Zigeunerin gesagt, daß durch meine Handfläche die gebrochene Linie geht, die auf einen gewaltsamen Tod deutet. Ich hätte im Duell, von der Hand eines Kameraden fallen oder bei einem Eisenbahnunglück den Tod finden können. Nein, nein, mein Tod wird nicht von dieser Art sein! Sterben – aber ist sie denn nicht auch tot? Welch sonderbare

Visionen ruft ein solcher Gedanke hervor! Und die anderen – Pico, der Diener, Stimigliano, Oliverotto, Frangipani, Prinzivalle degli Ordelaffi – werden sie alle dort sein? Aber ich werde es sein, den sie am meisten liebt, ich – von dem sie geliebt wurde, nachdem sie schon dreihundert Jahre in ihrem Grabe geruht hatte!

24. Dezember

Alle meine Vorkehrungen sind getroffen. Heut abend um elf Uhr schleiche ich mich hinaus. Sor Asdrubale und seine drei Schwestern werden fest eingeschlafen sein. Ich habe sie gefragt. Ihre Furcht vor den Schmerzen des Rheumatismus hindert sie, die Christmette zu besuchen. Glücklicherweise liegt auf meinem Wege bis zur Corte gar keine Kirche. Der Betrieb, der in dieser heiligen Nacht herrscht, wird mich begünstigen. Die Gemächer des Unterpräfekten liegen auf der anderen Seite des Palastes, auf die Corte gehen nur die Empfangssäle, die Archive, die Stallungen und Wagenremisen, die nicht benützt werden. Übrigens wird es schnell geschehen sein.

Ich habe meine Säge an einer massiven Bronzevase, die ich Sor Asdrubale abkaufte, geprüft. Und das Material der hohlen Statue, die der Rost zerfressen hat (ich habe sogar Sprünge bemerkt), kann nicht lange widerstehen, besonders nicht nach dem Schlag, den ich mit der Schneide des Beiles dagegen führen werde. Ich habe im Interesse der Regierung, die mich hierher schickte, meine Papiere in Ordnung gebracht. Ich bedaure sehr, sie um ihre »Geschichte der Stadt Urbania« zu betrügen. Um diesen letzten Tag, der mir endlos schien, auszufüllen und das Fieber der Ungeduld zu beschwichtigen, habe ich einen langen Spaziergang unternommen. Es ist der kälteste Tag, den wir bis jetzt gehabt haben. Die strahlende Sonne wärmt nicht im geringsten, sondern scheint eher den Eindruck der

Kälte zu erhöhen, wenn sie den Schnee der Berge glitzern, die blaue Luft wie Stahl schimmern läßt. Die wenigen Leute, die man auf der Straße trifft, sind bis zur Nase vermummt und tragen irdene Glutpfännchen unter ihren Mänteln; lange Eiszapfen hängen von dem Brunnen mit der Merkurstatue nieder; man könnte sich vorstellen, daß Wölfe über die öden Heiden getrabt kämen, um die Stadt zu belagern. Diese Kälte stimmt mich merkwürdig ruhig – es ist, als brächte sie mir meine Kindheit zurück.

Als ich durch die steilen, holprigen Gäßchen mit dem schlüpfrigen, gefrorenen Pflaster vor dem Hintergrund der schneebedeckten Berge schritt, vorüber an der Kirche, deren Stufen mit Buchsbaum und Lorbeer bestreut sind und aus der ein leiser Duft von Weihrauch dringt, da stieg in mir – ich weiß nicht, warum – die Erinnerung, fast die Empfindung jener längst vergangenen Weihnachtsabende in Posen und Breslau auf, wo ich als Kind durch die Straßen wanderte und durch die Fenster in die Stuben schaute, wo sie die Wachslichter der Christbäume anzuzünden begannen, und mich verwundert fragte, ob auch ich bei meiner Heimkehr in so ein herrliches Zimmer, das von Kerzen und Glasperlen und goldenen Nüssen strahlte, geführt werden würde. Nun hängen sie daheim im Norden die letzten Ketten von funkelnden blauen und roten Kugeln, die letzten vergoldeten und versilberten Nüsse an die Weihnachtsbäume; sie zünden die roten und blauen Kerzchen an; das Wachs beginnt auf die schönen grünen Tannenzweige herabzuträufeln; die Kinder warten klopfenden Herzens hinter den Türen auf die Kunde, daß das Christkind gekommen sei. Und ich, auf was warte ich? Ich weiß es nicht; es ist alles wie ein Traum; alles um mich herum ist verschwommen und unwirklich, so als hätte die Zeit aufgehört, als könne nichts geschehen, als wären all meine eigenen Wünsche und Hoffnungen tot und ich selbst in ein regungsloses Traumland versunken. Sehne ich den heutigen Abend herbei? Fürchte ich mich davor? Wird es jemals Abend werden? Fühle ich irgend etwas, gibt es irgend etwas Wirkliches um mich herum? Ich sitze da, und mir ist, als sähe ich die Straße in Posen, die breite Straße, die von den Lichtern der Weihnachtsbäume hell erleuchteten Fenster, an deren Scheiben die grünen Tannenzweige rascheln.

Heiliger Abend, Mitternacht

Es ist geschehen. Ich habe mich lautlos hinausgeschlichen. Sor Asdrubale und seine Schwestern schliefen. Ich fürchtete schon, sie alle aufgeweckt zu haben, denn während ich das große Zimmer durchschritt, in dem mein Wirt seine verkäuflichen Kuriositäten aufbewahrt, fiel mein Beil zu Boden und stieß an eine alte Rüstung, die er gerade ausbessert. Ich hörte ihn im Halbschlaf aufschreien, löschte mein Licht und verbarg mich im Stiegenhaus. Er kam im Schlafrock heraus, doch als er niemanden fand, begab er sich wieder in sein Bett zurück. »Gewiß irgend eine Katze«, sprach er vor sich hin. Ich zog leise die Tür hinter mir ins Schloß. Der Himmel hatte sich seit Mittag umwölkt, es war Vollmond, aber graue, fahle Nebel stiegen auf. Von Zeit zu Zeit verschwand der Mond völlig. Keine lebende Seele auf der Straße, nur die hohen engen Häuser, in Mondschein gebadet.

Ich weiß nicht, warum, aber ich machte einen Umweg, um den Platz zu erreichen. Ich kam an ein oder zwei Kirchentüren vorbei, durch die das leise Geräusch der Weihnachtsmesse drang. Einen Augenblick lang fühlte ich mich versucht, in die eine oder andere einzutreten, aber irgend etwas schien mich zurückzuhalten. Ich fing Fragmente des Weihnachtsliedes auf. Ich fühlte, wie ich nervös zu werden begann, und richtete meine Schritte eilig nach der Piazza della Corte. Als ich an der Halle von San Francesco vorüberkam, hörte ich Schritte hinter mir. Mir schien, als folge mir jemand. Ich blieb stehen, um die Person an mir vorübergehen zu lassen. Als sie näher kam, wurde ihr Schritt langsamer. Sie schritt an mir vorbei und flüsterte: »Geh nicht hin, ich bin Giovanfrancesco Pico.« Ich sah mich um, der Schatten war verschwunden. Ich fühlte, wie eisige Kälte mich umhüllte, aber ich setzte meinen Weg fort.

Hinter der Wölbung der Kathedrale, in einem engen Gäßchen, bemerkte ich einen Mann, der an der Mauer lehnte. Ein langer Strahl des Mondlichts fiel auf ihn und mir schien, als wäre sein Gesicht mit dem kleinen spitzen Bart blutüberströmt. Ich beschleunigte meinen Schritt, aber wie ich ihn streifte, sagte er mit leiser Stimme: »Folge ihr nicht, geh nach Hause, ich bin Marcantonio Frangipani.« Meine Zähne klapperten, aber ich eilte das schmale Gäßchen entlang, im bläulichen Licht des Mondes, das die weißen Mauern beschien.

Endlich war ich am Ziel. Die Piazza della Corte schwamm im Mondlicht, die Fenster des Palastes schienen glänzend erleuchtet, und die Statue des Herzogs Robert, schimmernd wie Stahl, schien auf ihrem Pferde auf mich zuzureiten. Ich trat in den Schatten zurück. Ich mußte einen Schwibbogen durchschreiten. Eine Gestalt, die aus der Wand getreten zu sein schien, verstellte mir plötzlich den Weg, indem sie ihren Arm ausstreckte, der von einem weiten Mantel umhüllt war. Ich versuchte vorbeizukommen. Sie faßte mich am Arm, und ihr Griff war wie die Berührung eines Eisblocks. »Ihr werdet nicht vorbeigehen«, rief sie, und da der Mond wieder hervorkam, sah ich ihr Gesicht, bleich wie der Tod, ein gesticktes Taschentuch auf der Stirn. Es sah fast noch aus wie das eines Kindes. »Ihr werdet nicht vorübergehen«, schrie die Gestalt, »Ihr werdet sie nicht besitzen. Sie gehört mir, mir ganz allein! Ich bin Prinzivalle degli Ordelaffi.« Ich fühlte seine eisigkalte Umklammerung, aber mit der anderen Hand schwang ich das Beil, das ich unter meinem Mantel trug. Das Beil traf die Wand und widerhallte am Stein. Er war verschwunden.

Ich stürzte vorwärts, ich habe meinen Vorsatz ausgeführt. Ich habe das Erz gespalten, ich habe einen größeren Riß hineingesägt, ich habe die silberne Statuette herausgezerrt und in tausend Stücke zerschlagen. Als ich die letzten Fragmente in alle Winde streute, verdunkelte sich plötzlich der Mond; es erhob sich ein heftiger Wind, der über den Platz heulte, es war, als bebe die Erde. Ich warf das Beil und die Säge von mir und floh nach Hause. Ich fühlte mich verfolgt, wie durch den Hufschlag von tausend unsichtbaren Reitern.

Jetzt bin ich ruhig. Es ist Mitternacht, noch einen Augenblick und sie wird hier sein! Geduld, mein Herz! Ich höre seine Schläge. Ich hoffe, daß niemand den armen Sor Asdrubale beschuldigen wird. Ich will einen Brief an die Behörden richten, um seine Schuldlosigkeit zu bezeugen, falls mir etwas widerfahren sollte. Eins! Die Turmuhr des Palastes beginnt zu schlagen . . .

»Mit Folgendem bezeuge ich, daß, was immer mir, Spiridion Trepka, in dieser Nacht widerfahren sollte, niemand außer mir selbst dafür verantwortlich gemacht werden kann . . .«

Ein Schritt auf der Treppe! Sie ist es! Sie ist es! Endlich! Medea, Medea! Ah! *Amour Dure – Dure Amour!*

Anmerkung: Hier endet das Tagebuch des verstorbenen Spiridion Trepka. Die bedeutenderen Zeitungen Umbriens berichteten ihren Lesern, daß man am Weihnachtsmorgen des Jahres 1885 die bronzene Reiterstatue des Herzogs Robert II. arg beschädigt gefunden habe und daß der Professor Spiridion Trepka aus Posen im Deutschen Reich getötet worden sei durch einen Dolchstich in der Herzgegend, den eine unbekannte Hand ihm beigebracht habe.

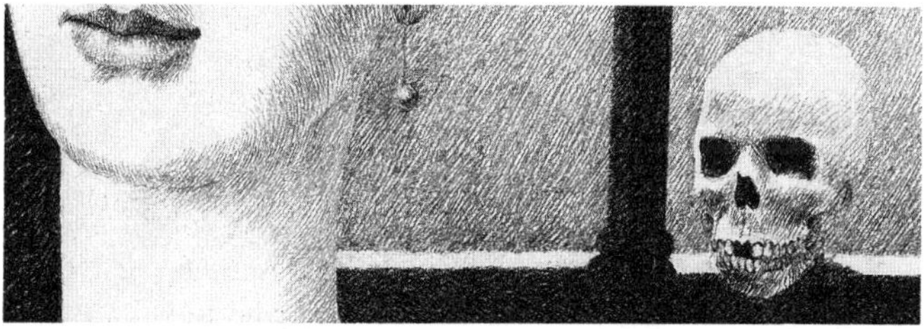

Die verruchte Stimme

Sie haben mich heute aufs neue beglückwünscht als den einzigen Komponisten unserer Zeit – dieser Zeit der ohrenbetäubenden Orchesterwirkungen und musikalischen Quacksalbereien – der, die neumodischen Wagnerschen Sinnlosigkeiten verschmähend, kühn zu den Traditionen des Händel, des Gluck und des göttlichen Mozart zurückgekehrt sei, zur Herrschaft der Melodie und der Achtung vor der menschlichen Stimme.

O! du verruchte menschliche Stimme, du Instrument von Fleisch und Blut, das der Teufel mit seinen Werkzeugen und geschickten Fingern gefertigt hat. O hassenswerte Kunst des Gesangs, hast du nicht schon genug vergangenes Unheil angerichtet, indem du so viele edle Geister erniedrigt, Mozarts Reinheit getrübt, Händel zu einem Komponisten höherer Vokalisen herabgewürdigt und die Welt um die einzige Inspiration betrogen hast, die eines Sophokles und Euripides würdig war: die Inspiration des großen Poeten Gluck? Genügt es dir nicht, ein ganzes Jahrhundert erniedrigt zu haben durch die Anbetung jenes elenden, verächtlichen Geschöpfs, des Sängers! Mußt du noch überdies einen namenlosen jungen Komponisten unserer Zeit verfolgen, der keinen anderen Schatz sein eigen nennt als seine große Liebe zur reinen Kunst und vielleicht ein paar Körnchen Talent!

Und dann loben sie die Vollendung, mit der ich den Stil der großen alten Meister nachzuahmen verstehe, oder fragen mich sehr ernsthaft, ob ich, falls es mir gelingen sollte, das moderne Publikum für diesen überlebten Stil zu gewinnen, auch hoffen dürfe, entsprechende Sänger dafür zu finden. Manchmal, wenn die Leute so wie heute reden und darüber lachen, wenn ich mich als einen Jünger Wagners bezeichne, gerate ich in einen Paroxysmus sinnloser, kindischer Wut und rufe: »Nun, es wird sich eines Tages zeigen!«

Ja, eines Tages wird es sich zeigen! Denn kann ich nicht trotz alledem von dieser sonderbarsten aller Krankheiten genesen? Es ist noch immer möglich, daß einst der Tag kommt, wo mir all das bloß als ein unglaublicher nächtlicher Spuk erscheinen wird, der Tag, wo »Ogier der Däne« vollendet sein und die Welt wissen wird, ob ich ein Nachfolger des großen Meisters der Zukunftsmusik oder der kläglichen Chormeister der Vergangenheit bin. Ich bin nur halb behext, da ich mir des Zaubers, der mich bannt, bewußt bin. Meine alte Amme im fernen Norwegen erzählte mir oft, daß die Werwölfe ihr halbes Leben lang gewöhnliche Menschen sind und, falls sie sich während der Zeit ihrer scheußlichen Verwandlung dieser bewußt werden, ein Mittel finden können, derselben zu entgehen. Kann dies nicht auch bei mir der Fall sein? Mein Verstand ist ja frei, obwohl meine künstlerische Inspiration gefesselt ist; und ich vermag die Musik, die ich zu komponieren gezwungen bin, und die abscheuliche Macht, die mich dazu zwingt, zu verachten und zu verfluchen. Ja, ist es nicht vielleicht gerade, weil ich mit der Zähigkeit des Hasses diese verderbte und verderbliche Musik der Vergangenheit studiert und jede Eigentümlichkeit des Stils, jede biographische Einzelheit aufgestöbert habe, um ihre Verderbtheit zu beweisen, ist es nicht um dieses anmaßenden Mutes willen, daß mich jene geheimnisvolle, unglaubliche Rache ereilt hat?

Und inzwischen finde ich einzig darin Erleichterung, in meinem Geiste die Geschichte meines Unglücks wieder und wieder durchzugehen. Diesmal will ich sie niederschreiben, doch lediglich, um sie dann zu zerreißen, das Manuskript ungelesen ins Feuer zu werfen. Und doch, wer weiß? Wenn die letzte verkohlte Seite knistert und langsam in die Gluten sinkt, dann wird der Bann vielleicht gebrochen sein, und ich werde meine lang verlorene Freiheit, mein entwichenes Talent wiedergewonnen haben.

Es war an einem jener regungslosen Abende bei Vollmond, jenem unerbittlichen Vollmond, in dessen Licht, fast mehr noch als unter der träumenden Pracht der Sonne, Venedig inmitten der Gewässer zu verdursten scheint und gleich einer großen Lilie geheimnisvolle Dünste ausatmet, die die Sinne verwirren und das Herz beklemmen – eine seelische Malaria, die, wie ich glaube, aus jenen sehnsuchtsvollen Melodien, jenen girrenden Vokalisen strömte, die ich in den modrigen Notenheften des vergangenen Jahrhunderts gefunden hatte. Ich sehe jene Mondnacht vor mir, als wäre sie gegenwärtig. Ich sehe meine Hausgenossen in dem kleinen Künstlerheim. Der Tisch, um den sie nach dem Nachtessen sitzen, ist übersät mit Brotkrumen, mit zusammengerollten Servietten in gestickten Ringen, hier und dort sieht man Weinflecke, in gleichmäßigen Abständen gedrechselte Pfefferbüchsen, Zahnstocherbehälter und Haufen dieser großen harten Pfirsiche, die die Natur den Marmorläden von Pisa abgeguckt hat. Die ganze Einwohnerschaft der Pension ist versammelt und betrachtet einträchtig die Stiche, die der amerikanische Radierer mir eben mitgebracht hat, weil er weiß, daß ich für die Musik und die Musiker des achtzehnten Jahrhunderts schwärme und beim Durchsehen eines Stapels billiger Stiche am Platz von San Paolo entdeckt hat, daß dies das Porträt eines Sängers aus jener Zeit sei.

Sänger! Du verruchtes Wesen, Du blöder, verworfener Sklave der Stimme, jenes Instrumentes, das nicht vom menschlichen Geist ersonnen, sondern vom Körper gezeugt wurde, und das, statt die Seele zu bewegen, nur den Schlamm in uns aufrührt! Denn, was ist die Stimme anderes, als der Ruf der Bestie, der jenes andere Tier weckt, das in der Tiefe der Menschheit schlummert; jenes Tier, das alle große Kunst stets zu bändigen versucht, so wie auf den alten Bildern der Erzengel den Dämon mit dem Frauenantlitz in Ketten legt! Wie konnte das Wesen, das mit jener Stimme zusammenhing, ihr Herr und ihr Opfer war, der Sänger, der große, der echte Sänger, der einst über alle Herzen gebot, anders als verworfen und verächtlich sein? Aber ich will trachten, in meiner Erzählung weiter zu kommen.

Ich sehe meine Hausgenossen, wie sie sich über den Tisch lehnen und den Stich betrachten, den weibischen Gecken, mit den kunstvoll frisierten Locken, den Degen quer durch die gestickte Tasche, der in den Wolken unter einem Triumphbogen thront, umgeben von einer Schar pausbackiger Liebesgötter und von einer üppigen Siegesgöttin mit Lorbeer gekrönt wird. Ich höre wieder alle albernen Bemerkungen, alle blöden Fragen über diesen Sänger: »Wann hat er gelebt? War er sehr berühmt? Glauben Sie wirklich, Magnus, daß dies sein Bild ist?« usw. Und ich höre meine eigene Stimme wie aus weiter Ferne, die allerhand Auskünfte, biographische wie kritische, erteilt, geschöpft aus einem abgenutzten kleinen Bändchen namens: *»Das Theater des musikalischen Ruhmes, oder: Urtheile über die berühmtesten Componisten und Virtuosen dieses Jahrhunderts,* von Pater Prosdocimo Sabatelli, Barnabit und Professor der Beredtsamkeit an der Universität von Modena und Mitglied der Arkadischen Akademie, unter dem Schäfernamen Evander Lilybæan, Venedig 1785, mit

Genehmigung seiner Vorgesetzten«. Ich erzähle ihnen, wie jener Sänger, jener Balthasar Cesari, den Spitznamen »Zaffirino« führte, weil ihm eines Abends von einem maskierten Fremden ein Saphir mit kabbalistischen Zeichen geschenkt worden war, in dem einige kluge Leute den großen Förderer der menschlichen Stimme, den Teufel, erkannten; wie die Stimmittel jenes Zaffirino so viel herrlicher gewesen seien als die irgendeines Sängers aus alter oder neuerer Zeit; wie sein kurzes Leben nur eine Reihe von Triumphen war; verwöhnt von Monarchen, besungen von den berühmtesten Dichtern »und endlich –«, fügt Pater Prosdocimo hinzu, »wenn die ernste Muse der Geschichte ihr Ohr der galanten Plauderei leihen darf – umschwärmt von den reizendsten Nymphen allerhöchster Art«.

Meine Freunde blicken nochmals auf den Stich; noch mehr alberne Bemerkungen fallen; ich werde – namentlich von den jungen Amerikanerinnen – aufgefordert, eines von Zaffirinos Lieblingsliedern zu singen oder zu spielen: »Denn Sie kennen sie doch natürlich, lieber Meister Magnus, Sie, der Sie solch eine Leidenschaft für alte Musik haben. Seien Sie nett und setzen Sie sich ans Klavier!« – Ich weigere mich, ziemlich unhöflich, und rolle den Stich um meine Finger. Wie entsetzlich muß die verdammte Hitze jener verdammten Mondnächte meine Nerven heruntergebracht haben! Dieses Venedig würde mich auf die Dauer sicherlich umbringen! Beim Anblick dieses blöden Stiches, beim bloßen Namen dieses Gecken von einem Sänger klopft mir das Herz, versagen mir die Glieder wie einem liebenskranken jungen Laffen!

Nach meiner barschen Ablehnung beginnt die Gesellschaft sich zu zerstreuen; sie rüsten sich zum Ausgehen, einige, um durch die Lagunen zu rudern, andere, um vor den Cafés am Markusplatz zu bummeln; Familiendebatten erheben sich, draußen hört man das Brummen der Väter, das Murmeln der Mütter, das lustige Lachen von jungen Burschen und Mädchen. Und der Mondschein, der durch die weit offenen Fenster dringt, verwandelt den einstigen herrschaftlichen Tanzsaal, nun Speisesaal eines Hôtel Garni, in eine Lagune, die funkelnd auf- und niederflutet wie die andere, die wirkliche Lagune, die sich draußen hinbreitet, durchfurcht von unsichtbaren Gondeln, die nur das helle Licht am Schnabel verrät. Endlich setzt sich der ganze Trupp in Bewegung. Nun werde ich doch etwas Ruhe kriegen und an meiner Oper »Ogier der Däne« arbeiten können! Aber nein! Das Gespräch belebt sich aufs neue, und zwar über jenen Sänger Zaffirino, dessen lächerliches Bild ich zwischen meinen Fingern zerknittere.

Der Hauptredner ist Graf Alvise, ein alter Venezianer mit gefärbtem Backenbart und einer schreienden, schottischen Krawatte mit mächtiger Busennadel; ein fadenscheiniger Kavalier, der um jeden Preis für seinen Sohn die hübsche Amerikanerin erobern möchte, deren Mutter sich an seinen Anekdoten über die vergangene Größe Venedigs im allgemeinen und die seiner vornehmen Familie im besonderen berauscht. Warum muß er sich mit seinem Gewäsch gerade über Zaffirino verbreiten, der alte Narr von einem Aristokraten!

»Zaffirino – ach! ja freilich! Balthasar Cesari, genannt Zaffirino«, näselt die Stimme des Grafen Alvise, der das Ende jedes Satzes mindestens dreimal wiederholt. »Ach! ja freilich, Zaffirino! Ein berühmter Sänger aus der Zeit meiner Vorfahren; ja, meiner Vorfahren, liebe gnädige Frau!« Dann wieder ein Schwall von Unsinn über Venedigs vergangene Größe, die Pracht der alten Musik, die früheren Konservatorien, vermengt mit Anekdoten über Rossini und Donizetti, mit denen er nach seiner Behauptung intim befreundet war; schließlich eine Geschichte, in der natürlich seine vornehme Familie eine große Rolle spielt –:

»Meine Urgroßtante, die Procuratessa Vendramin, von der wir unsere Besitzung Mistrà an der Brenta ererbt haben« – eine sehr verworrene Geschichte voller Abschweifungen, deren Held jedoch jener Sänger Zaffirino ist. Nach und nach wird die Erzählung klarer, oder vielleicht wende ich ihr nun mehr Aufmerksamkeit zu.

»Wie es scheint«, sagt der Graf, »hatte er ein ganz besonderes Lied, welches ›Das Lied der Ehemänner‹, *L'Aria dei Mariti,* hieß, weil es den Gatten nicht ganz so gut gefiel wie ihren besseren Hälften. Meine Großtante, Pisana Renier, mit dem Procurator Vendramin verheiratet, war eine Aristokratin der alten Schule, von jener Art, die bereits vor nunmehr hundert Jahren im Aussterben war. Ihre Tugend und ihr Stolz machten sie völlig unnahbar. Zaffirino seinerseits pflegte sich zu rühmen, keine Frau hätte ihm je widerstehen können, was sich, wie es scheint, auf Tatsachen gründete (– die Ideale wechseln mit den Zeiten, liebe gnädige Frau, die Ideale verändern sich wesentlich, von einem Jahrhundert zum andern! –): bei seinem ersten Lied müsse jede Frau erbleichen und die Augen senken, beim zweiten sich sterblich verlieben, während sie beim dritten stürbe, auf der Stelle vor seinen Augen aus Liebe stürbe, wenn er es nur darauf anlegte. Meine Großtante Vendramin lachte, als man ihr das erzählte, weigerte sich, den unverschämten Hund anzuhören, und fügte hinzu, es könnte wohl möglich sein, mit Hilfe höllischer Pakte und Zaubermittel eine *gentildonna* zu töten, aber niemals würde sich eine solche in einen Lakaien verlieben. Natürlich wurde das dem Zaffirino hinterbracht, der einiges daran setzte, jeden zu besiegen, der an der Macht seines Gesanges zweifelte. Wie es die alten Römer hielten: *parcere subjectis et debellare superbos.* Sie, meine amerikanischen Damen, die Sie so gelehrt sind, werden dies kleine Zitat aus dem göttlichen Vergil wohl zu würdigen wissen. Während er scheinbar der

Procuratessa Vendramin aus dem Wege ging, ergriff Zaffirino eines Abends in großer Gesellschaft die Gelegenheit, vor ihr zu singen. Er sang und sang und sang, bis meine arme Großtante Pisana liebeskrank wurde. Die geschicktesten Ärzte waren außerstande, die geheimnisvolle Krankheit zu ergründen, an der die arme junge Dame augenscheinlich dahinsiechte; und der Procurator Vendramin flehte vergeblich zu den wundertätigsten Madonnen und gelobte umsonst, den Heiligen Kosmos und Damian, den Schutzpatronen der Heilkunst, einen silbernen Altar mit Leuchtern aus massivem Gold zu spenden. Endlich wurde dem Schwager der Procuratessa, Monsignor Almoro Vendramin, dem Patriarchen von Aquileia, einem im hohen Geruch der Heiligkeit stehenden Kirchenfürsten, von der heiligen Justina, der er einen besonderen Kult weihte, in einem Gesichte verkündet, daß das einzige Mittel, die sonderbare Krankheit seiner Schwägerin zu bannen, die Stimme des Zaffirino sei. Wohlgemerkt, meine arme Großtante hatte sich nie zu einem solchen Bekenntnis herbeigelassen.

Der Procurator war entzückt von dieser glücklichen Lösung, und Seine Eminenz der Patriarch suchte Zaffirino persönlich auf und geleitete ihn in seiner eigenen Kutsche in die Villa von Mistrà, wo die Procuratessa residierte. Als meine arme Großtante erfuhr, was bevorstand, bekam sie einen Wutanfall, dem unmittelbar ein Anfall lebhafter Freude folgte. Dennoch vergaß sie niemals, was sie ihrer hohen Stellung schuldig war. Obwohl beinahe todkrank, legte sie einen glänzenden Staat an, ließ ihr Antlitz schminken und trug ihren ganzen Schmuck; es war, als wollte sie ihren vollen Glanz vor dem Sänger entfalten. Deshalb empfing sie Zaffirino auf einem Ruhebett im großen Festsaal der Villa von Mistrà, unter dem fürstlichen Baldachin, denn die Vendramins, die mit dem Hause Mantua verschwägert waren, besaßen kaiserliche Lehen und waren Fürsten des Heiligen Römischen Reiches. Zaffirino begrüßte sie mit tiefster Ehrerbietung, doch wurde kein Wort zwischen ihnen gewechselt. Der Sänger erkundigte sich bloß beim Procurator, ob die hohe Kranke die Sakramente der Kirche empfangen habe. Als er erfuhr, daß die Procuratessa selbst die heilige Wegzehrung aus der Hand ihres Schwagers verlangt hatte, erklärte er sich bereit, den Befehlen Seiner Exzellenz nachzukommen, und setzte sich sofort ans Klavier.

Nie hatte er so göttlich gesungen. Am Schluß des ersten Lieds hatte sich die Procuratessa Vendramin bereits sichtlich erholt; am Schluß des zweiten schien sie völlig hergestellt und strahlte in Glück und Schönheit; aber beim dritten Lied – zweifellos die *Aria dei Mariti* – ging eine schreckliche Wandlung mit ihr vor: sie stieß einen entsetzlichen Schrei aus und verfiel in Todeszuckungen. Eine Viertelstunde darauf war sie verschieden! Zaffirino wartete ihr Ende nicht ab. Nachdem er sein Lied geendet hatte, zog er sich sofort zurück, nahm Postpferde, und reiste ununterbrochen Tag und Nacht bis nach München. Man hatte bemerkt, daß er in Trauerkleidern nach Mistrà gekommen war, obwohl er keinen Todesfall in seiner Familie erwähnt hatte; ebenso hatte er alle Vorbereitungen zu seiner Abreise getroffen, als fürchtete er den Grimm einer so mächtigen Familie. Dazu noch jene merkwürdige Frage, ob die Procuratessa gebeichtet und kommuniziert habe, ehe er zu singen begann ...

– Nein, meine gnädige Frau, ich rauche keine Zigaretten. Aber wenn es Sie und Ihre reizende Tochter nicht geniert, möchte ich um die Erlaubnis bitten, eine Zigarre zu rauchen.«

Und Graf Alvise, entzückt von seiner Erzählkunst und überzeugt, seinem Sohn das Herz und die Dollars seiner schönen Zuhörerin gesichert zu haben, entzündet eine Kerze und an der Kerze eine jener langen, schwarzen italienischen Zigarren, die man desinfizieren muß, ehe man sie rauchen kann.

... Wenn das so weiter geht, werde ich den Arzt um ein Mittel bitten müssen; das lächerliche Herzklopfen, der widerwärtige kalte Schweiß haben während der Erzählung des Grafen beständig zugenommen. Um mir etwas Haltung zu geben inmitten jener törichten Kommentare über diesen albernen Roman einer überspannten großen Dame und eines geckenhaften Sängers, beginne ich das Bild jenes einst so berühmten, nun so vergessenen Zaffirino zu entrollen und zu betrachten. Ein lächerlicher Kerl, dieser Sänger unter dem Triumphbogen, mit seinen pausbäckigen Liebesgöttern und der fetten, geflügelten Küchenmagd, die ihn mit Lorbeer krönt! Wie flach und gewöhnlich und abgeschmackt ist doch dies ganze achtzehnte Jahrhundert!

Aber er selbst ist doch nicht ganz so abgeschmackt, wie ich gedacht habe. Sein feistes, weibisches Gesicht ist beinahe schön mit seinem sonderbaren, frechen und grausamen Lächeln. Ich habe schon solche Gesichter gesehen, wo nicht im Leben, so doch in meinen romantischen, jugendlichen Träumen, als ich Swinburne und Baudelaire las: die Gesichter böser, rachsüchtiger Frauen. O ja! Er ist zweifellos schön, dieser Zaffirino, und in seiner Stimme lag sicherlich jene gleiche Art von Schönheit und Verderbtheit...

»Kommen Sie, Magnus«, lassen sich die Stimmen meiner Tischgenossen vernehmen, »seien Sie nett und singen Sie uns ein paar Lieder von dem alten Knaben oder wenigstens sonst etwas aus jener Zeit, damit wir einen Begriff von dem Lied bekommen, mit dem er die arme Dame tötete.«

»Ach ja! Die *Aria dei Mariti,* die Gatten-Arie«, murmelt Graf Alvise zwischen zwei Zügen aus seiner unsäglichen schwarzen Zigarre. »Meine arme Großtante Pisana Vendramin! Er kam und tötete sie mit seinem Lied, mit dieser *Aria dei Mariti.*«

Ich fühle, wie eine sinnlose Wut mich überkommt. Ist es jenes entsetzliche Herzklopfen (es ist übrigens gerade ein Landsmann von mir, ein norwegischer Arzt, in Venedig!), das mir das Blut zu Kopf treibt und mich verrückt macht? Die Leute ums Klavier, die Möbel, alles scheint um mich herum zu kreisen und wird zu tanzenden Farbtupfern. Ich beginne zu singen; einzig deutlich vor meinen Blicken bleibt nur das Bild des Zaffirino auf dem Pult dieses Hotel-Klaviers; das sinnliche, weibische Gesicht mit dem bösen, zynischen Lächeln scheint zu verschwinden und wieder aufzutauchen, während der Stich hin- und herweht im Luftzug, unter dem die Kerzen flackern und tropfen.

Und ich singe wild drauf los, singe, ohne recht zu wissen, was. Ja, nun erkenne ich es: es ist die *Biondina in Gondoletta,* das einzige Lied aus dem achtzehnten Jahrhundert, welches das venezianische Volk noch kennt. Ich singe es, indem ich alle altmodischen Faxen: Tremolos, Kadenzen, schmachtend anschwellende und verhallende Töne nachahme und allerhand Possen hinzufüge, bis meine Zuhörer, nachdem sie sich von der ersten Überraschung erholt haben, sich vor Lachen schütteln; bis ich selbst toll, krampfhaft zu lachen beginne zwischen den Sätzen des Liedes, bis meine Stimme schließlich in diesem albernen, brutalen Lachen bricht.

Und zum Schluß, um das Ganze zu krönen, zeige ich dem längst verstorbenen Sänger, der mich mit seinem bösen, weibischen Gesicht, seinem spöttischen, geckenhaften Lächeln ansieht, die Faust.

»Ja, ja! Du möchtest Dich auch an mir rächen!« rufe ich, »Du möchtest mich dazu bringen, derartige Spiralen und Schnörkel, noch eine *Aria dei Mariti* für Dich zu komponieren, mein lieber Zaffirino!«

In jener Nacht hatte ich einen sehr merkwürdigen Traum. Selbst in dem großen, halbleeren Raum war die Hitze unerträglich und erstickend. Die Luft schien beladen mit den verschiedenen Düften vieler weißer Blumen, von schwerer, betäubender Süßigkeit: als welkten irgendwo vergessene Tuberosen, Jasmin und Gardenien in unsichtbaren Vasen. Das Mondlicht hatte die Marmorfliesen um mich her in einen schimmernden See verwandelt. Der Hitze wegen hatte ich mein Bett mit einer Chaiselongue aus hellem Holz vertauscht, die wie ein alter Brokat mit Ranken und Blumensträußen bemalt war; ich lag dort, ohne Verlangen einzuschlafen, und ließ meine Gedanken zu meiner Oper »Ogier der Däne« schweifen, deren Text längst vollendet war und für deren Vertonung ich glückliche Inspirationen erhofft hatte von jenem seltsamen Venedig, das im stehenden Gewässer der Vergangenheit zu schwimmen scheint. Aber Venedig hatte meine Ideen nur hoffnungslos verwirrt; es war, als entströmten jenen stockenden Wassern die Dünste längst erstorbener Melodien, die meine Seele umnebelten und entkräfteten. Ich lag auf dem Sofa und beobachtete jenen See von weißem Licht, der höher und höher stieg, hier und da, wo die Strahlen des Mondes auf glänzende Flächen trafen, von hellen Glanzlichtern durchsetzt war, indes sich im Luftzug der offenen Balkontüren riesenhafte Schatten auf- und abbewegten.

Ich ging im Geiste die alte nordische Legende wieder und wieder durch; wie der Ritter Ogier, einer von den Paladinen Karls des Großen, auf seinem Heimweg vom gelobten Land den Künsten einer Zauberin verfällt, derselben Zauberin, die einst den großen Kaiser Cäsar in Bann gehalten und ihm den Sohn König Oberon geschenkt hatte; wie Ogier sich bloß einen Tag und eine Nacht auf dieser Insel aufgehalten hatte und doch alles verändert fand, als er in sein Königreich heimkehrte, die Freunde tot, sein Geschlecht entthront und keinen Menschen, der sein Antlitz gekannt hätte; bis endlich, nachdem er obdachlos wie ein Bettler umhergeirrt war, ein armer Sänger sich seiner Not erbarmte und ihm alles gab, was er zu geben hatte – ein Lied, das Lied von den kühnen Taten eines Helden, der vor hundert Jahren lebte: der Paladin Ogier der Däne.

Die Geschichte des Ogier floß in einen Traum, der ebenso lebendig war, wie mein waches Denken dumpf gewesen. Es war nicht mehr der See von Mondlicht mit seinen tanzenden Lichtern und wogenden Schattenfluten, den ich erblickte, sondern die bemalte Wand eines großen Saales. Ich erkannte auf den ersten Blick, daß es nicht der Speisesaal des nun in eine Fremdenpension verwandelten venezianischen Palastes war. Es war ein weit größerer Raum, ein wirklicher Saal, fast rund in seiner achteckigen Form, mit acht mächtigen, weißen, stuckverkleideten Türen und hoch in der Wölbung des Plafonds acht kleinen Galerien oder Nischen wie die Logen eines Theaters, die zweifellos für Musikanten oder Zuschauer bestimmt waren. Der Raum war nur ungenügend von einem der acht Kronleuchter erhellt, die wie riesige Spinnen langsam an ihren langen Schnüren kreisten. Aber das Licht fiel auf die vergoldeten Stukkos mir gegenüber und auf ein großes Wandgemälde, die Opferung der Iphigenie darstellend, worauf Agamemnon und Achilles in römischen Helmen, Schurzen und Kniehosen zu sehen waren. Es enthüllte auch eines der Ölgemälde, die in die Decke eingelassen waren, eine Göttin in zitronengelben und hell-lila Draperien, die verkürzt hinter einem großen, grünen Pfau erschien. Rings um den Saal entdeckte ich, wohin das Licht fiel, große gelbe Atlassofas und schwere, goldene Konsolen; im Schatten einer Ecke stand etwas, das einem Klavier ähnlich sah, und noch tiefer im Schatten einer jener großen Baldachine, wie sie die Vorhallen römischer Paläste schmücken. Ich blickte um mich und fragte mich erstaunt, wo ich wäre; ein schwerer, süßer Geruch, der mich an den Duft von Pfirsichen erinnerte, erfüllte den Raum.

Nach und nach begann ich Töne zu vernehmen; kurze, scharfe, metallische, abgerissene Töne wie die einer Mandoline; und damit verband sich der Klang einer Stimme, sehr leise, fast ein Flüstern, das lauter und lauter wurde, bis der ganze Raum erfüllt war von einem köstlichen, bebenden Laut von einem einzigen, seltsamen, fremdartigen, Klang.

Da, auf einmal vernahm man einen entsetzlichen, durchdringenden Schrei, den dumpfen Aufprall eines Körpers auf dem Boden und allerhand unterdrückte Rufe. Plötzlich leuchtete ein Licht auf dort in der Nähe des Baldachins, und inmitten der dunkeln Gestalten, die sich durch den Raum bewegten, sah ich eine Frau auf dem Boden liegen, von anderen Frauen umringt. Ihr verworrenes, blondes Haar, geschmückt von Diamanten, die im Halbdunkel aufblitzten, hing halb aufgelöst herab; die Spitzen an der Taille hatte man durchschnitten, und ihr weißer Busen schimmerte zwischen dem juwelengezierten Brokat; ihr Antlitz war nach vorn geneigt, und ihr schlanker weißer Arm hing wie gebrochen herab von den Knien einer Frau, die sich bemühte, sie aufzurichten. Dann vernahm man ein plötzliches Aufplätschern von Wasser auf dem Boden, noch mehr wirres Durcheinanderrufen, ein heiseres, gebrochenes Stöhnen und einen gurgelnden, gräßlichen Laut. –

Ich fuhr mit einem Ruck aus dem Schlaf und eilte ans Fenster.

Draußen, im bläulichen Nebel des Mondes schimmerten blau und durchsichtig die Kirche und der Glockenturm von San Giorgio, davor lagerte mit schwarzem Rumpf und Takelwerk und roten Lichtern ein großes Dampfboot. Aus der Lagune stieg ein feuchter Seewind auf. Was war es nur gewesen? Ach! ich begann zu begreifen: die alte Geschichte des Grafen Alvise, der Tod seiner Großtante, Pisana Vendramin – ja, davon hatte ich geträumt.

Ich kehrte in mein Zimmer zurück, machte Licht und setzte mich an meinen Schreibtisch. Der Schlaf war mir ganz vergangen. Ich versuchte, an meiner Oper zu arbeiten. Ein- oder zweimal war es mir, als hielte ich endlich fest, wonach ich so lange gesucht hatte. Doch sowie ich mein Thema fixieren wollte, erklang in meinem Geist das ferne Echo jener Stimme, jenes langsam und allmählich anschwellenden Tones, jener langgezogenen Melodie, von so vollem und doch so subtilem Klang.

Es gibt im Leben eines Künstlers Augenblicke, in denen er, wenngleich noch außerstande, die eigene Inspiration zu erfassen oder selbst nur deutlich zu unterscheiden, doch das Herannahen der lang heraufbeschworenen Idee fühlt. Ein Gemisch von Freude und Schrecken sagt ihm, daß, ehe ein weiterer Tag, eine weitere Stunde vergangen sein wird, die Inspiration die Schwelle seiner Seele überschritten und sie verzückt haben wird. Den ganzen Tag über hatte ich ein Bedürfnis nach Ruhe und Einsamkeit empfunden, und als der Abend anbrach, ließ ich mich nach dem entlegensten Teil der Lagunen rudern. Alles deutete darauf hin, daß mir dort meine Inspiration begegnen würde, und ich erwartete ihr Kommen, wie der Liebende auf die Ankunft der Geliebten wartet.

Ich hatte meine Gondel einen Augenblick halten lassen, und wie ich so sanft auf den mondbeglänzten Wellen auf- und niederschaukelte, war es mir, als befände ich mich an den Grenzen einer geträumten Welt. Sie lag dicht neben mir, in hellblauen, leuchtenden Nebel gehüllt, durch den der Mond einen breiten, schimmernden Pfad schlug; die kleinen Inseln, die draußen auf dem Meere wie schwarze, verankerte Schiffchen schwammen, erhöhten nur die Einsamkeit dieser Öde von Mondstrahlen und Wellen, indes das Summen der Insekten in den nahen Obstgärten den Eindruck ungestörter Stille noch vermehrte. Auf solch einer See, dachte ich, mußte der Paladin Ogier geschwommen sein, als er entdeckte, daß während seines Schlummers zu Füßen der Zauberin Jahrhunderte vergangen waren, in denen die heroische Welt versank und die Herrschaft des Prosaischen anbrach.

Während meine Gondel ruhig auf jenem Meer von Mondstrahlen schaukelte, sann ich über das Zwielicht jener heroischen Welt. Im sanften Schlag der Wellen an das Boot glaubte ich das Rasseln der Rüstungen zu vernehmen, das Klirren der Schwerter, die nun an den Wänden rosten, vergessen von den entarteten Söhnen der alten großen Helden.

Ich hatte lange nach einem Motiv gesucht, welches ich »das Motiv vom Heldentum des Ogier« nannte. Es sollte ab und zu in meiner Oper auftauchen, um schließlich im Lied des Barden auszuklingen, der dem Helden enthüllt, daß er einer längst gestorbenen Welt angehört. In diesem Moment glaubte ich, die Gegenwart jenes Motivs zu fühlen. Noch ein Augenblick und mein Geist würde von dieser wilden, erhabenen Musik des Todes überflutet werden. Da plötzlich drang über die Lagune, rieselnd, perlend, die Luft zackig zerschneidend, wie der Mond das Wasser mit Blitzen durchschoß und zerfranste, ein Schauer von Tönen, eine Stimme, die in ein Geriesel von Läufen, Kadenzen und Trillern zerrann.

Ich sank in die Kissen zurück. Die Vision heroischer Tage war versunken, und vor meinen geschlossenen Augen schienen zahllose Funken zu tanzen, die einander jagten und sich zu Schnörkeln verwoben wie die Töne jener Vokalise.

»Ans Ufer! Schnell!« rief ich dem Gondolier zu. Doch die Töne waren verstummt, und von den nahen Obstgärten mit den im Mondschein glitzernden Maulbeerbäumen und den schwarzen, wehenden Federn der Zypressen schallte nichts herüber als das verworrene Summen der Insekten, das monotone Zirpen der Grillen.

Ich sah um mich: auf der einen Seite kahle Hänge, Obstgärten und Wiesen, ohne Häuser oder Türme, auf der anderen die blaue, neblige See, die sich leer erstreckte bis dorthin, wo die fernen Inseln sich schwarz gegen den Horizont abhoben.

Eine Schwäche überkam mich, ich fühlte, wie sich mein Inneres auflöste, denn plötzlich rieselten abermals Töne wie spöttisches Gelächter über die Lagune.

Dann wieder alles still. Die Stille hielt so lange an, daß ich aufs neue in Nachdenken über meine Oper versank. Wieder lauerte ich auf das halberfaßte Motiv. Aber nein! Es war nicht dieses Motiv, worauf ich mit angehaltenem Atem wartete! Meine Täuschung kam mir zum Bewußtsein, als ich um die Spitze der Guidecca bog und aus der Mitte des Wassers das Flüstern einer Stimme auftauchte, einer Stimme, so zart wie ein Mondstrahl, kaum vernehmbar, doch erlesen, die langsam, unmerklich schwoll, greifbar wurde, Volumen und Feuer gewann, eine Stimme von unvergleichlicher Art, volltönend, leidenschaftlich, doch wie umhüllt von zarten, wolkigen Schleiern. Der Ton wurde voller und voller, wärmer und leidenschaftlicher, bis er durch jenen seltsamen und duftigen Schleier brach und aufleuchtete, um sich in einen langen, prächtigen, triumphierenden, funkelnden Triller zu ergießen.

Dann Totenstille.

»Rudert zum Markusplatz! Schnell!« rief ich. Die Gondel glitt durch die schimmernde, lange Fährte der Mondstrahlen und zerriß den breiten Spiegel gelben Lichtes, in dem sich die Kuppeln von San Marco, die durchbrochenen Spitzen der Zinnen und der schlanke, rosige Glockenturm spiegelten, der aus dem leuchtenden Wasser in den blassen, bläulichen Nachthimmel aufstieg.

Auf dem größeren der beiden Plätze wand sich eine Militärkapelle durch die letzten Spiralen eines *crescendo* von Rossini. Die Menge zerstreute sich in diesem weiten Ballsaal unter freiem Himmel, und man vernahm die Geräusche, die jedem Gartenkonzert unfehlbar folgen. Ein Klappern von Tellern und Löffeln, das Rascheln von Kleidern und Stühlen und das Rasseln der Säbel auf dem Pflaster. Ich bahnte mir meinen Weg durch die Reihen der jungen Lebemänner, die, an den Knäufen ihrer Stöcke lutschend, die Damen musterten, zwischen ehrbaren Ehepaaren hindurch, die Arm in Arm, dicht hinter ihren weißgekleideten Töchtern marschierend, ihren Spaziergang machten, setzte mich vor das *Café Florian*, während die Gäste sich zum Aufbruch rüsteten und die Kellner, mit den leeren Tassen und Löffeln klappernd, hin und her eilten. Zwei Talmi-Neapolitaner nahmen ihre Gitarre und ihre Violine unter den Arm und schickten sich an fortzugehen.

»Halt!« rief ich ihnen zu, »geht noch nicht; singt *La Camesella* oder *Funiculi – funiculà* – ganz gleich was, wenn es nur Lärm macht«, und als sie schon aufs lauteste schrien und kreischten, rief ich: »Zum Teufel, könnt Ihr nicht lauter singen? Singt lauter, hört Ihr!«

Ich fühlte das Bedürfnis nach Lärm, nach Gekreisch und falschen Tönen, nach etwas Scheußlichem und Ordinärem, um jene Geisterstimme zu verjagen, die mich verfolgte.

Wieder und wieder sagte ich mir, daß es sicherlich nur ein Narr von einem romantischen Dilettanten gewesen wäre, der sich in einem der Ufergärten verborgen hatte oder unbemerkt auf der Lagune dahingeglitten war, und daß sich unter dem behexenden Einfluß des Mondlichts und der Seenebel triviale Solfeggien von Bordogni oder Crescentini in meine erregten Phantasien verwandelt hätten.

Gleichwohl verfolgte mich diese Stimme unablässig. Meine Arbeit wurde von dem Wunsch unterbrochen, dem imaginären Echo dieser Stimme zu lauschen, und in die heroischen Motive meiner nordischen Legende schlichen sich üppige Melodien und blühende Kadenzen, in denen ich jene verruchte Stimme aufs neue zu vernehmen glaubte.

Von Vokalisen spukhaft verfolgt zu werden – es war zu lächerlich für einen Musiker, der angeblich die Gesangskunst haßte! Und immer noch glaubte ich doch lieber an den kindischen Amateur, der sich damit vergnügte, den Mond anzusingen.

Eines Tages, als ich zum hundertsten Mal diese Betrachtungen anstellte, fiel mein Blick zufällig auf das Bild Zaffirinos, das mein Freund an die Wand geheftet hatte. Ich zerrte es herab und zerriß es in viele Stücke. Dann, mich meiner Torheit schon wieder schämend, sah ich den Stükken nach, wie sie zum Fenster hinausflogen und vom Seewind hin- und hergetrieben wurden. Eins verfing sich in einem gelben Fensterladen unter mir, die anderen fielen in den Kanal und entschwanden den Blicken bald in den dunklen Wassern. Ich war tief beschämt. Mein Herz klopfte zum Zerspringen. Was für ein elendes, kraftloses Geschöpf war ich geworden in diesem verdammten Venedig, mit seinem sehnsuchtsvollen Mondlicht und seiner Atmosphäre eines dumpfen, lange unbewohnten, von altem Kram erfüllten Boudoirs!

An jenem Abend schien es jedoch besser zu gehen. Ich konnte mich an meine Oper machen und sogar ein wenig arbeiten. In den Pausen kehrten meine Gedanken, nicht ohne einiges Vergnügen, zu den verstreuten Fragmenten des Bildes zurück, die nun im Wasser trieben. Ich wurde in meinem Klavierspiel unterbrochen vom rauhen Klang der Stimmen und dem Kratzen der Violinen, das aus einem jener Musikboote aufstieg, die nachts vor den Hotels am Canal Grande halten.

Der Mond war untergegangen. Unter meinem Balkon lag schwarz das Wasser, unterbrochen von den noch schwärzeren Umrissen der Gondelflottille, die das Musikboot begleitete, worin im schwankenden Lichte der chinesischen Lampions die Gesichter der Sänger, die Gitarren und Violinen rötlich leuchteten.

Jammo, jammo; jammo, jammo jà, sangen die lauten, heiseren Stimmen; dann ein entsetzliches Kratzen und Klimpern und ein gellend hinausgeschrienes: *funiculi, funiculà; funiculi, funiculà; jammo, jammo, jammo, jammo, jammo, jammo jà.*

Dann ein paar Rufe: *bis! bis!* aus einem benachbarten Hotel, ein kurzes Händeklatschen, der Klang einer Handvoll Kupfermünzen, die in das Boot fielen, und die Ruderschläge einiger Gondolieri, die sich zum Wegfahren rüsteten.

»Singt die *Camesella*«, befahl eine Stimme mit fremdem Akzent.

»Nein, nein! *Santa Lucia.*«

»Ich möchte *La Camesella.*«

»Nein! *Santa Lucia.* Hallo! Hört Ihr? singt *Santa Lucia*!«

Die Musikanten unter den grünen, roten und gelben Lampions berieten flüsternd, wie sie diese widersprechenden Forderungen befriedigen sollten. Schließlich, nach kurzem Zögern, begannen die Violinen das Vorspiel zu jenem einst berühmten Liede, das sich in Venedig erhalten hat, dessen Text vor mehreren Jahrhunderten von einem Aristokraten Gritti gedichtet und von einem Unbekannten in Musik gesetzt wurde: *La Biondina in Gondoletta.*

Das verdammte achtzehnte Jahrhundert! Ein boshaftes Verhängnis mußte jene Biester verführt haben, gerade dieses Lied zu wählen, um mich zu stören.

Endlich war das lange Vorspiel zu Ende; aber über die quietschenden Geigen und klimpernden Gitarren erhob sich nicht der erwartete näselnde Chor, sondern eine einzelne Stimme, die leise und verhalten sang.

Mein Puls flog. Wie gut kannte ich diese Stimme! Sie sang, wie gesagt, leise und verhalten, dennoch genügte sie, um den ganzen Arm des Kanals mit jenem sonderbaren, erlesenen, fremdartigen Klang zu erfüllen.

Es waren langgezogene Töne, intensiv, doch eigenartig sanft, eine Männerstimme, in der viel Weibliches lag, mehr wie die eines Chorknaben, aber ohne die Klarheit und Unschuld eines Chorknaben; es war, als erstickte und verschleierte eine gewisse unbestimmte Trauer, ein Strom zurückgedrängter Tränen ihren jugendlichen Schmelz.

Ein Sturm von Beifall folgte, von dem die alten Paläste widerhallten. »Bravo! Bravo! Danke! Noch einmal, bitte, noch einmal! Wer kann das nur sein?«

Dann das Zusammenprallen der Boote, das Platschen von Rudern, das Fluchen der Gondolieri, die einander verdrängen wollten, indes die roten Buglaternen der Gondeln sich um das bunt erleuchtete Musikboot drängten.

Aber dort rührte sich keiner. Der Applaus gebührte keinem unter ihnen. Und während alles drängte und applaudierte und rief, glitt eine der roten Buglaternen aus der Flottille leise davon; einen Augenblick lang hob sich eine einzelne Gondel schwarz von der schwarzen Wasserfläche ab, dann entschwand sie ins Dunkel.

Durch mehrere Tage war der geheimnisvolle Sänger der allgemeine Gegenstand des Gespräches. Die Leute vom Musikboot beteuerten, daß niemand außer ihnen im Boot gewesen sei und daß sie von dem Besitzer jener Stimme so wenig wüßten wie wir selber. Die Gondolieri waren, trotz ihrer Abkunft von den Spürnasen der alten Republik, ebensowenig imstande, uns auf die Spur zu helfen. Man wußte von keiner musikalischen Größe, die man in Venedig vermutet hätte; und alle waren darüber einig, daß ein derartiger Sänger eine europäische Berühmtheit sein müßte. Das Merkwürdigste an der merkwürdigen Geschichte war, daß selbst die Musikverständigen sich über die Art dieser Stimme nicht einigen konnten: sie wurde in der verschiedensten Weise definiert und mit den widersprüchlichsten Adjektiven belegt; die Leute gingen so weit, darüber zu streiten, ob es die Stimme eines Mannes oder einer Frau sei; jeder einzelne hatte eine andere Auslegung dafür bereit. In all diesen musikalischen Diskussionen gab ich allein keine Meinung ab. Ich fühlte eine Scheu, fast die Unmöglichkeit, über diese Stimme zu sprechen; und die mehr oder minder banalen Bemerkungen meiner Freunde hatten unveränderlich die Wirkung, mich aus dem Zimmer zu treiben.

Inzwischen war meine Arbeit von Tag zu Tag schwieriger geworden, und ich ging bald vom Unvermögen in einen Zustand unerklärlicher Erregung über. Jeden Morgen stand ich mit den schönsten Entschlüssen und Arbeitsprojekten auf; aber jeden Abend ging ich schlafen, ohne irgend etwas ausgeführt zu haben. Stundenlang lehnte ich auf meinem Balkon oder wanderte durch das Netz von Gäßchen unter dem blauen Himmelsband, vergeblich bemüht, den Gedanken an diese Stimme los zu werden, oder eigentlich bemüht, sie in meiner Erinnerung heraufzubeschwören; denn je mehr ich danach strebte, sie aus meinem Denken zu verbannen, desto heftiger dürstete ich nach diesem eigenartigen Klang, nach diesen geheimnisvollen, weichen, verschleierten Noten; und kaum versuchte ich an meiner Oper zu arbeiten, da durchschwirrten meinen Kopf auch schon Bruchstücke vergessener Melodien aus dem achtzehnten Jahrhundert, kleine frivole oder schmachtende Motive, und voll bitter-süßer Sehnsucht verfiel ich in Nachsinnen, wie jene Melodien wohl, von jener Stimme vorgetragen, klingen möchten.

Endlich war ich gezwungen, einen Arzt aufzusuchen, dem ich jedoch all die sonderbaren Symptome meines Leidens sorgfältig verheimlichte. Er erwiderte sorglos, die große Hitze und die Luft der Lagunen hätten mich ein wenig heruntergebracht, ein kräftigendes Mittel, ein Monat auf dem Lande, viel Bewegung im Freien und völliges Ausruhen würden mich wieder ganz herstellen. Der alte Bummler, Graf Alvise, der darauf bestanden hatte, mich zu dem Arzt zu begleiten, schlug sofort vor, ich solle zu seinem Sohn fahren, der sich beim Überwachen der Maisernte auf dem flachen Land zu Tode langweile; er könnte mir prächtige Luft, gute Pferde und alle geruhsamen Bedingungen und köstlichen Beschäftigungen des ländlichen Lebens versprechen: »Also seien Sie vernünftig, mein lieber Magnus, und gehen Sie ruhig nach Mistrà.«

Mistrà – der Name durchschauerte mich. Ich war im Begriff, die Einladung abzulehnen, als plötzlich ein Gedanke in meinem Gehirn vage aufdämmerte.

»Ja, mein lieber Graf«, entgegnete ich, »ich nehme Ihre Einladung mit größtem Dank und Vergnügen an. Morgen schon will ich nach Mistrà aufbrechen.«

Der nächste Tag sah mich in Padua, auf dem Weg nach Mistrà. Es war, als hätte ich eine unerträgliche Last hinter mir gelassen. Ich war zum erstenmal nach so langer Zeit wieder leichten Herzens. Die gewundenen, holprigen Straßen mit ihren leeren, düsteren Säulenhallen; die verwitterten Paläste mit den farblosen, geschlossenen Fensterläden; der kleine Park mit den dürftigen Bäumen und dem spröden Gras; die venezianischen Gartenhäuser, die ihre verfallene Grazie in der schlammigen Brenta spiegelten, die Gärten ohne Zaun und die Zäune ohne Gärten, die Alleen, die nirgends hinführten und von blinden, lahmen Bettlern und scheltenden Geistlichen bevölkert waren, die wie durch Zauberei plötzlich unter der sengenden Augustsonne in den öden, staubigen Straßen auftauchten, zwischen deren geborstenen Pflastersteinen das Gras wuchs – all jener traurige Verfall amüsierte mich bloß und gefiel mir. Meine frohe Stimmung wurde noch gehoben durch den glücklichen Zufall, daß ich in der Kirche von Sankt Antonio eine musikalische Messe zu hören bekam.

In meinem ganzen Leben hatte ich nichts Ähnliches vernommen, obwohl Italien hinsichtlich der Kirchenmusik genug Merkwürdigkeiten bietet. In den tiefen, näselnden Gesang der Priester brach plötzlich ein Chor von Kinderstimmen, die völlig unabhängig von Takt und Tonart sangen. Grunzende Priester, denen blökende Knabenstimmen antworteten, tiefe gregorianische Modulationen, die von hektischem Leierkastengeplärre unterbrochen wurden, ein tolles, verrückt-lustiges Bellen und Kläffen, Meckern, Wiehern, Schnattern, eine Musik, die zu einem Hexensabbat, oder besser noch zu einem mittelalterlichen Narrenfest gepaßt hätte. Und was den grotesken, phantastischen, Gespenster-Hoffmannschen Eindruck noch erhöhte, war, nebst der Pracht der kunstvoll behauenen marmornen Pfeiler und vergoldeten Bronzen, die hohe künstlerische Tradition herrlicher Kirchenmusik, durch die Sankt Antonio in vergangenen Tagen berühmt gewesen war. Ich hatte in alten Reisebeschreibungen von Lalande und Burney gelesen, daß die Republik von San Marco ungeheure Summen nicht bloß an den bildnerischen Schmuck, sondern auch an die Pflege der Musik dieser mächtigen Kathedrale des Binnenlandes gewendet hatte. Inmitten dieses unbeschreiblichen Konzerts von Stimmen und Instrumenten versuchte ich mir die Stimme Guadagnis vorzustellen, jenen Sopran, für den Gluck die Arie: *Che farò senza Euridice?* geschrieben hatte, und die Geige des Tartini, jenes Tartini, mit dem einst der Teufel um die Wette musiziert hatte. Und mein Vergnügen an etwas so vollkommen Sinnlosem, Barbarischem, Groteskem, Phantastischem wie dieser Aufführung an diesem Ort wurde noch gesteigert durch ein Gefühl der Ketzerei: das also waren die Nachfolger jener vielgepriesenen Musiker aus dem verhaßten achtzehnten Jahrhundert!

Das alles hatte mich so sehr entzückt, weit mehr, als es irgendeine vollendete Aufführung vermocht hätte, daß ich beschloß, mir das Vergnügen nochmals zu verschaffen; und um die Zeit der Vesper, nach einem fröhlichen Mittagessen, das ich in Gesellschaft von zwei Handlungsreisenden aus Rom in der *Trattoria della Stella* eingenommen hatte, wandte ich meine Schritte abermals der Kirche von Sankt Antonio zu.

Die Glocken läuteten schon den Abend ein, und aus dem mächtigen, verödeten Dom schienen dumpfe Orgeltöne zu dringen; ich hob den schweren Ledervorhang, um einzutreten, und war auf eine Wiederholung des grotesken Schauspiels vom Vormittag gefaßt.

Ich hatte mich jedoch getäuscht. Die Vesper mußte längst vorüber sein. Schale Weihrauchschwaden, ein moderiger Gruftgeruch stiegen mir in die Nase; es war schon Nacht in der weiten Kathedrale. Durch das Dunkel schimmerte das Licht der Ewigen Lampen in den Seitenkapellen, warf zitternde Streiflichter auf den roten, polierten Marmor, die vergoldeten Gitter und Kronleuchter und setzte den marmornen Gliedern einer Steinfigur gelbe Reflexe auf. Ein brennender Wachsstock wob einen Heiligenschein um den Kopf eines Priesters und ließ seinen kahlen Schädel, sein weißes Chorhemd und das vor ihm aufgeschlagene

Buch hell erglänzen. »Amen«, sang er; dann klappte er das Buch zu, das Licht wanderte aufwärts zur Apsis, ein paar dunkle, kniende Frauengestalten erhoben sich und schritten rasch nach dem Ausgang; auch ein alter Mann, der vor einem Seitenaltar sein Gebet verrichtet hatte, stand auf und ließ dabei mit einem heftigen Geräusch seinen Stock fallen.

Die Kirche war leer, und ich erwartete jeden Augenblick, vom Küster hinausgewiesen zu werden, der seine abendliche Runde machte und die Türen schloß. Ich stand an einem Pfeiler und blickte in die Dämmerung der großen Gewölbe, als plötzlich aus der Orgel eine Reihe von Akkorden quoll, die wie grollender Donner in der Kirche widerhallten; es schien der Schluß des Gottesdienstes zu sein, dessen Anfang ich offenbar versäumt hatte. Und über das Tönen der Orgel erhob sich der Klang einer Stimme; hoch, mild, wie umschleiert, von einer Wolke von Weihrauch umnebelt, durchlief sie die Tonreihen einer langen Kadenz. Dann versank die Stimme in Stille; mit zwei donnernden Akkorden fiel die Orgel ein. Darauf tiefes Schweigen. Einen Augenblick lang lehnte ich mich an den Pfeiler des Schiffes; mein Haar klebte feucht an den Schläfen, die Knie versagten mir, eine lähmende Hitze beschwerte mir die Glieder; ich versuchte tiefer zu atmen, die Töne zusammen mit der weihrauchgeschwängerten Luft einzusaugen. Ich war unendlich glücklich und doch war mir, als müßte ich vergehen; dann plötzlich überlief mich ein kalter Schauer und zugleich eine unbestimmte Furcht. Ich wandte mich und eilte dem Ausgang zu.

Draußen hob sich das klare Blau des Abendhimmels von der langen Zeile der Dächer ab; die Fledermäuse und die Schwalben kreisten; und von allen Türmen ringsum erklang, halb ertränkt in dem vollen Schall von Sankt Antonios Glocke, das Ave-Maria-Läuten.

»Sie scheinen wirklich leidend«, hatte der junge Graf Alvise gestern Abend gesagt, als er mich beim Schein einer Laterne, die ein Bauer trug, im verwilderten Schloßgarten von Mistrà willkommen hieß. Es war mir alles wie ein Traum erschienen: das Schellengeklingel des Pferdes, während wir im Dunkel von Padua herüberfuhren und die Laterne im Vorüberfliegen ihr Licht über die hellgelben Akazienhecken goß; das Knirschen der Räder auf dem Kies; das Nachtessen, bei dem aus Furcht vor den Mücken nur eine einzige Petroleumlampe auf dem Tische brannte und ein gebrechlicher alter Diener in einer alten Stall-Livrée die zwiebelduftenden Schüsseln herumreichte; die alte Gräfin, die hinter ihrem Fächer mit den Stierkampfszenen mit schriller, wohlwollender Stimme im Dialekt schwatzte; der unrasierte Dorfpfarrer, der unablässig mit dem Glas und dem Fuß herumzappelte und die eine Schulter zuckend emporhob. Und nun, am nächsten Nachmittag, war es mir, als sei ich schon mein ganzes Leben in diesem weitläufigen, verfallenen Schloß von Mistrà gewesen – ein Schloß, das zu drei Vierteln Korn- und Getreidekammern abgab oder den Ratten, den Mäusen und Skorpionen zum Tummelplatz diente. Es schien mir, als hätte ich schon ewig in der Bibliothek des Grafen gesessen, zwischen den Stößen verstaubter landwirtschaftlicher Bücher, den Haufen von Rechnungen, den Getreideproben, den Seidenraupenkokons, den Tintenklecksen und Zigarrenstummeln; als hätte ich nie von etwas anderem gehört als von den Grundlagen des italienischen Feldbaus, den Krankheiten des Mais und der Reben, der Viehzucht und den Verdrießlichkeiten mit den Feldarbeitern – und dies im Angesicht der blauen Gipfel der Euganeischen Hügel, die die grüne, schimmernde Ebene vor den Fenstern am Horizont begrenzten.

Nach einem zeitigen Mittagessen, wieder in Gesellschaft der kreischenden alten Gräfin und des zappelnden Dorfgeistlichen, inmitten der Gerüche von heißem Öl und gerösteten Zwiebeln, nahm mich Graf Alvise auf seinen Wagen und kutschierte mich zwischen mächtigen Staubwolken und endlosen Pappel-, Akazien- und Ahornalleen nach einem seiner Meierhöfe.

Etwa zwanzig bis dreißig Mädchen in bunten Röcken, Schnürleibchen und großen Strohhüten droschen in der glühenden Sonne den Mais auf dem großen, mit roten Ziegeln gepflasterten Dreschboden, während andere die Körner in großen Sieben schwangen. Graf Alvise III. (der Alte war Alvise II.; in dieser Familie heißt jeder Alvise, das heißt Louis; der Name steht auf den Wänden, den Wagen, den Karren, ja sogar den Eimern) nahm eine Handvoll Mais, befühlte ihn, kostete ihn, sagte etwas zu den Arbeiterinnen, das sie zum Lachen brachte, und etwas zum Oberknecht, worüber dieser sehr verärgert schien; dann führte er mich in einen großen Stall, in dem zwanzig oder dreißig weiße junge Stiere herumtrampelten, mit den Schweifen schlugen und im Dunkel mit den Hörnern gegen die Futtertröge stießen. Alvise III. streichelte jeden, nannte ihn beim Namen, gab ihm Salz oder eine Rübe und erklärte mir, welche der mantuanischen, der apulischen oder der romagnolischen Rasse angehörten. Dann hieß er mich wieder aufsitzen, und weiter ging es zwischen Staubwolken, Hekken und Tümpeln, bis wir zu einem roten Ziegelbau mit rosigen Schloten gelangten, aus denen der Rauch zum blauen Himmel aufstieg. Hier droschen und siebten wieder viele Mädchen den Mais, der wie der goldene Regen der Danae herabrieselte; wieder brüllten und stampften junge Stiere in der kühlen Dämmerung; wieder wurde gescherzt und gescholten und erklärt; und so ging es durch fünf Meierhöfe, bis die rhythmisch geschwungenen Dreschflegel vor dem sonnendurchglühten Hintergrund, der goldene Körnerregen, der gelbe Staub, der aus den Sieben zu den roten

Ziegelbauten aufstieg, mir vor den Augen tanzten, sobald ich die Lider schloß, und dazu bewegten sich zahllose Schweife und Hörner und mächtige weißschimmernde Flanken und Stirnen.

»Ein tüchtiges Tagewerk!« sagte Graf Alvise und streckte die langen Beine in den engen Reithosen und den hohen Stulpenstiefeln von sich. »Mama, gib uns doch einen Anisette nach Tisch; das ist ein prächtiger Stimulus und der beste Schutz gegen die Fieber unserer Gegend.«

»Was, es gibt Fieber in Ihrer Gegend? Ihr Vater sagte doch, die Luft sei so gut!«

»Freilich, freilich«, beschwichtigte die alte Gräfin, »arg sind hier nur die Moskitos; schließen Sie nur ja die Fensterläden, ehe Sie Licht anzünden.«

»Nun«, fügte Graf Alvise gewissenhaft hinzu, »Sumpffieber gibt es eigentlich schon; aber Sie müssen es ja nicht bekommen. Nur hüten Sie sich, abends in den Garten zu gehen. Der Papa hat mir gesagt, daß Sie eine Vorliebe für Mondscheinpromenaden haben. Das taugt nicht für diese Gegenden, lieber Freund, das taugt nicht! Müssen Sie schon in der Nacht herumrennen, weil Sie ein Genie sind, dann machen Sie lieber eine Runde im Schloß; Sie sollen sich ja möglichst viel Bewegung machen.«

Nach Tisch kam der Anisette, zugleich mit dem Schnaps und den Zigarren, und wir saßen alle zusammen in dem langen, schmalen, halbleeren Salon im ersten Stock; die Gräfin strickte an einem formlosen, undefinierbaren Kleidungsstück, der Geistliche las die Zeitung, Graf Alvise rauchte seine langen, verbogenen Zigarren und zauste dabei seinen hageren, schäbigen Hund mit dem blinden Auge bei den Ohren. Aus dem dunklen Garten drang das Summen und Schwirren zahlloser Insekten und der Duft der Trauben an den Spalieren, die sich schwarz vom sternenhellen Himmel abhoben. Ich ging auf den Balkon. Dunkel lag der Garten da; die hohen Pappeln ragten auf zum blinkenden Firmament; man hörte den schrillen Ruf einer Eule, das Kläffen eines Hundes; dann kam ein plötzlicher warmer Duftstrom, ein Duft, der an den Geschmack gewisser Pfirsiche erinnerte und das Bild weißer, dicker, wächserner Blüten heraufbeschwor. Ich mußte den Duft dieser Blume schon von früher her kennen; er benebelte mir die Sinne und berauschte mich beinahe. »Ich bin sehr müde«, sagte ich zum Grafen Alvise, »sehen Sie nur, wie uns kraftlose Städter alles angreift!«

Aber trotz meiner Müdigkeit fand ich es ganz unmöglich zu schlafen. Die Luft im Zimmer schien geradezu erstickend. Ich hatte in Venedig nichts Ähnliches empfunden. Trotz der Warnung der Gräfin öffnete ich die hermetisch geschlossenen Fensterläden und blickte hinaus.

Der Mond war aufgegangen; und in seinem Schein lagen die weiten Rasenflächen, die gerundeten Baumkronen, in leuchtende, blaue Nebel gehüllt, und jedes Blatt bebte und funkelte in diesem flutenden Meer von Licht. Unter dem Fenster erstreckte sich das lange Spalier mit dem weißen, leuchtenden Steinboden. Es war so hell, daß ich das Grün der Weinblätter und das dunkle Rot der Katalpablüten unterscheiden konnte. In der Luft lag ein unbestimmter Duft von frischem Heu, von reifen Trauben und jenen weißen Blüten (sie konnten nur weiß sein!), deren Duft mich an den Geschmack von Pfirsichen erinnerte; und alle Düfte verschmolzen mit der köstlichen Frische des fallenden Taus. Vom Kirchturm des Dorfes her schlug es eins: Gott weiß, wie lange ich vergeblich versucht hatte einzuschlafen. Ein Schauer überlief mich, der Kopf war mir plötzlich schwer wie vom Dunst eines starken und seltsamen Weines; ich dachte an die sumpfigen Ufer, die Kanäle mit dem stehenden Wasser, die fahlen Gesichter der Bauern; das

Wort ›Malaria‹ kam mir in den Sinn. Gleichviel! Ich fuhr fort, im Fenster zu lehnen, erfüllt vom sehnsüchtigen Verlangen, in diesen blauen Mondnebel, diesen Duft, diese Stille zu tauchen, die draußen strömten und schillerten wie die Sterne, die das Himmelszelt übersäten. – Welche Musik, und wäre es die des gewaltigen Wagner oder jenes großen Sängers der Sternennacht, Schumann, ließe sich mit dieser tiefen Stille vergleichen, dieser großen Symphonie stummer Dinge, die in der Seele klingen und singen!

Während ich diesen Gedanken nachhing, durchbrach ein hoher, bebender, süßer Laut die Stille, die sich gleich wieder darum schloß. Ich lehnte mich aus dem Fenster, mein Herz schlug zum Zerspringen. Nach einer kurzen Pause wurde die Stille abermals von jenem Laut zerschnitten, so wie eine Sternschnuppe oder der Goldregen einer langsam fallenden Feuerwerksrakete das Dunkel durchblitzt. Aber diesmal war es klar, daß die Stimme nicht, wie ich zuerst gedacht, aus dem Garten, sondern aus dem Haus kam, aus irgendeinem fernen Winkel dieses verwitterten alten Schlosses von Mistrà.

Mistrà – Mistrà! Der Name klang mir im Ohr, und endlich ging mir sein Sinn auf, der mir bis dahin, wie es schien, entgangen war. »Ja«, sagte ich zu mir selber, »es ist ganz natürlich.« Und mit jenem Gefühl der Selbstverständlichkeit paarte sich eine fieberhafte, ungeduldige Freude. Es war, als sei ich eigens nach Mistrà gekommen und endlich im Begriff, dem Gegenstand meiner langgehegten Träume zu begegnen.

Die Lampe mit dem versengten grünen Schirm ergreifend, öffnete ich leise die Tür und machte mich auf den Weg durch eine lange Reihe großer, leerer Säle, in denen meine Schritte wie in einer Kirche widerhallten und mein Licht ganze Schwärme von Fledermäusen aufscheuchte. Ich wanderte ziellos, weiter und weiter weg vom bewohnten Flügel des Gebäudes.

Die Stille machte mich beklommen; sie legte sich mir aufs Herz wie eine unverhoffte Enttäuschung.

Da plötzlich erklang ein Laut – ein Saitenklang, scharf, metallisch wie der Ton einer Mandoline – dicht an meinem Ohr. Ja, ganz dicht: ich war nur durch eine Wand von dem Laut getrennt. Ich tastete nach einer Tür; das flackernde Licht meiner Lampe genügte meinen Augen nicht, die umschleiert waren wie die eines Betrunkenen. Endlich fand ich eine Klinke, und nach einem Augenblick des Zögerns drückte ich sie nieder und stieß sanft eine Türe auf. Zuerst konnte ich nicht erkennen, wo ich mich eigentlich befand. Um mich her war es ganz dunkel, aber ein glänzendes Licht, das von unten kam und die gegenüberliegende Wand streifte, blendete mich. Es schien, als hätte ich die dunkle Loge eines halberleuchteten Theaters betreten. Es war tatsächlich etwas Ähnliches, eine dunkle Höhle, mit hoher Balustrade, halb verdeckt von gerafften Vorhängen. Ich erinnerte mich, daß es derartige kleine Galerien oder Nischen hoch in der Wölbung des Plafonds für die Musikanten oder Zuschauer in den Tanzsälen mancher italienischer Paläste gibt. Ja, so etwas mußte es sein. Mir gegenüber eine gewölbte Decke mit vergoldetem Stuck, der große, von der Zeit geschwärzte Gemälde umrahmte; und weiter unten sah ich in dem von unten scheinenden Licht eine lange, mit verblaßten Fresken bedeckte Wand. Wo hatte ich diese Göttin in hell-lila und zitronengelben Draperien, die verkürzt hinter einem großen, grünen Pfau erschien, schon gesehen? Denn sie war mir wohlbekannt, ebenso wie die Tritonen aus Stuck, die ihre Schweife um den vergoldeten Rahmen schlangen. Und jenes Fresko, die Krieger in römischen Panzern, in grünen und blauen Schurzen und Kniehosen – wo mochte ich es gesehen haben? Ich stellte mir diese Fragen, ohne mich im geringsten überrascht zu fühlen. Überdies war ich ganz ruhig, wie man manchmal in ungewöhnlichen Träumen ruhig ist – träumte ich am Ende gar?

Ich trat leise vor und lehnte mich an die Brüstung. Zuerst traf mein Auge auf das Dunkel über mir; die großen Kronleuchter, die von der dunklen Wölbung der Decke herabhingen, kreisten langsam, riesigen Spinnen gleich. Nur einer von ihnen war erleuchtet, und seine venezianischen Glasgehänge, die Nelken und Rosen, opalisierten im Licht der schmelzenden Kerzen. Dieser Lüster beleuchtete die gegenüberliegende Wand und jenen Teil des Plafonds mit der Göttin und dem Pfau; er erhellte, wenn auch weit spärlicher, eine Ecke des mächtigen Raumes, wo sich im Schatten eines Baldachins eine kleine Gruppe um ein Sofa drängte, das wie die Wände mit gelbem Atlas überkleidet war. Auf dem Sofa, meinen Blicken halb entzogen durch die Leute, die sie umgaben, lag eine Frau; die Silberstickereien ihres Kleides und ihre Diamanten funkelten und facettierten, während sie sich unruhig bewegte. Und dicht unter dem Lüster, im vollen Lichte, neigte sich ein Mann über ein Klavier, als wollte er sich sammeln, ehe er zu singen begann. Er schlug ein paar Akkorde an und sang. Ja, gewiß, das war die Stimme, die Stimme, die mich so lange verfolgt hatte! Ich erkannte sofort ihren zarten, exquisiten Klang, ihren unbeschreiblich süßen Schmelz, aber zugleich den völligen Mangel an Klarheit und Frische. Jene tränenumflorte Leidenschaft, die mir damals in den Lagunen die Sinne verwirrt hatte und damals am Canal Grande, als sie die *Biondina* sang, und dann vor zwei Tagen, im verödeten Dom von Padua. Und ich erkannte nun auch, was sich mir bis jetzt verborgen hatte: daß mir auf der ganzen weiten Welt nichts teurer war als diese Stimme.

Die Stimme durchlief schwellend und wieder verklingend lange empfindsame Passagen, reich verschnörkelte, üppige *rifiorituras,* die von zarten, köstlichen Läufen und hellen Trillern durchsetzt waren; ab und zu hielt sie inne, leise schwingend, sich wiegend in schmachtender Wonne. Und ich fühlte mich zerfließen wie Wachs in der Sonne, und es schien mir, als sei auch ich aufgelöst, entmaterialisiert, um mit diesen Tönen zu verschmelzen, so wie die Mondstrahlen mit dem Tau in eins zusammenfließen.

Da plötzlich erklang aus der dämmrigen Ecke unter dem Baldachin ein leiser Klagelaut; dann ein zweiter, der im Gesang des Sängers unterging. Während einer längeren Passage auf dem Klavier wandte der Sänger sein Antlitz dem Baldachin zu, und ein kurzes, klagendes Aufschluchzen drang von dort hervor. Aber statt einzuhalten, schlug er einen kräftigen Akkord an und glitt mit gedämpfter, kaum vernehmbarer Stimme sanft in eine lange Kadenz. Im selben Augenblick warf er den Kopf zurück, und das Licht fiel voll auf das schöne, weibische Gesicht des Sängers Zaffirino mit der fahlen Blässe und den dichten dunklen Brauen.

Beim Anblick dieses sinnlichen, tückischen Gesichtes mit dem grausamen, spöttischen Lächeln einer boshaften Frau wurde mir intuitiv klar, daß dieser Gesang unterbrochen werden *müsse,* daß dieser verdammte Satz nicht vollendet werden *dürfe.* Ich erkannte, daß Zaffirino ein Mörder war, der die Frau dort tötete, der auch mich töten würde mit seiner verruchten Stimme.

Ich stürmte über die dunkle Stiege, die von der Loge hinabführte, wie verfolgt von der köstlichen Stimme, die unmerklich mehr und mehr anschwoll. Ich warf mich gegen die Tür, die zu dem großen Salon führen mußte, ich konnte die Lichter durch die Spalten schimmern sehen. Ich riß mir die Haut an den Händen auf, als ich versuchte, den Riegel zu sprengen. Die Tür war fest verschlossen, und während ich mit dieser verriegelten Tür kämpfte, hörte ich die

Stimme mehr und mehr anschwellen, den Schleier zerreißend, der sie umhüllte, in einen durchdringenden hellen Gesang mündend, strahlend wie der scharfe, funkelnde Stahl einer Klinge, die sich mir tiefer und tiefer in die Brust bohrte. Dann abermals ein Klagelaut, ein Todesröcheln und dieses furchtbare Geräusch, das Gurgeln einer Stimme, die von einem Strom von Blut erstickt wird. Dann ein langer, heller, scharfer, triumphierender Triller.

Die Tür gab unter der Wucht meines Körpers nach; eine ihrer Hälften stürzte polternd ein. Ich drang vor. Eine Flut blauen Mondlichts blendete mich. Durch vier mächtige Fenster floß friedlich ein bleicher, durchsichtiger Mondnebel und verwandelte den großen Saal in eine unterseeische Grotte, deren Boden mit Mondstrahlen gepflastert war, wo schimmernde Teiche von Sternenlicht glänzten. Es war so hell wie am Tage, aber es war eine kalte, blaue, nebelhafte, geisterhafte Helle. Der Raum war völlig leer wie eine große Scheuer. Nur die Schnüre, an denen einst die Kronleuchter befestigt waren, hingen vom Plafond herab; und in der Ecke, zwischen Stößen von Holz und Haufen von Mais, denen ein dumpfer Geruch von Feuchtigkeit und Mehltau entströmte, stand ein langes, schmächtiges Klavier mit Spindelbeinen, dessen Deckel von einem Ende zum anderen geborsten war.

Es kam plötzlich eine große Ruhe über mich. Mich beschäftigte nur eins: die Kadenz, die mir noch in den Ohren klang, der unterbrochene Satz, den ich einen Augenblick zuvor vernommen hatte. Ich öffnete das Klavier, und meine Finger fielen kühn auf die Tasten. Ein entsetzliches, höhnisches Klirren zerrissener Saiten war die einzige Antwort.

Da packte mich eine ungeheure Angst. Ich flüchtete durch eins der Fenster; ich durcheilte den Garten und irrte durch die Felder, die Ufer des Kanals entlang, bis der Mond unterging und die Dämmerung nahte, immer verfolgt, gejagt von dem unablässigen Klirren der zerrissenen Saiten.

Man schien sehr erfreut über meine Genesung. Es scheint, daß man an diesen Fiebern gewöhnlich stirbt.

Genesung? Bin ich denn genesen? Ich gehe herum, ich esse und trinke; ich kann sogar schlafen. Ich lebe wie andere, gewöhnliche Menschen. Aber ich werde von einer sonderbaren, tödlichen Krankheit verzehrt. Ich vermag meine eigene Eingebung nicht festzuhalten. Mein Kopf ist erfüllt von musikalischen Ideen, die sicherlich von mir stammen, da ich sie nie zuvor vernommen habe, aber die dennoch nicht mein sind, die ich hasse und verabscheue: kleine, zarte Schnörkel, sehnsüchtige Phrasen und langgezogene Kadenzen.

O! du verruchte, verruchte Stimme, du Violine von Fleisch und Blut, die die Finger des Teufels gefertigt! Darf ich dich nicht wenigstens gründlich verabscheuen? Muß auch noch im Augenblick, da ich dich verfluche, die Sehnsucht, dich wieder zu vernehmen, meine Seele wie Höllendurst erfüllen? Und da du nun deinen Rachedurst gestillt, mein Leben, mein Künstlertum zerstört hast, wäre es nicht an der Zeit, Gnade zu üben? Darf ich nicht einen, nicht wenigstens einen Ton von dir vernehmen, du Sänger, du elendes, fluchwürdiges Geschöpf?

Dionea

Aus den Briefen des Doktor Alessandro de Rosis an Lady Evelyn Savelli, Fürstin von Sabina

Montemirto, Ligurien, 29. Juni 1873

Ich nutze sogleich das großmütige Anerbieten Ew. Durchlaucht (gestatten Sie dem alten Republikaner, der Sie auf seinen Knien geschaukelt, Sie manchmal mit diesem Titel anzureden, der Ihnen so wohl ansteht!), unseren armen Leuten zu Hilfe zu kommen. Ich hatte nicht damit gerechnet, so bald bitten zu müssen, denn die Olivenernte ist ungewöhnlich ergiebig gewesen. Wir Halb-Genueser pflücken die Früchte nicht grün wie unsere toskanischen Nachbarn, wir lassen sie reif und schwarz werden. Dann klettern die Burschen, mit langen Stangen bewaffnet, in die Bäume und schütteln die Oliven ins Gras, wo die Frauen sie auflesen. Es ist ein hübsches Bild, das Ew. Durchlaucht sich einmal ansehen müssen: die graugrünen Bäume, in deren Zweigen sich die braunen, barfüßigen Burschen wiegen, und als Hintergrund, dicht darunter, das türkisblaue Meer. – Ach! dies Meer! Es ist um seinetwillen, daß ich um Geld bitten möchte. Wenn ich von meinem Pult aufschaue, dann sehe ich es durchs Fenster schimmern, tief unten, weit jenseits der Olivenwälder, bläulichgrün unter den Strahlen der Sonne und von den Wolkenschatten violett geädert gleich einem ihrer Ravennatischen Mosaike, als buntes Pflaster auf die Erde geworfen – ein tückisches Meer, gefährlich in seinen Reizen, weit tückischer als Eure grauen, nordischen Meere, dem seinerzeit (damals als Phönizier oder Griechen die Tempel von Lerici und Portovenere erbauten) die verhängnisvolle Göttin der Schönheit entstiegen sein muß, eine Venus Verticordia, aber im schlimmen Sinne des Wortes, die, gleich dem Sturme der letzten Woche, Menschenleben in ungeahntes Dunkel riß.

Doch kommen wir zur Sache. Sie müssen mir Geld versprechen, liebe Lady Evelyn, viel Geld – fast so viel, wie ein neues englisches Kostüm Sie kosten würde – zur vollständigen Erziehung und Erhaltung einer kleinen Fremden, die das Meer an unseren Strand getragen hat. Unsere Leute hier, obzwar sehr gutmütig, sind sehr arm, dazu überreich an Kindern, außerdem hegen sie einen gewissen Widerwillen gegen das arme kleine Strandgut, das sicherlich eine Heidin ist, denn es hat weder Kreuzlein noch Skapulier, wie es einem richtigen Christenkinde geziemt. Da ich deshalb bei keiner der Frauen seine Aufnahme erwirken kann und, wie jeder alte Junggeselle, in heilloser Angst vor meiner Wirtschafterin lebe, so habe ich an die Schulschwestern hier in der Nähe gedacht, fromme Frauen, die kleine Mädchen im Beten und Spitzenklöppeln unterweisen, und an Sie, liebe Durchlaucht, um die Kosten zu tragen. Armes, kleines, braunes Ding! Nach dem Sturm (wieviele Schiffsmodelle und geweihte Kerzen mag dieser Sturm der Madonna von Porto Venere eingetragen haben?) hat man sie auf einer Landzunge zwischen den Felsen aufgelesen. Es ist ein wahres Wunder, denn unsere Küste ist wie der Rachen eines Haifischs, und die Landzungen sind äußerst schmal und weit voneinander entfernt. Sie war an eine Planke befestigt und dicht in fremdländische Gewänder gewickelt; als man mir sie brachte, hielt man sie für tot. Ein bildhübsches kleines Mädchen von vier bis fünf Jahren, braun wie eine Beere, das, als es zu sich kam, den Kopf schüttelte, um zu zeigen, daß es kein Italienisch verstehe, und ein unverständliches orientalisches Kauderwelsch stammelte, einige griechische Worte in ich weiß nicht, welches Idiom versprengt, demgegenüber, glaube ich, selbst der Superior der *Propaganda fide* in einiger Verlegenheit wäre. Dies Kind ist, wie es scheint, der einzige überlebende Insasse eines Schiffes, das während des großen Sturmes gekentert sein muß und dessen Trümmer vor einigen Tagen unseren Strand bedeckten. Niemand in Spezia noch in einem unserer Häfen weiß Näheres über dieses Schiff, außer daß einige unserer Sardinenfischer es in Richtung Portovenere segeln sahen. Ein schwerer, altmodischer Segler, auf dessen Bug zu beiden Seiten Augen aufgemalt waren, was, wie Sie wissen, eine Eigentümlichkeit der griechischen Schiffe ist. Auf hoher See hat man es zuletzt nächst der Insel Palmaria gesehen, mit vollen Segeln ins finsterste Unwetter hineinsteuernd. Sonderbarerweise ist nicht ein einziger Körper ans Ufer gespült worden.

10. Juli 1873

Ich habe das Geld erhalten, liebe Donna Evelina. Es hat eine unglaubliche Aufregung in San Massimo gegeben, als die Sendung mit dem geldbeschwerten Briefe eintraf und man mich holen ließ, um in Gegenwart aller obersten Behörden des Dorfes meinen Namen in das Postregister einzutragen.

Das Kind ist bereits seit einigen Tagen bei den Nonnen untergebracht. Diese lieben, kleinen Nonnen (wissen Sie, die Nonnen rühren alten Pfaffenfressern und Verschwörern gegen das Papsttum stets das Herz!) tragen braune Kleider und knappe weiße Häubchen, darüber riesige runde Strohhüte, die ihnen gleich Heiligenscheinen um den Hinterkopf schweben. Man nennt sie die Schwestern zu den Heiligen Wundmalen. Sie haben ein Kloster und eine Schule landeinwärts, nicht weit von San Massimo, und einen verwilderten kleinen Garten voll von Lavendel und Kirschbäumen. Ihr Schützling hat bereits das Kloster, das ganze Dorf, den bischöflichen Stuhl und den Orden des heiligen Franziskus in Aufruhr versetzt. Vor allem, weil niemand herausbringen konnte, ob sie getauft sei oder nicht. Die Frage war schwerwiegend, denn wie es scheint (und wie der Onkel des Fürsten, der Kardinal, Ihnen sagen kann), ist es fast ebensowenig wünschenswert, zweimal als gar nicht getauft zu werden. Schließlich einigte man sich dahin, daß von den beiden Gefahren die erstere denn doch die geringere sei, aber offenbar war das Kind schon getauft und wußte, daß die Prozedur nicht wiederholt werden solle, denn es wehrte sich, stieß mit den Füßen, heulte wie zwanzig kleine Teufel und wollte sich durchaus nicht vom geweihten Wasser berühren lassen. Die Mutter Oberin, die stets behauptet hatte, daß die Taufe bereits stattgefunden habe, sagt, das Kind sei vollkommen im Recht gewesen, und der Himmel habe auf diese Weise eine Entweihung zu verhüten getrachtet, aber der Geistliche und die Frau des Barbiers, die sie hielten, betrachten diesen Zwischenfall als erschreckend und verdächtigen die Kleine, protestantisch zu sein. Dann die Frage des Namens. Mit einer Stecknadel an ihre Kleider befestigt – die aus gestreiftem orientalischen Stoff waren, jener Sorte gekreppter Seide, wie man sie auf Kreta und Zypern webt – befand sich ein Stückchen Pergament, das wir zuerst für ein Skapulier nahmen, das aber nichts enthielt als den Namen Διονεα – Dionea, wie man es hier ausspricht. Die Frage war nun: Kann ein derartiger Name anständigerweise von einem jungen Mädchen im Kloster zu den Heiligen Wundmalen getragen werden?

Wohl haben hier die Hälfte der Leute ganz ebenso unchristliche Namen: Norma, Odoaker, Archimedes; mein Dienstmädchen heißt Themis; aber Dionea schien jedermann zu empören, vielleicht weil die guten Leute dunkel ahnten, daß der Name von dem der Dione abstammt, einer der Geliebten des Jupiter und Mutter keiner geringeren Dame als der Göttin Venus. Es fehlte nicht viel, daß das Kind Maria genannt worden wäre, obwohl es bereits dreiundzwanzig andere Marias, Mariettas und Mariuccias im Kloster gibt. Doch die Schwester Säckelmeisterin, die offenbar die Einförmigkeit haßt, kam darauf, ›Dionea‹ zunächst, jedoch erfolglos, im Kalender und sodann in einem großen, in Pergament gebundenen Buch zu suchen, gedruckt zu Venedig im Jahre 1625, genannt: »Flos sanctorum oder Das Leben der Heiligen, von Pater Ribandeneira, S. J., nebst einem Verzeichnis derjenigen Heiligen, welche keinen bestimmten Tag im Kalender haben, auch die beweglichen oder absonderlichen Heiligen genannt«. Der Eifer der Schwester Anna Maddalena ward belohnt, denn dort unter den absonderlichen Heiligen, in einer Umrahmung von Palmzweigen und Stundengläsern, fand sich der Name einer Heiligen Dionea, Jungfrau und Märtyrerin, Patrizierin von Antiochia, hingerichtet unter Kaiser Decius. Ich kenne die Vorliebe Ew. Durchlaucht für alles Historische, deshalb führe ich diese Einzelheiten an. Aber ich fürchte, liebe Lady Evelyn, ich fürchte, die himmlische Schutzpatronin unserer kleinen Schiffbrüchigen war eine noch viel absonderlichere Heilige!

21. Dezember 1879

Vielen Dank, liebe Donna Evelina, für Dioneas Schulgeld. Es war wirklich noch nicht nötig. In Montemirto entwickelt man die Vervollkommnung junger Damen zu sehr mäßigen Preisen. Was die Kleidung betrifft, die Sie erwähnen, so kosten ein Paar Holzpantoffel mit schönen roten Spitzen fünfundsechzig Centimes; gewöhnlich halten sie drei Jahre, wenn die Besitzerin die Vorsicht beobachtet, sie während ihrer Wanderungen sorgfältig als Päckchen auf dem Kopf zu tragen und erst beim Wiederbetreten des Dorfes an die Füße zu stecken. Die Mutter Oberin ist überwältigt durch die Großmut Ew. Durchlaucht dem Kloster gegenüber und sehr betrübt, Ihnen keine Probe von den Fertigkeiten Ihres Schützlings in Gestalt eines gestickten Taschentuches oder eines Paars genetzter Handschuhe senden zu können, doch die Wahrheit ist, daß die arme Dionea keinerlei Anlagen zeigt.

»Wir wollen die Madonna und den heiligen Franziskus bitten, sie würdiger zu machen«, meint die Oberin.

Vielleicht aber wird es Ew. Durchlaucht, die, wie ich fürchte, eine Heidin ist (trotz der Päpste Savelli und der Wunder des heiligen Andrea von Savelli) und gestickten Taschentüchern eine nur geringe Wertschätzung entgegenbringt, nicht weniger befriedigen zu hören, daß Dionea wenn auch keine Talente, so doch das hübscheste Gesicht unter allen kleinen Mädchen von Montemirto hat. Sie ist groß für ihr Alter (elf Jahre), wundervoll proportioniert und außerordentlich gesund: von allen im Kloster ist sie die einzige, zu der ich nie geholt worden bin. Ihre Züge sind regelmäßig, die Haare schwarz und hübsch gelockt, trotz aller Anstrengungen der guten Schwestern, sie glatt zu machen wie die einer Chinesin. Ich freue mich, daß sie so hübsch ist, denn erstens wird sie so leichter einen Ehemann finden, und dann scheint es mir passend, daß Ihr Schützling schön sei. Leider ist ihr Verhalten minder befriedigend. Lernen, nähen, waschen sind ihr gleichermaßen zuwider. Ich bedaure, sagen zu müssen, daß sie keine angeborene Frömmigkeit zeigt. Ihre Gefährtinnen hassen sie, und auch den Klosterfrauen, obgleich sie zugestehen, daß sie nicht eigentlich schlecht sei, ist sie ein rechter Dorn im Fleisch. Stunden um Stunden verbringt sie auf der Terrasse mit dem Blick aufs Meer (aufs Meer gehen – zum Meer zurückkehren, wie sie es ausdrückt, ist ihr höchster Wunsch, den sie mir anvertraut hat!), oder sie liegt im Garten im dichten Myrtengebüsch, im Frühling und Sommer aber unter den Rosenhecken. Die Nonnen sagen, diese Myrtenbüsche und Rosenhecken wüchsen viel zu stark, und man könne meinen, daß Dioneas Darunterliegen daran schuld sei. Es scheint mir sogar wirklich, daß man aus diesem Grund angefangen hat, sie zu beobachten. »Dies Kind treibt alle unnützen Pflanzen hervor«, bemerkte neulich Schwester Reparata. Eine weitere Lieblingsbeschäftigung Dioneas ist es, mit den Tauben zu spielen. Es ist erstaunlich, welche Menge von Tauben sie um sich versammelt; man hätte nie gedacht, daß San Massimo und die angrenzenden Hügel ihrer so viele beherbergen. Wie Schneeflocken fallen sie vom Himmel herab, brüsten sich, plustern sich, breiten ihre Schwanzfedern auseinander und schnäbeln, die albernen, sinnlichen Köpfchen lebhaft wendend, ein leises Beben und Gurgeln in den Kehlen, indes Dionea lang ausgestreckt in der Sonne liegt, ihnen die Lippen zum Küssen hinhält und ein eigentümliches Girren vernehmen läßt; oder aber sie hüpft umher, die Arme langsam wie Flügel bewegend, ihr Köpfchen auf die gleiche drollige Weise wendend wie die Tauben.

Es ist eine reizende Szene, ein Bild, wie gemacht für Ihre Maler Burne-Jones und Alma-Tadema, mit seiner Umrahmung von Myrtenbüschen, den blendend weißen Klostermauern dahinter, der weißen Marmortreppe der Kapelle (in unserer carrarischen Gegend sind alle Treppen aus Marmor!) und in der Ferne, zwischen den Stechpalmen hervorschimmernd, das emailblaue Meer … Aber die guten Schwestern verabscheuen die Tauben, die, so scheint es, schmutzige kleine Geschöpfe sind, und sie klagen, daß sie, wenn der hochwürdige Pater Superior nicht sonntags gern eine Taube im Topfe hätte, sicherlich nicht den Verdruß ertrügen, fortwährend die Kapellentreppe und die Küchenschwelle zu fegen, nur wegen der garstigen Vögel.

6. August 1882

Führen Sie mich doch nicht in Versuchung, liebe Durchlaucht, mit Ihren Einladungen nach Rom! Ich wäre dort nicht glücklich und würde Ihrer Freundschaft wenig Ehre machen. Die langen Jahre der Verbannung und des Wanderns im Norden haben mich selbst ein wenig zum Nordländer gemacht. So verständige ich mich schwer mit meinen eigenen Landsleuten, unsere guten Bauern und Fischer hier ausgenommen. Außerdem – verzeihen Sie den Hochmut eines Greises, der gelernt hat, Sonette mit dreifachen Akrostichen zu machen, um über die endlos langen Tage und Wochen in Theresienstadt und auf dem Spielberg hinwegzukommen – habe ich zuviel um Italien gelitten, als daß ich geduldig den Anblick der kleinen parlamentarischen Intrigen, der kleinlichen gemeinderätlichen Kämpfe ertragen könnte, wenn sie auch heutigen Tages ebenso notwendig sein mögen, wie Verschwörungen und Schlachten es zu meiner Zeit waren. Ich bin nicht gemacht für Ihre Salons von Ministern, Gelehrten und schönen Frauen. Die ersten würden mich für einen Ignoranten halten, die letzteren – was mir weit schmerzlicher wäre – für einen Pedanten.

Sollten Ew. Durchlaucht wirklich wünschen, daß der alte Anhänger Mazzinis, den Ihr Vater geschützt hat, Sie und Ihre Kinder sieht, dann müssen Sie schon nächstes Frühjahr ein paar Tage Zeit finden, um hierher zu kommen. Sie werden kahle Zimmer mit Ziegelpflaster bewohnen. Man wird Ihnen ein Mittagessen aus allerhand Fischen, aus Milch (man wird unter meinen Olivenbäumen sorgsam die weißen Knoblauchblüten mähen, damit meine Kuh ja nicht davon frißt) und Eiern, vorsetzen. Ihre Jungen können nach Spezia fahren, um die großen Panzerschiffe zu sehen. Sie, liebe Fürstin, werden mit mir durch unsere von zarten Farnen gesäumten, von mächtigen Olivenbäumen beschatteten Gäßchen wandern, dann durch die Felder, wo die Kirschbäume ihre Blüten über die knospenden Reben breiten, wo die Feigenbäume ihre zierlichen, grün behandschuhten Hände ausstrecken, wo die Ziegen, auf den Hinterfüßen aufgerichtet, knabbern, wo die Kühe in ihren Ställen von Schilfrohr brüllen, indes aus den Schluchten, zugleich mit dem Murmeln der Quellen, und von den Klippen mit dem Tosen der Brandung die Stimmen unsichtbarer Burschen und Mädchen ertönen, die die Liebe, die Blumen und den Tod besingen, ganz wie zur Zeit des Theokrit, den zu lesen Ew. gelehrten Durchlaucht wohltut. Haben Durchlaucht jemals den Longus, einen griechischen Dichter von Schäferspielen, gelesen? Er ist ein wenig leichtfertig, ein wenig unverhüllt für uns, die wir nur an Zola gewöhnt sind, aber die alte französische Übertragung durch Amyot besitzt einen eigenartigen Zauber, und wie kein anderer weiß er zu schildern, wie man in ähnlichen Tälern und Buchten wie den unseren zu Zeiten lebte, als noch Rosenkränze und Maßliebchenketten für die Nymphen des Waldes sich von Zweig zu Zweig spannen, als auf dem Marmorfels jenseits der Bucht, am äußersten Ende des schmalen blauen Meeresarmes, nicht eine Kirche des heiligen Laurentius, mit dem Märtyrer auf dem Roste, sich erhob, sondern ein Tempel der Venus, die ihren Hafen beschützte. – Ja, liebe Lady Evelyn, Sie haben richtig geraten. Ihr alter Freund ist in seine alten Sünden zurückverfallen und kritzelt wieder. Aber es sind weder Verse noch Flugschriften. Diesmal ist es eine sehr tragische Geschichte, die mich beschäftigt: der Sturz der heidnischen Götter. Haben Sie jemals in dem Büchlein meines Freundes Heinrich Heine die Geschichte ihrer Reisen und ihrer Verkleidungen gelesen?

Wenn Sie nach Montemirto kommen, dann werden Sie auch Ihren Schützling sehen, nach dem Sie mich fragen. Die Katastrophe ließ sich gerade noch verhindern. Arme Dionea! Ich fürchte, ihre frühzeitige Seefahrt auf den Trümmern eines Mastes hat ihrem Verstand nicht gut getan, armes kleines Strandgut! Es hat ein schreckliches Spektakel gegeben. Meines ganzen Einflusses, der tiefen Ehrfurcht vor Ew. Durchlaucht, dem Papsttum und dem Heiligen Römischen Reich hat es bedurft, um ihre Ausstoßung aus dem Kloster zu den Heiligen Wundmalen zu verhindern. Es scheint, daß das tolle Geschöpf nahe daran war, eine Kirchenschändung zu begehen. Man ertappte sie dabei, wie sie sich in verdächtiger Weise der Festgewänder der Madonna und deren schönstem Schleier aus *pizzo di Cantù*, einem Geschenk der verstorbenen Marchesa Violante Vigalena von Fornovo, bediente. Eins der Waisenkinder, Zaïra Barsanti, die sie die Rosaccia nennen, behauptet sogar, Dionea dabei überrascht zu haben, wie sie ihr verderbtes Persönchen mit den geheiligten Gewändern schmückte; und bei einer anderen Gelegenheit, wo man Dionea in die Kapelle geschickt hatte, um den Fußboden mit Öl und Sägespänen zu reiben (es war am Vorabend des Rosenfestes), fand man sie auf dem Rand des Altares sitzend, genau an der Stelle des Hochwürdigsten Gutes. Man ließ mich schleunigst holen, und ich mußte einem Kirchenrat im Sprechzimmer des Klosters beiwohnen, wo Dionea nicht recht hineinpaßte, die blendende kleine Schönheit, dunkel, geschmeidig, mit dem sonderbar wilden Schimmer in den Augen, dem noch sonderbareren verführerischen, gleißenden Lächeln, gleich dem der Frauen Leonardos, zwischen den Gipsbildnissen des heiligen Franziskus und den eingerahmten Stickereien vor dem kleinen Standbilde der Muttergottes, das man im Sommer mit einem Gazeüberzug bekleidet, um es vor den Fliegen zu schützen, welche bekanntlich Geschöpfe des Satans sind. Weil wir gerade vom Satan sprechen – weiß Ew. Durchlaucht, daß an der Innenseite der Türe unseres kleinen Klosters, genau über dem vergitterten Guckloch, durch das die Schwester Pförtnerin lugen und sprechen kann, ein Blatt angeheftet ist, auf dem im Dreieck um die durchbohrten Hände des heiligen Franz von Assisi allerhand heilige Namen eingezeichnet sind, auch verschiedene andere Sinnbilder zu dem Zweck – wie es in einer besonderen Anmerkung heißt –, die Anstrengungen des Bösen Geistes, in dies Haus zu dringen, zu vereiteln? Hätten Durchlaucht gesehen, in welch verständnisloser und zugleich geringschätziger Weise Dionea die entsetzlichen, gegen sie vorgebrachten Anklagen anhörte, ohne auch nur eine Verteidigung zu versuchen, dann hätten Sie gleich mir geschlossen, daß besagte Türe zufällig zum Ausbessern beim Tischler gewesen sein müsse an dem Tag, wo Ihr Schützling seinen Einzug ins Kloster hielt. Das geistliche Gericht, bestehend aus der Mutter Oberin, drei Schwestern, dem Pater Superior der Kapuziner und Ihrem ergebenen Diener (der sich umsonst bemühte, den Anwalt des Teufels zu spielen), verurteilte Dionea unter anderem, auf den nackten Fliesen fünfundzwanzigmal mit der Zunge das Zeichen des Kreuzes zu machen.

Armes kleines Kind! Man konnte fast erwarten wie damals, als Frau Venus sich die Hand an der Dornenhecke ritzte, rote Rosen zwischen den Fugen der schmutzigen, alten Ziegel aufsprießen zu sehen.

14. Oktober 1883

Sie fragen mich, ob Dionea nicht nun, wo sie erwachsen ist und die Schwestern sie manchmal auf einen halben Arbeitstag ins Dorf schicken, durch ihre Schönheit alles in Aufruhr bringe. Die Leute hier bemerken diese Schönheit ganz gut, man nennt sie bereits *la bella Dionea,* aber sie findet darum doch um nichts leichter einen Mann, obgleich das großmütige Anerbieten Ew. Durchlaucht, ihr eine Mitgift zu geben, im ganzen Bezirke von San Massimo und Montemirto bekannt ist. Keiner unserer jungen Männer, Bauer oder Fischer, schließt sich ihr an; und wenden sie sich um, um ihr nachzuschauen und zu flüstern, wenn sie aufrecht und reizend, den Wasserkrug oder den Wäschekorb auf dem schönen dunklen Lockenkopf, vorübergeht, dann geschieht es, wie ich bemerkt habe, weit eher mit einem Ausdruck der Furcht als der Bewunderung. Die Frauen ihrerseits machen Hörnchen mit den Fingern, wenn sie an ihr vorbeikommen oder sich in der Klosterkapelle neben sie setzen; doch das scheint natürlich. Meine Haushälterin sagt mir nämlich, man glaube im Dorf, daß Dionea den Bösen Blick habe und Liebesgram verursache. »Sie wollen sagen«, entgegnete ich, »daß einer ihrer Blicke zuviel ist für den Seelenfrieden unserer jungen Burschen.« Veneranda schüttelte den Kopf und erklärte mir mit jenem Gemisch von Ehrerbietung und Geringschätzung, mit dem sie mir stets von einem Aberglauben ihrer Landsleute berichtet, daß die Sache sich ganz anders verhalte. Nicht etwa in Dionea verliebten sich die Burschen (sie würden sich vor ihrem Blicke fürchten), aber wohin sie käme, da verliebe sich das junge Volk unvermeidlich ineinander, und zwar gewöhnlich da, wo es nichts weniger als wünschenswert sei.

»Sie kennen Sora Luisa, die Witwe des Schmiedes? Nun, Dionea hat vorigen Monat einen halben Tag bei ihr gearbeitet, um für die Hochzeit von Luisas Tochter zu rüsten. Erklärt nicht das Mädchen jetzt plötzlich, sie möge den Pierino von Lerici nicht mehr, sie werde entweder den Windbeutel, den Holzpfeifer aus Solaro, heiraten oder ins Kloster gehen! Und gerade an dem Tage, wo Dionea ins Haus kam, hat dieser Sinneswandel stattgefunden. Dann die

Frau von Pippo, dem Cafetier; man sagt, sie halte es jetzt mit einem der Küstenwächter; und vor sechs Wochen hat Dionea ihr bei der Wäsche geholfen. Der Sohn des Sor Temistocle hat sich kürzlich einen Finger abgeschnitten, um der Einberufung zu entgehen, weil er wahnsinnig verliebt in seine Cousine ist und Angst hat, zum Militär genommen zu werden; und es ist erwiesen, daß einige von den Hemden, die für ihn im Kloster angefertigt wurden, von Dionea genäht sind« – kurz, eine ganze Kette von Liebeskümmernissen, genug, versichere ich Sie, um einen kleinen »Decamerone« zu füllen, die allesamt Dionea zur Last gelegt werden. Tatsache ist, daß das Volk von San Massimo eine schreckliche Angst vor Dionea hat.

15. Juli 1884

Der sonderbare Einfluß Dioneas scheint in erschreckender Weise um sich zu greifen. Ich fange fast zu glauben an, daß unsere Leute recht haben, die junge Hexe zu fürchten. In meiner Eigenschaft als Klosterarzt hatte ich immer gefunden, daß nichts falscher sei als das Romantisieren eines Diderot oder eines Schubert (Durchlaucht haben mir einmal seine »Junge Nonne« vorgesungen, erinnern Sie sich? Es war kurz vor Ihrer Verheiratung) und daß es keine temperamentloseren Geschöpfe gäbe als unsere kleinen Nonnen mit ihren rosigen Puppengesichtern unter den engen weißen Häubchen. Nun hat es sich gezeigt, daß das Romantische eher zutraf als das Prosaische. Ungekannte Empfindungen haben in den Herzen der guten Schwestern gekeimt, so wie ungekannte Blüten aufgesprossen sind zwischen den Myrtenbüschen und Rosenhecken, unter denen Dionea gelegen hat. Habe ich Ihnen je von Schwester Giuliana gesprochen, die erst vor zwei Jahren das Gelübde ablegte? – ein munteres, junges Ding wie Milch und Blut, das dem Krankensaal vorstand, die prosaischste kleine Heilige, die jemals ein Kruzifix geküßt und einen Napf gereinigt hat. Nun – Schwester Giuliana ist verschwunden, und am selben Tag ist auch ein junger Matrose aus dem Hafen verschwunden.

20. August 1884

Der Fall der Schwester Giuliana scheint nur der Anfang einer ungewöhnlichen Liebesepidemie im Kloster zu den Heiligen Wundmalen gewesen zu sein.

Man muß die älteren Schülerinnen hinter Schloß und Riegel halten, damit sie nicht im Mondschein über die Mauer hinüber plaudern oder sich zu dem kleinen Buckligen schleichen, der unter dem Portikus nächst dem Fischmarkt die blumenreichen, schwungvollen Liebesbriefe, zu zwei Sou das Stück, verfaßt. Ich frage mich, ob die böse kleine Dionea, der niemand den Hof macht, lächelt (ihre Lippen geschwungen wie der Bogen Cupidos oder wie eine kleine Schlange), indes sie die Tauben zu sich lockt oder, unter den Myrtenbüschen liegend, die Katzen liebkost, wenn sie die Schülerinnen mit verschwollenen, roten Augenlidern umhergehen und die armen kleinen Nonnen neuerliche Bußübungen auf den kalten Fliesen der Kapelle verrichten sieht und wenn die langgezogenen, volltönenden Laute *amore* und *morte* und *mio bene* des Abends zu ihr dringen, zusammen mit dem Rauschen der Wogen und dem leisen Duft der Zitronenblüten, um die Stunde, wo die jungen Männer Arm in Arm unter den Olivenbäumen durch die mondbeglänzten Gäßchen ziehen und ihre Gitarren erklingen lassen?

20. Oktober 1885

Etwas Entsetzliches, Furchtbares hat sich ereignet! Ich schreibe an Ew. Durchlaucht mit zitternden Händen – und dennoch muß ich schreiben, muß ich sprechen, um nicht in Tränen auszubrechen.

Habe ich Ihnen je von Pater Domenico de Casoria, dem Beichtvater unseres Klosters zu den Heiligen Wundmalen, erzählt? Ein junger Mann, groß, abgemagert durch vieles Fasten und Nachtwachen, aber schön wie der Mönch, der auf Giorgiones »Konzert« das Virginal spielt, und unter seiner braunen Kutte immer noch der zäheste Geselle der ganzen Gegend. Man hat von Leuten gehört, die mit dem Versucher rangen. Nun denn, Pater Domenico hatte gerungen wie nur irgendeiner der Anachoreten, von denen der heilige Hieronymus berichtet, und er hatte gesiegt. Ich wüßte nichts, was der himmlischen Heiterkeit und Milde dieser siegreichen Seele zu vergleichen gewesen wäre. Ich mag die Mönche sonst nicht, aber ich liebte Pater Domenico. Ich hätte sein Vater sein können und doch empfand ich ihm gegenüber stets eine gewisse Scheu und Ehrfurcht, und wenn man mich in meiner Generation auch für einen Mann von lauterem Lebenswandel hält, so fühlte ich mich doch in seiner Nähe als ein armseliges, weltliches Geschöpf, erniedrigt durch das Wissen um so viele häßliche und gemeine Dinge.

In letzter Zeit schien mir Domenico weniger ruhig als sonst, ein eigentümlicher Glanz strahlte aus seinen Augen, und rote Flecken brannten auf seinen hohen Wangen. Als ich an einem Tag der vergangenen Woche einmal seine Hand faßte, fühlte ich, wie unregelmäßig sein Puls ging, gleichsam als löste sich seine ganze Kraft unter meiner Berührung auf.

»Sie sind krank«, sagte ich, »Sie haben Fieber, Pater Domenico. Sie haben sich übernommen – irgendeine neue Entbehrung, eine neue Kasteiung. Nehmen Sie sich in acht und versuchen Sie den Himmel nicht, bedenken Sie, daß das Fleisch schwach ist.«

»Sagen Sie das nicht«, rief er aus, »das Fleisch ist stark!« und er entzog mir hastig seine Hand. Seine Augen funkelten, sein ganzer Körper erschauerte. Ich verschrieb ein wenig Chinin, aber ich fühlte, das war kein Fall für Chinin; Gebete wären vielleicht hilfreicher gewesen, und hätte ich für ihn zu beten vermocht, es hätte ihm nicht daran fehlen sollen! Gestern abend schickte man plötzlich vom Kloster des Pater Domenico oberhalb von Montemirto nach mir; man sagte mir, er sei krank. Bangen Herzens eilte ich hinauf durch den Olivenhain, im fahlen Dämmerlicht des Mondes. Etwas in mir sagte mir, daß mein Mönch tot sei. Er lag in einem kleinen, niederen, weißgetünchten Raum; sie hatten ihn aus seiner Zelle hierher getragen, in der Hoffnung, daß er vielleicht noch lebe. Die Fenster standen weit offen, sie umrahmten ein paar mondbeglänzte Olivenzweige und weit unten in der Ferne einen silbern schimmernden Meeresstreifen. Als ich ihnen sagte, daß er wirklich tot sei, brachten sie Kerzen, entzündeten sie ihm zu Häupten und zu Füßen und steckten ihm ein Kruzifix zwischen die Hände.

»Es hat dem Herrn gefallen, unseren armen Bruder zu sich zu rufen«, sagte der Pater Superior. »Ein Schlaganfall, lieber Doktor – ein Schlaganfall. Sie werden das Zeugnis für die Behörden ausstellen.«

Ich stellte das Zeugnis aus. Es war schwach von mir. Aber, im Grunde genommen, wozu einen Skandal hervorrufen? Es war sicherlich nicht seine Absicht, die armen Mönche zu schädigen.

Am nächsten Tag fand ich die armen Nonnen ganz in Tränen aufgelöst. Sie pflückten Blumen, um sie ihrem Beichtvater als letzten Gruß zu senden. Im Klostergarten, neben einem Korb mit Rosen stehend, traf ich Dionea; eine der weißen Tauben saß auf ihrer Schulter.

»So«, sagte sie, »er hat sich also mit Kohlengas getötet, armer Pater Domenico!«

Etwas in ihrem Ton, in ihren Augen empörte mich.

»Gott hat einen seiner getreuesten Diener zu sich gerufen«, entgegnete ich ernst.

Als ich diesem Mädchen gegenüberstand, herrlich, von strahlender Schönheit, vor der Rosenhecke, mit den weißen Tauben, die schnäbelnd, flügelschlagend und sich brüstend um sie herflatterten, war es mir plötzlich, als sähe ich wieder den weißgetünchten Raum, das große Kruzifix und das arme, eingefallene Antlitz im gelben Kerzenlicht. Ich freute mich für Pater Domenico: er hatte ausgerungen. »Bringen Sie Pater Domenico dies von mir«, sagte Dionea, einen kleinen, mit weißen Blüten bedeckten Myrtenzweig brechend, und, den Kopf mit jenem Lächeln erhebend, das der Windung einer jungen Schlange gleicht, begann sie in hohen gutturalen Tönen einen sonderbaren Gesang, bestehend aus dem Worte: *amor – amor – amor.*

Ich nahm den Myrtenzweig und warf ihn ihr ins Gesicht.

3. Januar 1886

Es wird schwer sein, eine Stelle für Dionea zu finden, und in der hiesigen Gegend nahezu unmöglich. Man bringt den Tod Pater Domenicos irgendwie in Zusammenhang mit Dionea und das bestärkt ihren Ruf, den bösen Blick zu haben. Sie hat das Kloster (da sie nun siebzehn Jahre alt ist) vor etwa zwei Monaten verlassen und verdient sich augenblicklich ihr Brot dadurch, daß sie mit den Maurern am Bau des neuen Hauses unseres Notars in Lerici arbeitet; die Arbeit ist schwer, aber unsere Frauen leisten sie oft, und es ist prächtig, Dionea in ihrem kurzen weißen Rock und engen weißen Leibchen zu sehen, wie sie mit ihren schönen, kräftigen Armen den rauchenden Kalk mischt oder, einen leeren Sack über Kopf und Schultern, mit ihrer Ziegelladung majestätisch den Hügel und die Gerüste hinansteigt. Dennoch wünsche ich sehr, Dionea aus dem hiesigen Umkreis zu entfernen, denn ich fürchte die Schwierigkeiten, denen sie ihr Ruf, den Bösen Blick zu haben, aussetzen muß, und sogar einen Ausbruch der Wut, wenn sie einmal die gleichgültige Geringschätzung verlassen sollte, mit der sie die Leute behandelt. Ich höre, daß einer der reichsten Männer unseres Teils der Welt, ein gewisser Sor Agostino von Sarzana, der einen ganzen Abhang eines Marmorberges besitzt, nach einer Magd für seine Tochter sucht, die im Begriffe steht, sich zu verheiraten; es sind gütige Menschen, in ihrem Reichtum patriarchalisch; der alte Mann setzt sich noch mit all seinen Dienern zu Tisch; sein Neffe, der künftige Schwiegersohn, ein prächtiger, junger Mensch, hat aus Liebe zu seiner hübschen Cousine, wie Jakob, im Steinbruch und in den Sägewerken gearbeitet. Die ganze Familie ist so gut, einfach und friedlich, daß ich hoffe, sie werde selbst Dionea zähmen. Sollte es mir nicht gelingen, Dionea diese Stelle zu verschaffen (und es wird des ganzen Glanzes Ew. Durchlaucht und all meiner armseligen Beredsamkeit bedürfen, um die böswilligen Gerüchte aufzuwiegen, die über unser armes, kleines Strandgut im Umlauf sind), dann wird es wohl das beste sein, auf Ihren Vorschlag einzugehen und das Mädchen Ihrem römischen Haushalte einzuverleiben, da Sie neugierig sind, unsere verhängnisvolle Schönheit, wie Sie es nennen, zu sehen.

Was Sie von der schmucken Erscheinung Ihrer Diener sagen, belustigt und empört mich ein wenig: Don Juan persönlich würde von Dionea übertrumpft werden, meine liebe Lady Evelyn.

29. Mai 1886

Da hätten wir Dionea wieder einmal auf dem Halse! Aber ich kann sie nicht zu Ew. Durchlaucht schicken. Kommt es von dem Leben zwischen dem Bauern- und Fischervolk oder ist es wahr, was die Leute behaupten, daß ein Skeptiker immer abergläubisch ist? Ich bringe den Mut nicht auf, Ihnen Dionea zu senden, obgleich Ihre Jungen noch Matrosenanzüge tragen und Ihr Onkel, der Kardinal, vierundachtzig Jahre alt ist; und was den Fürsten betrifft, so besitzt er allerdings das mächtigste Amulett gegen Dioneas furchtbare Macht in Ihrer lieben, kapriziösen Person. Aber allen Ernstes, es liegt etwas Übernatürliches in diesem Zusammentreffen merkwürdiger Umstände. Arme Dionea! Es tut mir schrecklich leid um sie; sie war der Leidenschaft eines ehemals hochehrwürdigen Greises ausgesetzt. Fast noch verblüffter aber bin ich über die unglaubliche Unverschämtheit, die, ich möchte fast sagen, ruchlose Tollheit der gemeinen alten Kreatur. Aber immerhin bleibt das Zusammentreffen merkwürdig und äußerst peinlich.

Vergangene Woche schlug der Blitz in einen riesigen Olivenbaum im Obstgarten Sor Agostinos, oberhalb Sarzanos. Sor Agostino selbst befand sich unter dem Baume und wurde auf der Stelle getötet; und gegenüber, nicht zwanzig Schritte davon, Wasser aus dem Brunnen ziehend, ruhig, gesund und unverletzt, stand Dionea. Es war am Ende eines schwülen Nachmittags, ich befand mich auf dem Hochplateau eines unserer Dörfer, die gleich kräftigen Büschen in den Senkungen der Hügel wurzeln; ich sah das Gewitter über dem Tal niedergehen; eine plötzliche Finsternis, dann, wie ein Fluch, ein Blitz, ein entsetzlicher Donnerschlag, von einem Dutzend Hügeln zurückgeworfen.

»Ich sagte es ihm ja«, sprach Dionea ganz ruhig, als sie am nächsten Tag zu mir kam (denn die Angehörigen des Sor Agostino wollten sie natürlich keine Minute länger im Hause behalten!), »daß der Himmel ihm einen Unfall senden werde, wenn er mich nicht in Frieden ließe.«

Mein Buch? Ach! liebe Donna Evelina, machen Sie mich nicht erröten, indem Sie von meinem Buche sprechen; zwingen Sie einen achtbaren alten Mann und Diener des Staates (Kreisarzt der Bezirke San Massimo und Montemirto in Ligurien) nicht zu dem Bekenntnis, daß er nichts ist als ein müßiger, unfähiger Träumer, der Material zusammenträgt, wie ein Kind Beeren von den Hecken pflückt, bloß um sie wieder wegzuwerfen, lediglich um des kleinen Vergnügens willen, sich die Hände zu zerkratzen und sich auf den Fußspitzen zu recken nach dem schönen Rot. – Sie erinnern sich, was Balzac von Arbeitsentwürfen sagt? *C'est fumer des cigarettes enchantées.* – Ja, ja! Die Daten, die man sich über die alten Götter in den Tagen ihrer Trübsal verschaffen kann, sind äußerst dürftig und weit verstreut: hier und da ein Zitat aus den Kirchenvätern, zwei oder drei Legenden; das Wiedererscheinen der Venus, die Verfolgungen des Apollo in der Steiermark; im Chaucer der Aufbruch der Proserpina nach der Herrschaft über das Reich der Feen; ein paar dunkle religiöse Verfolgungen wegen Götzendienst im Mittelalter; einige sonderbare Gebräuche, noch in jüngster Zeit geübt in einem Wald der Bretagne, nächst Lanion. Was Tannhäuser betrifft, so war er ein wirklicher Ritter, und zwar ein sehr schwermütiger, und ein wirklicher Minnesänger, wenn auch keiner von den besten. Durchlaucht können einige seiner Lieder in den vier Riesenbänden von der Hagens finden, aber ich empfehle Ihnen, sich lieber nach Wagner einen Begriff von der Dichtkunst des Ritters zu machen. Gewiß ist, daß die heidnischen Gottheiten weit länger gelebt haben, als wir vermuten, manchmal in ihrer eigenen Nacktheit, manchmal im geborgten Gewand der Madonna oder der Heiligen. Wer weiß, ob sie nicht bis zum heutigen Tage leben? Und – wieso denn eigentlich auch nicht? Die ehrfurchtgebietenden Waldesgründe, mit ihrem grünen, durchs Blätterdach sickernden Licht, das Rascheln und Flüstern des einsam sich wiegenden Schilfes, sie sind doch noch heute – und das ist Pan. Noch heute schimmert die blaue, bestirnte Mainacht, schäumen die Wogen, tragen laue Winde den süßen Duft der Zitronenblüten, die Herbheit der Myrte von den Klippen zu uns herüber, und auch den fernen Gesang der Burschen, die ihre Netze flicken, der Mädchen, die unter den Olivenbäumen mähen, tragen sie uns zu: *amor – amor – amor!* – und das ist die große Göttin Venus. Und mir gegenüber, indes ich schreibe, schimmern zwischen den Zweigen der Stechpalmen, jenseits des blauen Meeres, das grün und purpurn durchzogen ist wie ein Ravennatisches Mosaik, die weißen Mauern und Häuser, die Türme und Türmchen des dunstverhangenen Portovenere, eine Zauberstadt der Fee Fata Morgana. Und, mich an eine größere und furchtbarere Göttin als die seine wendend, flüstere ich vor mich hin die Verse des Catullus:

Procul a mea sit furor omnis, Hera, domo;
Alios age incitatos, alios age rabidos.

25. März 1887

Ja, ich werde für Ihre Freunde alles tun, was in meiner Macht steht. Aber – was denken Sie eigentlich von uns republikanischen *citoyens* mit den groben Händen (obgleich Sie mir seinerzeit, als der Eifer für die Aussöhnung von Kirche und Staat den für Chiromantie noch nicht bei Ihnen verdrängt hatte, versicherten, ich hätte empfindsame Hände!), daß Sie sich bei mir entschuldigen, Sie, deren Vater mich in der Verbannung ernährt, beherbergt und gekleidet hat, weil Sie mir die entsetzliche Mühe des Wohnungsuchens zumuten? Es war wieder einmal so recht Ihre Art, liebe Donna Evelina, mir Photographien von den Statuen meines zukünftigen Freundes Waldemar zu senden. Ich bin kein Freund der modernen Bildhauerei, trotz der vielen Stunden, die ich in den Ateliers von Gibson und Dupré verbracht habe. Es ist eine tote Kunst, wir täten besser daran, sie zu begraben. Aber in Ihrem Waldemar steckt etwas vom antiken Geist; er scheint die Göttlichkeit des Leibes an sich zu empfinden, den Geist des klaren Stroms purer physischer Lebendigkeit.

Aber warum unter all den Statuen bloß Männer und Knaben, Athleten und Faune? Warum nur die Büste dieser dünnen, feinlippigen, kleinen Madonna, seiner Frau? Warum nicht eine breitschultrige Amazone oder eine Aphrodite mit üppigen Hüften?

10. April 1887

Sie fragen mich, was aus der armen Dionea geworden ist? Nicht das, was Ew. Durchlaucht und ich erwarten durften, als wir sie bei den guten Schwestern zu den Heiligen Wundmalen unterbrachten; dennoch möchte ich wetten, daß Sie, phantastisch und kapriziös wie Sie sind, es bei weitem vorziehen würden (es sorgfältig vor der ernsten Frau in Ihnen verbergend, welche die Armen mit Andachtsbüchlein und Arzneien versieht), wenn Ihr Schützling eine Hexe wäre statt einer Magd und Zaubertränke braute, statt Strümpfe zu stricken und Hemden zu nähen.

Das Bereiten von Liebestränken, das ist, geradeheraus gesagt, Dioneas Gewerbe. Sie lebt von dem Geld, das ich ihr (von vielen nutzlosen Ermahnungen begleitet) im Namen Ew. Durchlaucht gebe, und ihre scheinbare Beschäftigung besteht darin, Netze zu flicken, Oliven zu pflücken, Ziegel zu tragen und andere derartige Geschäfte zu verrichten; aber ihrem wahren Stande nach ist sie die Hexe des

Dorfes. Sie halten unser Landvolk für skeptische Zweifler? Vielleicht glauben sie nicht ans Gedankenlesen, an Mesmerismus und das Zitieren von Geistern wie Sie, liebe Lady Evelyn; aber sie glauben unerschütterlich an den Bösen Blick, an Zauberei und Liebestränke. Jeder weiß irgendeine Geschichte über dies und das, was seinem Bruder, Vetter oder Nachbarn widerfahren ist.

Mein Stallbursche, der Schwager meines männlichen Faktotums, der vor einigen Jahren auf Korsika lebte, bekam eines Tages Lust, mit seiner Braut auf einem jener Bälle zu tanzen, die unsere Bauern im Winter veranstalten, wenn der Schnee in den Bergen Mußestunden bringt. Für Geld rieb ihn ein Zauberer mit Öl ein: alsbald verwandelte er sich in einen schwarzen Kater und war in drei Sätzen übers Meer geflogen vor die Haustüre seines Oheims und mitten unter die Tänzer. Er zog seine Liebste am Rocksaum, um ihre Aufmerksamkeit zu erregen, sie aber versetzte ihm einen Fußtritt, der ihn heulend nach Korsika zurücktrieb. Als er im Sommer zurückkam, weigerte er sich, die Dame zu heiraten, und trug den Arm in der Schlinge. »Du hast ihn mir gebrochen, wie ich zur *veglia* kam!« sagte er, und alles schien erklärt.

Ein anderer Bursche kehrte von der Arbeit in den Weinbergen bei Marseille heim und stieg in einer mondhellen Nacht den Weg zu seinem Heimatdorf auf einem unserer Hügel hinan. Aus einer Scheune, am Rande des Weges, vernahm er die Töne einer Fiedel und einer Sackpfeife und sah einen gelben Lichtschimmer durch die Fugen dringen. Er trat ein und fand eine Menge alter und junger tanzender Frauen und unter ihnen seine Braut. Er wollte sie um die Mitte fassen, um mit ihr zu walzen (man spielt ›Madame Angot‹ auf unseren ländlichen Bällen), aber das junge Mädchen war nicht von den anderen zu lösen und flüsterte ihm leise zu:

»Geh' fort, denn das sind Hexen, die Dich töten werden, und ich bin auch eine Hexe und werde zur Hölle fahren, wenn ich einmal sterbe!«

Ich könnte Ew. Durchlaucht Dutzende von solchen Geschichten erzählen. Liebestränke gehören zu den alltäglichsten Dingen, die man kauft und verkauft.

Erinnern Sie sich der traurigen kleinen Geschichte des Lizentiaten von Cervantes, der statt eines Liebestrankes ein Zaubermittel schluckte, welches ihn glauben machte, er sei aus Glas? – Treffliches Sinnbild eines armen, verrückten Poeten!

Es sind Liebestränke, die Dionea bereitet. Mißverstehen Sie mich nicht; die Liebestränke flößen nicht etwa Liebe zu ihr ein, noch weniger erwecken sie ihre eigene Liebe.

Unsere Verkäuferin von Liebeszaubern ist so kalt wie Eis, so rein wie Schnee. Der Pfarrer ist gegen sie losgezogen, unzufriedene Verliebte haben im Vorbeigehen mit Steinen nach ihr geworfen; selbst die Kinder, die am Strande umherwaten und Sand aufhäufen, haben Zeigefinger und kleinen Finger nach ihr ausgestreckt und gerufen: »Hexe, Hexe, garstige Hexe!« wenn sie mit ihrer Ladung Ziegel oder ihrem Korbe vorüberging.

Dionea lächelte bloß jenes schlangenhafte, spöttische Lächeln, nur unheimlicher als in früherer Zeit. Vor einigen Tagen entschloß ich mich, zu ihr zu gehen, um ihr wegen ihres bösen Gewerbes Vorwürfe zu machen. Dionea bringt mir eine gewisse Achtung entgegen, weniger, glaube ich, aus Dankbarkeit als im Bewußtsein der eigentümlichen Bewunderung und Scheu, die sie dem alten Narr, Ew. Durchlaucht ergebenem Diener, einflößt. Sie wohnt in einer verlassenen Hütte aus Stroh und dürrem Schilf, von der Art, in der man die Kühe unterbringt, zwischen den Olivenbäumen auf den Klippen. Sie war nicht da, aber um die Hütte schweiften weiße Tauben, und aus dem Innern – ich erschrak sogar törichterweise bei dem unerwarteten Ton – erklang das sonderbare Meckern ihrer Lieblingsziege. Unter den Olivenbäumen brach schon die Dämmerung an mit rosigen Streifen am Himmel: blaßrosa Furchen, gleich langen Spuren von Rosenblättern über der fernen See. Ich stieg zwischen den Myrtensträuchern hinab und gelangte zu einer kleinen Bucht mit gelbem Sand zwischen zwei hohen, zackigen Felsen, gerade dort, wo das Meer Dionea nach dem Schiffbruch angespült hatte. Dort saß sie im Sand, ihr Fuß badete in den Wellen; sie hatte sich einen Kranz von Myrten und wilden Rosen auf die schwarzen Locken gesetzt; neben ihr war eines unserer hübschesten Mädchen, die Lena Sor Tullios, des Schmiedes, das Gesicht bleich und verstört unter dem blumigen Kopftuch.

Ich beschloß, mit dem Kind zu sprechen, doch ohne sie in diesem Augenblick zu erschrecken, denn sie ist ein äußerst nervöses kleines Geschöpf. So setzte ich mich denn auf den Felsen, vom Myrtenstrauch verdeckt, um abzuwarten, bis das Mädchen fortgegangen wäre. Dionea, lässig im Sande gelagert, beugte sich über das Meer und schöpfte ein wenig Salzwasser in die hohle Hand.

»Hier«, sagte sie zur Lena des Sor Tullio, »füll' dein Fläschchen damit und gib Tommasino, dem Hübschen, davon zu trinken.«

Dann begann sie zu singen:

»Die Liebe ist salzig wie das Wasser des Meeres – Ich trinke und sterbe vor Durst! – Wasser! – Wasser! – Je mehr ich trinke, je mehr brennt der Durst. O! Liebe! Du bist bitter wie die Meeresalge!«

20. April 1887

Ihre Freunde sind hier untergebracht, liebe Lady Evelyn. Das Haus, an der Stelle einer einstigen genuesischen Festung errichtet, ragt gleich einer grauen Aloe mit scharfen

Stacheln auf dem Marmorfelsen unserer Bucht empor. Felsen und Mauern (die Mauern bestanden lange schon bevor von Genua überhaupt die Rede war) sind gleichsam zu einer einzigen Masse verwachsen, zu einem zarten Grau, gefleckt von schwarzem und gelbem isländischem Moos, hie und da von Myrtenschößlingen und rotem Löwenkraut durchzogen. Dort, wo einst der höchste Wall der Festung war und wo jetzt Ihre Freundin Gertrud die Mägde beim Aufhängen der schönen weißen Leintücher und Kopfkissen überwacht (ein Stückchen Norden, ein Stückchen »Hermann und Dorothea« nach dem Süden verpflanzt), ragt ein knorriger, großer Feigenbaum gleich einem exzentrischen Wasserspeier über die See und läßt seine reifen Früchte in die tiefblauen Becken fallen. Das Haus ist nur spärlich eingerichtet, aber der große Oleanderbaum, der es ganz überwuchert, wird bald all seine rosige Pracht entfalten, und auf jedem Fensterbord, selbst dem der Küche (welch funkelnden Hintergrund von kupfernen Pfannen Waldemars Frau daraus gemacht hat), sind Blumentöpfe aufgereiht voller Kletternelken, Basilikum, Thymian und Reseden. Mir gefällt Ihre Gertrud ganz besonders, obwohl Sie mir prophezeit haben, daß ich den Gatten vorziehen würde. Mit ihrem schmalen, blassen Gesicht gleicht sie einer Memling-Madonna, von einem toskanischen Bildhauer vollendet, und ihre langen, schlanken, weißen Hände sind wie die einer mittelalterlichen Edeldame immerzu mit einer feinen Handarbeit beschäftigt, und das eigenartige Blau ihres selten aufgeschlagenen Blickes – es ist klarer als der Himmel und tiefer als das Meer!

In ihrer Gesellschaft gefällt mir Waldemar am besten; ich stelle über das Genie den unendlich zärtlichen und achtungsvollen – ich möchte nicht ›Liebhaber‹ sagen und habe doch kein anderes Wort dafür – seiner blassen Gemahlin. Er erscheint mir, wenn er mit ihr ist, wie ein wildes, freimütiges, edles Tier des Waldes, wie der Löwe von Una, gezähmt und unterworfen durch diese Heilige – sie ist wirklich sehr schön, diese Zärtlichkeit von seiten des mächtigen Löwen Waldemar mit den seltsamen Raubtieraugen. Seltsam ist sie, und, wie Ew. Durchlaucht bemerken, nicht ohne einen Schimmer verhaltener Wildheit. Ich glaube hierin die Erklärung dafür zu finden, warum er stets nur männliche Figuren bildet. Die weibliche Gestalt, sagt er (und Durchlaucht müssen ihn und nicht mich für die Ketzerei verantwortlich machen), ist fast immer von unvermeidlich geringerer Kraft und Schönheit. Die Frau ist nicht Form, sondern Ausdruck, und darum eignet sie sich zum Modell für den Maler, nicht aber für den Bildhauer. Das Interessante an der Frau ist nicht ihr Körper (und dabei ruhten seine Augen sehr zärtlich auf dem feinen, blassen Profil seiner Frau), sondern ihre Seele.

»Dennoch«, entgegnete ich, »haben die Alten, die sich doch auf solche Dinge verstanden, ganz annehmbare weibliche Statuen zustande gebracht: die Parzen des Parthenon, die Pallas Athene des Phidias, die Venus von Milo –« »Ah! ja!« rief Waldemar lachend, den gewissen wilden Glanz in den Augen, »aber das sind auch keine Frauen, und die Leute, die sie geschaffen, haben uns auch die Sage von Endymion, von Adonis und Anchises hinterlassen; denen mag eine Göttin Modell gestanden haben.«

5. Mai 1887

Haben Ew. Durchlaucht jemals in einer Ihrer La Rochefoucauldschen Anwandlungen (etwa in der Fastenzeit, nach zu vielen Bällen) darüber nachgedacht, daß nicht nur mütterliche, sondern auch eheliche Selbstlosigkeit sehr selbstsüchtig sein kann? Sieh da, Sie schütteln Ihren kleinen Kopf bei meinen Worten! Dennoch weiß ich ganz gewiß, daß ich Sie habe sagen hören, andere Frauen mögen es für richtig halten, ihren Gatten jeden Willen zu lassen, was jedoch Sie betrifft, so müsse der Fürst lernen, daß die Pflicht einer Gattin ebensosehr darin bestehe, die Launen ihres Gatten zu zügeln, wie sie zu befriedigen. Ich bin wirklich empört darüber, daß eine solche schneeweiße Heilige wünschen sollte, daß eine andere Frau all ihre Schamhaftigkeit abstreife, bloß, weil diese andere Frau ein treffliches Modell für ihren Gatten abgeben würde. Es ist wirklich unverzeihlich. »Laß doch das Mädchen in Frieden«, sagte Waldemar lachend, »was habe ich mit dem unästhetischen Geschlecht, wie es Schopenhauer nennt, zu schaffen?«

Aber Gertrud hat nun einmal ihr Herz daran gehängt, ihn eine weibliche Studie machen zu lassen; es scheint, daß man ihn damit aufgezogen hat, niemals eine geschaffen zu haben. Schon längst war sie auf der Suche nach einem Modell für ihn. Es ist sonderbar zu sehen, wie dies blasse, durchsichtige, vornehme Geschöpf, das selbst die bevorstehende Mutterschaft nicht irdischer erscheinen läßt, die jungen Mädchen des Dorfes mit den Augen eines Sklavenhändlers mißt.

»Wenn Sie darauf bestehen, mit Dionea zu sprechen«, sagte ich, »dann werde ich ebenfalls darauf bestehen, gleichzeitig mit ihr zu sprechen, um sie zu bedrängen, Ihren Vorschlag zurückzuweisen.«

Aber Waldemars blasse Gattin blieb gleichgültig gegenüber all meinen Reden, daß Anständigkeit die einzige Mitgift eines armen Mädchens sei.

»Sie wird eine Venus abgeben«, entgegnete sie kurzweg. Wir stiegen gemeinsam die Klippen empor. Nach einigen scharfen Worten hing sich Gertrud an meinen Arm, während wir langsam den steinigen Pfad zwischen den Olivenbäumen erklommen. Wir fanden Dionea vor ihrer Hütte mit dem Spalten von Myrtenzweigen beschäftigt. Sie hörte sich mürrisch Gertruds Angebot und Erklärungen an, ebenso gleichgültig meine Ermahnungen, es nicht anzunehmen. Der Gedanke, sich entkleidet den Blicken eines Mannes preiszugeben, der unsere frechsten Dorfmädchen erschauern lassen würde, schien sie nicht zu erschrecken, unberührt und wild, wie sie ist. Sie antwortete nicht, sondern setzte sich unter die Olivenbäume und blickte abwesend aufs Meer hinaus. In diesem Augenblick trat Waldemar zu uns; er war uns gefolgt, um der Streiterei ein Ende zu machen.

»Gertrud«, sagte er, »laß' sie in Ruhe. Ich habe ein Modell gefunden – einen Fischerjungen, den ich bei weitem jeder Frau vorziehe.«

Dionea blickte auf, zeigte ihr schlangenhaftes Lächeln: »Ich werde kommen«, sagte sie.

Waldemar schwieg; seine Augen waren auf sie gerichtet, wie sie so unter den Olivenbäumen stand, das weiße Hemd offen über dem herrlichen Nacken, die nackten, schimmernden Füße im Grase. Abwesend, als wisse er nicht recht, was er sage, fragte er nach ihrem Namen. Sie antwortete, sie heiße Dionea; im übrigen sei sie eine *innocentina,* das heißt ein Findling; dann begann sie zu singen:

Blüte der Myrte!
Mein Vater ist der gestirnte Himmel;
Die Woge die Mutter, die mich gemacht.

22. Juni 1887

Ich bekenne, daß ich ein alter Narr war, Waldemar sein Modell zu verweigern. Wenn ich ihn stückweise seine Statue aufbauen, die Göttin nach und nach dem Ton entwachsen sehe, dann frage ich mich – und der Fall vermöchte einen spitzfindigeren Moralisten als mich zu verwirren –, ob ein Dorfmädchen, ein verborgenes, bedeutungsloses Leben in den Grenzen dessen, was für richtig und falsch zu nehmen wir uns entschieden haben, in die Waagschale fallen kann gegenüber dem Besitz eines großen Kunstwerkes, einer unsterblich schönen Venus, seitens der Menschheit? Dennoch bin ich froh, daß die beiden Alternativen nicht gegeneinander stehen. Nichts kommt der Güte Gertruds gleich, jetzt, wo Dionea zugestimmt hat, ihrem Gatten Modell zu stehen; scheinbar ist das junge Mädchen eine Dienstmagd wie jede andere, und damit nicht etwa ein Gerücht über ihre eigentliche Beschäftigung in die Öffentlichkeit dringe und sie in San Massimo oder Montemirto schädige, soll sie mit nach Rom genommen werden, wo niemand etwas davon wissen wird und wo, nebenbei bemerkt, Durchlaucht Gelegenheit haben werden, die Göttin Waldemars mit unserem kleinen Waisenkind vom Kloster zu den Heiligen Wundmalen zu vergleichen. Was mich noch mehr beruhigt, ist die sonderbare Haltung Waldemars dem Mädchen gegenüber: ich hätte nie gedacht, daß ein Künstler eine Frau so vollständig als lebloses Ding, als Gegenstand der Nachahmung betrachten könne wie eine Blume oder einen Baum. Er überträgt wirklich seine Theorie in die Praxis, daß die Bildhauerei nur den Körper kennt – und den kaum als menschlich betrachtet. Die Art, in der er zu Dionea spricht, nachdem er sie stundenlang voll Entzücken betrachtet hat, ist fast brutal in ihrer Kälte. Und doch, wenn man ihn ausrufen hört: »Wie schön sie ist! Mein Gott, wie schön!« Keine Liebe zu einer Frau war jemals so heftig wie diese Liebe zur bloßen Gestalt einer Frau.

27. Juni 1887

Sie haben mich einst gefragt, liebste Durchlaucht, ob sich unter unseren Landleuten (Sie hatten offenbar dem Stoß halb aufgeschnittener, eselsohriger Bücher, die zwischen den Chinoiserien und mittelalterlichen Brokaten Ihrer

Zimmer umherliegen, ein neues über volkstümliche Überlieferungen hinzugefügt) irgendwelche Spuren heidnischer Mythen erhalten haben. Ich habe Ihnen damals erklärt, daß all unsere Märchen einfach mythologische Erinnerungen sind, in denen antike Götter, Dämonen und Helden in Feen, Riesen und Prinzen verwandelt erscheinen. Ich hatte gestern abend einen sonderbaren Beweis dafür. Auf dem Wege zu Waldemar fand ich Dionea unter dem Oleander, auf der höchsten Spitze der alten genuesischen Feste sitzend, wie sie den beiden blonden Kindern Geschichten erzählte, die zu ihren Füßen aus den herabfallenden rosa Blüten Halsketten machten; die Tauben, Dioneas weiße Tauben, welche sie nie verlassen, schnäbelten und brüsteten sich zwischen den Basilikumstöcken, und die weißen Möwen umflatterten die Felsen über ihr. Was ich hörte, war folgendes: »Und die drei Feen sagten zu dem jüngsten Sohne des Königs, der als Schäfer erzogen worden war: ›Nimm' diesen Apfel und gib ihn der Schönsten unter uns.‹ Und die erste Fee sagte: ›Wenn Du ihn mir gibst, so sollst Du Kaiser von Rom werden und purpurne Kleider und eine goldene Krone und eine goldene Rüstung und Pferde und Höflinge haben.‹ Und die zweite Fee sprach: ›Wenn Du ihn mir gibst, so sollst Du Papst werden und eine Tiara tragen und die Schlüssel des Himmels und der Hölle in Deinen Händen halten.‹ Und die dritte Fee sprach: ›Gib mir den Apfel, denn ich werde Dir die schönste Dame der Welt zur Gemahlin geben.‹ – Und der jüngste Sohn des Königs setzte sich auf die grüne Wiese und dachte ein wenig nach, dann sagte er: ›Was hab' ich davon, wenn ich Papst oder Kaiser bin? Gebt mir die schönste Dame zur Frau, da ich doch selber jung bin.‹ Und er gab den Apfel der dritten der Feen.«

Dionea erzählte die Geschichte langsam, in ihrer halb genuesischen Mundart, ihre Augen schweiften ins Weite, über das blaue, mit Segeln gleich weißen Möwen getupfte Meer, auf ihren Lippen lag das sonderbare, schlangenhafte Lächeln.

»Wer hat Dir dieses Märchen erzählt?« fragte ich. Sie nahm eine Hand voll Oleanderblüten vom Boden auf und warf sie in die Luft, dann, nach dem leisen Regen von rosigen Blumenblüten blickend, die auf ihr schwarzes Haar und ihre weiße Brust niederfielen, antwortete sie lässig: »Wer weiß?«

6. Juli 1887

Wie merkwürdig ist die Macht der Kunst! Hat Waldemars Statue mich erst die wahre Dionea sehen gelehrt, oder ist Dionea wirklich noch schöner geworden als vorher? Durchlaucht werden lachen: aber wenn ich ihr begegne, schlage ich die Augen nieder nach dem ersten flüchtigen Anblick ihrer Schönheit; nicht in der Verwirrung eines lächerlichen alten Verfolgers des Ewig-Weiblichen, sondern in einer Art frommer Scheu – demselben Gefühl, das mich, als Kind in der Kirche an der Seite meiner Mutter kniend, die Augen auf die Fliesen senken hieß, wenn die Altarglocke die Wandlung des Allerheiligsten verkündete. Erinnern Sie sich der Geschichte des Zeuxis und der Damen von Kroton; fünf der Schönsten waren nicht zu viel für seine Juno? Erinnern Sie sich – Sie, die Sie alles gelesen haben – all des Geschreibsels unserer Schriftsteller über das Ideale in der Kunst? Nun denn! Hier ist ein Mädchen, das in einem Augenblick all diesen Unsinn widerlegt, sie ist viel, viel schöner als die Statue, die Waldemar nach ihr gebildet hat. Er sagte es erst gestern voll Zorn, als seine Frau mich in sein Atelier führte (er hat die längst verlassene Kapelle des genuesischen Forts, das seinerseits die Stelle des alten Venustempels eingenommen haben soll, in ein Atelier verwandelt).

Während er sprach, glomm dieser eigentümliche Funke von Wildheit in seinen Augen auf und, nach dem größten seiner Meißel fassend, zerstörte er mit einem Schlag das ganze exquisite Gesicht. Die arme Gertrud wurde totenbleich, und ein krampfhaftes Zucken verzerrte ihr Antlitz.

15. Juli

Ich möchte es Gertrud so gern begreiflich machen – und doch werde ich mich niemals, niemals entschließen können, ein Wort zu sprechen. Was läßt sich denn auch im Grunde darüber sagen? Sie weiß sicherlich selbst am besten, daß ihr Mann nie eine andere Frau als sie lieben wird. Dennoch kann ich mir ganz gut vorstellen, daß sie, nervös und leidend wie sie ist, das unaufhörliche Gerede von Dionea und der Überlegenheit des Modells über die Statue verabscheuen muß. Verdammte Statue! Ich wollte, sie wäre vollendet – oder wäre nie begonnen worden.

20. Juli

Heute morgen kam Waldemar zu mir. Er schien seltsam erregt; ich erriet, daß er mir etwas zu sagen habe, und dennoch war ich nicht imstande, danach zu fragen. War es Feigheit von meiner Seite? Er saß in meinem Zimmer mit den verschlossenen Läden, durch die das Sonnenlicht Pfützen auf die roten Fliesen und flimmernde Sterne an die Decke warf, redete ins Blaue hinein über dies und das und blätterte dabei mechanisch in meinem Manuskript, dem Haufen Notizen zu meinem armen, stets unvollendeten Buch über »Die verbannten Götter«. Dann stand er auf, und während er nervös in meiner Studierstube auf und ab ging, zusammenhanglos von seinem Werk sprechend, fiel sein Auge plötzlich auf einen kleinen Altar, eines meiner wenigen Altertümer, einen kleinen Marmorblock mit einer gemeißelten Girlande und Widderköpfen und einer halbverwischten Inschrift, die ihn der Venus, der Mutter der Liebe, zueignet.

»Man hat ihn«, erklärte ich ihm, »unter den Ruinen des Tempels, ungefähr an der Stelle Ihres Ateliers gefunden; so behauptete wenigstens der Mann, der ihn mir verkaufte.«

Waldemar betrachtete ihn lange.

»Also«, sagte er, »diese kleine Höhlung diente zum Verbrennen des Weihrauchs oder eigentlich, scheint mir, da zwei kleine Rinnen zu ihr führen, um das Blut des Opfers aufzufangen. Nun! Es war jedenfalls weiser, einer Taube den Hals umzudrehen oder eine Prise Weihrauch zu verbrennen, als sich um Frau Venus willen das Herz aus der Brust zu reißen, wie wir es tun.«

Er lachte spöttisch und verließ mich mit jenem sonderbaren, wilden Aufblitzen im Antlitz. Kurz darauf klopfte es an meiner Tür; es war Waldemar.

»Doktor«, sagte er sehr ruhig, »möchten Sie mir einen Gefallen tun? Leihen Sie mir Ihren kleinen Venusaltar! – Bloß für ein paar Tage, bloß bis übermorgen. Ich möchte ihn als Sockel für meine Statue kopieren; er paßt vollkommen dazu.«

Ich sandte ihm den Altar; der Bursche, der ihn hinbrachte, erzählte mir, Waldemar habe ihn im Atelier aufgestellt, dann eine Flasche Wein verlangt und zwei Gläser vollgeschenkt. Das eine gab er meinem Boten für die Mühe, von dem anderen trank er einen Schluck und goß den Rest auf den Altar, einige unverständliche Worte murmelnd.

»Das muß irgendein deutscher Brauch sein«, sagte mein Diener.

Was für sonderbare Ideen dieser Mensch hat!

25. Juli

Sie bitten mich, liebste Durchlaucht, Ihnen einige Blätter meines Buches zu senden: Sie wollen wissen, was ich entdeckt habe. Ach! liebste Donna Evelina, ich fürchte, ich habe entdeckt, daß es nichts zu entdecken gibt, daß Apollo niemals in der Steiermark war, daß Chaucer, als er die Königin der Feen Proserpina nannte, nichts weiter damit sagen wollte als irgendein anderer Dichter des achtzehnten Jahrhunderts, wenn er Fanny oder Betty, Cynthia oder Amaryllis rief; daß die Dame, welche den armen Tannhäuser in die Verdammnis stürzte, nicht Venus, sondern bloß eine kleine schwäbische Bergfee war; daß tatsächlich die Poesie nichts anderes ist als eine Erfindung der Dichter und daß dieser Schelm Heinrich Heine ganz allein verantwortlich ist für die Existenz der *Dieux en Exil.* – Mein armseliges Manuskript könnte Ihnen nur erzählen, was der heilige Augustin, Tertullian und einige alte, griesgrämige Bischöfe über die Liebschaften des Vaters Zeus und die Wunder der Dame Isis gedacht haben; keine ihrer Ideen wäre Ihrer Aufmerksamkeit wert. – Die Wirklichkeit, liebe Lady Evelyn, ist immer prosaisch: wenigstens wenn sie von kahlköpfigen alten Herren wie mir untersucht wird. Und doch sieht sie nicht so aus. Die Welt scheint sich manchmal in der Rolle des Poetischen, Geheimnisvollen, Wunderbaren, Romantischen zu gefallen. Ich schreibe, wie gewöhnlich, am Fenster; der Mond strahlt heller in seinem leuchtenden Weiß als meine armselige kleine Lampe mit ihrem gelben Lichte. Aus dem geheimnisvollen Grau des Olivenhains und der Hohlwege ertönt ein wirres Quaken der Frösche und das Schwirren und Surren von Insekten: etwas, dessen Klang dem endlosen, matt glitzernden Zuge unzähliger Sterne gleicht, Milchstraße um Milchstraße aufgelöst in eine einzige blaue Helle vom Schein des Mondes, der langsam an der höchsten Wölbung des Himmels dahinzieht.

Die Olivenzweige glänzen unter seinen Strahlen, die Granatapfel- und Oleanderblüten sind nur wie verschleiert von bläulichem Nebel in ihrem Purpur und Rosarot. Im Meere fließt ein zweites Meer aus geschmolzenem, welligem Silber, eine Zauberstraße, die hinausführt auf die hohe See, hinüber bis an den blaßleuchtenden Streifen am Horizont, wo die Inseln Palmaria und Tino gleich den Schatten körperloser Delphine schwimmen. Die Dächer von Montemirto schimmern zwischen den Wipfeln der dunklen Zypressen; weiter unten, am äußersten Ende des Halbmondes, liegt San Massimo; die genuesische Feste, in der Ihre Freunde wohnen, hebt sich schwarz vom Himmel ab. Alles ist dunkel; unser Fischervolk geht zeitig zu Bett. Gertrud und die Kleinen schlafen; wenigstens diese, denn Gertrud, so stelle ich mir vor, liegt wach, die Mondstrahlen auf dem zarten Madonnengesicht, und denkt lächelnd an die Kleinen um sie her und an das andere winzige Wesen, das bald an ihrer Brust liegen wird . . . Da ist ein Licht in der alten, verlassenen Kapelle, dem einstigen Venustempel, der nun Waldemars Atelier ist; ihr geborstenes Dach ist mit Schilf und Stroh ausgebessert worden. Waldemar hat sich hineingeschlichen, zweifellos um seine Statue nochmals anzusehen; aber er wird beruhigter durch die Stille der Nacht zu seiner Frau und seinen schlafenden Kindern zurückkehren. Gott segne und beschütze sie alle! Gute Nacht, liebste Durchlaucht!

26. Juli

Ich habe das Antworttelegramm Ew. Durchlaucht auf meine Depesche erhalten. Tausend Dank, daß Sie mir den Fürsten senden. Ich erwarte seine Ankunft mit fieberhafter Sehnsucht; so gibt es doch noch etwas zu erwarten. So scheint doch nicht alles vorüber! Und dennoch – was kann er machen? Die Kinder sind ganz heil; wir haben sie aus ihren Betten geholt und hierhergebracht. Sie sind noch immer ein wenig verängstigt durch das Feuer, den Rummel und den Umstand, sich in einem fremden Hause zu befinden, sie möchten auch wissen, wo ihre Mutter ist; aber sie haben eine zahme Katze gefunden, und ich höre sie auf der Treppe miteinander schwatzen.

Nur das Dach des Ateliers, das Schilf und Stroh sowie ein paar alte Balken sind verbrannt. Waldemar muß das Feuer mit großer Vorsicht gelegt haben; er hatte Stöße trockener Myrten- und Heckenrosenzweige von dem nahen Backofen herbeigetragen, dann Haufen von Tannenzapfen und Brocken eines eigentümlichen Harzes, das nach Weihrauch riecht, in die Flammen geworfen. Heute, zeitig am Morgen, als wir uns durch den Schutt einen Weg in das Atelier bahnten, drang uns ein erstickender, heißer Kirchengeruch in die Kehle: Er umnebelte mir die Sinne, und ich mußte plötzlich daran denken, wie ich als Kind am Osterfest in die Peterskirche gegangen war.

Es geschah gestern abend, während ich an Sie schrieb. Gertrud war zu Bett gegangen und hatte ihren Gatten im Atelier zurückgelassen. Gegen elf hörten die Dienstboten Waldemar herauskommen und rufen, Dionea solle aufwachen und ihm Modell stehen. Schon einmal hatte er diesen verrückten Einfall gehabt, sie und die Statue bei künstlichem Licht sehen zu wollen; Sie erinnern sich, daß er seine eigenen Ideen darüber vertrat, wie die Alten ihre Statuen in den Tempeln beleuchtet hätten. Man hörte Gertrud, so sagen die Dienstboten, kurz darauf die Treppe herabschleichen.

Begreifen Sie? Ich habe immer nur das vor Augen gehabt während der letzten Stunden, die mir wie Wochen und Monate erschienen. Er hatte Dionea auf den großen Marmorblock hinter dem Altar gestellt, vor einen großen Vorhang aus tiefrotem Brokat – wissen Sie, jenem venezianischen Brokat mit dem goldenen Granatapfelmuster, wie eine Madonna des Jan van Eyck. Er hatte sie mir schon einmal so gezeigt, das Weiß ihres Nackens und ihrer Brust, das Weiß des um ihre Hüften drapierten Tuches zu dem Tone des alten Marmors gestimmt, im Licht des Harzes, das in Pfannen ringsumher verbrannte. Vor Dionea stand der Altar – der Altar der Venus, den er von mir geliehen hatte. Er muß all die Rosen darum gehäuft und Weihrauch auf die glühenden Kohlen gestreut haben, als Gertrud plötzlich eintrat. Und dann, und dann –

Wir fanden sie quer über den Altar hingestreckt, ihr blondes Haar inmitten der Asche des Weihrauches, ihr Blut – sie hatte nicht viel davon zu verlieren, die arme, blasse Erscheinung! – sickerte zwischen den steinernen Laubgewinden und Widderköpfen herab und schwärzte die aufgehäuften Rosen. Den Körper Waldemars fand man am Fuße der Burgklippen. Hatte er, als er das Atelier in Brand steckte, gehofft, selbst unter dessen Trümmern begraben zu werden, oder hatte er nicht weit eher auf diese Weise das Opfer vollenden wollen, indem er aus dem ganzen Tempel einen riesigen geweihten Scheiterhaufen machte? So sah es aus, als wir eiligst die Hügel nach San Massimo niederstiegen. Der ganze Abhang des Hügels, das dürre Gras, die Myrten- und Heiderosensträucher, alles stand in Brand, die matten Flämmchen züngelten zum blauen, mondhellen Nachthimmel empor, und schwarz hob sich die alte Feste vor dem Feuerscheine ab.

30. August

Über Dionea kann ich Ihnen nichts Gewisses sagen. Wir sprechen von ihr so wenig wie möglich. Einige wollen sie in stürmischen Nächten zwischen den Klippen umherwandern gesehen haben; doch ein Schiffsjunge versicherte mir bei allem, was ihm heilig sei, daß er am Tage nach dem Brand der Schloßkapelle – wir nennen es hier nie anders – im Morgengrauen in der Enge zwischen der Insel Palmaria und Portovenere einem griechischen Schiff mit gemalten Augen am Bug begegnet sei, das mit vollen Segeln auf die hohe See hinaussteuerte und dessen Mannschaft sang, während es sich entfernte. Und an seinem Mast, in einem Gewand aus Gold und Purpur, einen Myrtenkranz im Haar, lehnte Dionea und sang ein Lied in unbekannter Sprache, indes die weißen Tauben um sie kreisten.

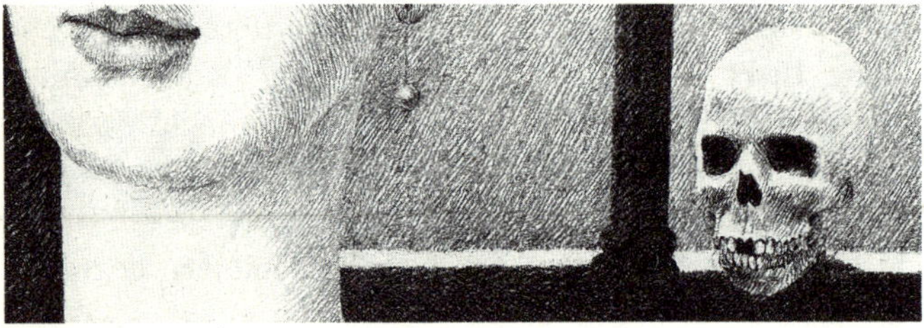

Winthrops Abenteuer

I

Alle Freunde in der Villa S. kannten Julian Winthrop als einen recht sonderbaren jungen Mann, doch ich könnte schwören, daß keiner von uns eine so exzentrische Szene von ihm erwartet hätte wie die, welche sich am ersten Mittwoch des letztjährigen Septembers tatsächlich abspielte.

Seit seiner Ankunft in Florenz war Winthrop ein regelmäßiger Gast in der Villa S. gewesen, und je näher wir seinen ausgefallenen Charakter kennenlernten, desto mehr schätzten wir ihn auch. Obwohl noch in jungen Jahren, hatte er bereits ein außergewöhnliches Talent für die Malerei bewiesen, doch schienen alle darin einig zu gehen, daß er auch nie über das Stadium des Talentes hinausgelangen würde. Sein Wesen war für eine beständige Arbeit einfach zu beweglich, zu empfänglich für jede Art von Eindrücken; auch interessierten ihn eigentlich alle Künste in solchem Maße, daß er sich nicht ausschließlich einer einzigen widmen wollte. Darüber hinaus besaß er eine bei weitem zu unkontrollierte Vorstellungskraft und eine viel zu maßlose Liebe fürs Detail, als daß es ihm jemals hätte gelingen können, einen empfangenen Eindruck in künstlerischer Form zu verfestigen. Seine Ideen und Imaginationen unterlagen wie die Farben des Kaleidoskops endlosem Wechsel, ja ihre Unbeständigkeit und Vielfalt trugen hauptsächlich zu

Winthrops Vergnügen und Befriedigung bei. Alles, was er aussprechen, tun oder denken mochte, nahm unweigerlich die Form der Arabeske an; seine Stimmungen und Emotionen glitten auf seltsame Weise ineinander über, Gedanken und Bilder wucherten ihm zu unentwirrbarem Rankenwerk zusammen, gerade so, wie er in seinen musikalischen Vorführungen, ganz fühllos für die Verschiedenheit einzelner Stücke, von dem einen zum nächsten zu springen pflegte, wie sich ihm beim Zeichnen die Umrisse eines fremden Gegenstandes in die gerade begonnene Gestalt einschlichen. Sein Verstand glich seinem Skizzenbuch, voll von ergötzlichen Farbtupfern und eleganten Drolerien, unvollendet alle, in lockeren Schichten übereinandergelegt: Da wuchs Blätterwerk aus einem Kopf, Häuser saßen rittlings auf den seltsamsten Tieren, Bruchstücke einer Melodie unterbrachen einige unvollendete Verse – eine Nachlese aus allen Feldern also, gefällig und zu einem phantastischen, nutzlosen, aber nichtsdestoweniger höchst amüsanten Ganzen verwoben. Kurzum, Winthrop verschleuderte seine künstlerische Begabung durch die Liebe zum Pittoresken, verdarb sich die Karriere durch seine Abenteuerlust. Doch als der, der er nun einmal war, stellte er selbst bald schon so etwas wie ein Kunstwerk, eine lebende Arabeske vor.

An diesem gewissen Mittwoch jedenfalls hatten wir uns alle auf der Terrasse der Villa S. in Bellosguardo zusammengefunden, genossen das feierlich schöne gelbe Mondlicht und die angenehme Kühle nach dem brennend heißen Tag. Die Gräfin S., eine ausgezeichnete Musikerin, versuchte sich mit einem Freunde im angrenzenden Salon, dessen Türen auf die Terrasse gingen, an einer Violinsonate. Winthrop, der schon den ganzen Tag über sehr aufgeräumt war, hatte die Teller und Tassen vom Teetischchen entfernt, das Skizzenbuch hervorgeholt und in seiner leicht abwesenden, selbstverständlichen Art zu zeichnen begonnen – Akanthusblätter, die sich zu Sirenenschwänzen kringelten, Satyre, die aus den Kelchen von Passionsblumen emporwuchsen, drollige Knirpse in der Manier der Holländer mit Haarzöpfen und frackähnlichen Wämsen, keck aus Tulpenblättern hervorlugend, all das entstand unter seinem mutwilligen Zeichenstift, während er selbst teils der Musik im Innern des Hauses, teils dem Gespräch auf der Terrasse lauschte.

Als die Violinsonate, zum wiederholten Male und Passage für Passage, hinreichend durchexerziert war, wandte sich die Gräfin, anstatt sich zu uns auf die Terrasse zu gesellen, aus dem Salon heraus an uns.

»Bleiben Sie bitte noch eine Weile, wo Sie sind«, beschied sie uns. »Ich möchte, daß Sie einer alten Weise Ihr Ohr leihen, die mir letzte Woche zwischen Stapeln von Plunder in einem Abstellraum im Hause meines Schwiegervaters in die Hände fiel. Ich halte sie entschieden für einen Schatz, wie man vielleicht ein schmiedeeisernes Ornament in einem Haufen rostiger Nägel entdecken mag oder einen Scherben Gubbio-Majolika zwischen zerbrochenen Kaffeetassen. Mir scheint sie von großer Schönheit zu sein. Hören Sie nur zu!«

Die Gräfin sang außergewöhnlich gut, zwar nicht mit einem großen Stimmvolumen und alles andere als gefühlsbetont, aber in einer im höchsten Grade geschulten und verfeinerten Vortragsweise und mit großer Musikkenntnis. Die Weise, die sie für schön erachtet hatte, konnte uns natürlich nicht vollkommen enttäuschen; sie war jedoch mit ihren exquisit gedrechselten Strophen, ihren delikaten Trillern und vokalen Schnörkeln und ihrem symmetrisch konstruierten Schmuckwerk so verschieden von allem, was wir heute gewohnt sind, daß sie den Zuhörer in eine völlig andere Welt des musikalischen Sentiments zu entführen schien, ein Sentiment, das zu gekonnt, zu künstlich, zu subtil und von zu berechnender Balance war, als daß es uns mehr als oberflächlich hätte bewegen können – ja in der Tat, es verfehlte gänzlich, uns zu bewegen, denn es schien überhaupt keinen erkennbaren Gemütszustand auszudrükken: Man hätte nur schwer sagen können, ob es nun traurig oder fröhlich war; mit Entschiedenheit konnte man jedoch sagen, daß es in einzigartiger Weise elegant und grazil war.

So jedenfalls empfand ich das Stück, und ich glaube, daß die Wirkung auf den Rest der Gesellschaft dem im großen und ganzen gleichkam; wie erstaunt war ich daher, als ein Blick auf Winthrop mir zeigte, einen wie starken Eindruck bereits die ersten Takte auf ihn gemacht hatten. Zwar saß er an dem Tischchen und wandte mir den Rücken zu, doch ich bemerkte nur zu deutlich, daß er zu zeichnen aufgehört hatte und mit zum Äußersten gespannter Aufmerksamkeit zuhörte. Kurzfristig mußte ich beinahe den Eindruck gewinnen, als zittere seine Hand auf dem Skizzenbuch, als atme er stoßweise. Ich rückte meinen Stuhl neben den seinen: Kein Zweifel, seine gesamte Gestalt bebte.

»Winthrop«, flüsterte ich.

Er schenkte mir keine Beachtung, sondern fuhr mit unverminderter Aufmerksamkeit fort zuzuhören, und seine Hand zerknüllte unbewußt das Stück Papier, auf dem er gezeichnet hatte.

»Winthrop«, widerholte ich und berührte seine Schulter.

»Seien Sie ruhig«, gab er hastig zur Antwort, als wolle er mich und meine Berührung abschütteln. »Lassen Sie mich zuhören.«

In seinem Benehmen lag etwas beinahe Wildes; und seine heftige Bewegung angesichts eines Stückes, das auf uns andere nicht die geringste Wirkung gezeitigt hatte, kam mir überaus seltsam vor.

Er blieb, den Kopf in beide Hände gestützt, bis zum Ende der Musikdarbietung regungslos sitzen. Die Weise klang in einer höchst verwickelten und anziehenden Passage aus, in einem seltsam seufzenden, kurzen Tonsturz von einer hohen zu einer tieferen Note, was mit dem schönsten Effekt in verschiedenen Intervallen wiederholt wurde.

»Bravo! Wundervoll!« rief ein jeder aus. »Ein wahrer Schatz. Wie wunderlich und doch elegant, und wie perfekt vorgetragen!«

Ich blickte zu Winthrop herüber. Er hatte sich uns zugewandt, sein Antlitz war gerötet, und er war auf eine Weise in seinem Stuhl zusammengesunken, als hätte ihn eine starke Gefühlsregung ergriffen.

Die Gräfin kehrte auf die Terrasse zurück. »Es freut mich, daß Sie das Stück gut aufgenommen haben«, erklärte sie, »denn es ist wirklich ganz exquisit. Gütiger Himmel! Herr Winthrop!« unterbrach sie sich plötzlich. »Wie ist Ihnen? Sind Sie krank?«

Denn krank sah er in der Tat aus.

Er erhob sich und versuchte, mit heiserer, zitternder Stimme zu antworten –

»Es ist nichts, mir wurde plötzlich kalt. Ich denke, ich gehe hinein – oder besser, nein, ich sollte bleiben. Was war das – was war das für eine Weise, die Sie gerade gesungen haben?«

»Diese Weise?« wiederholte sie geistesabwesend, denn der plötzliche Wechsel im Benehmen von Winthrop hatte alle anderen Gedanken aus ihrem Sinn verscheucht. »Diese Weise? Oh, sie stammt von einem heute vergessenen Komponisten namens Barbella, der irgendwann um das Jahr 1780 herum gelebt haben muß.« Es war deutlich erkennbar, daß sie seine Frage als Vorwand verstand, mit dem er seine jähe Gemütsbewegung verbergen wollte.

»Würden Sie mich wohl die Partitur sehen lassen?« fragte er rasch.

»Sicherlich. Wollen Sie mit in den Salon kommen? Ich ließ sie auf dem Piano liegen.«

Die Kerzen auf dem Piano brannten noch, und während sie dort in ihrem flackernden Licht standen, beobachtete sie sein Gesicht mit ebenso großer Neugier wie auch ich. Winthrop jedoch nahm von keiner der beiden heimlichen Untersuchungen Notiz; er hatte begierig die Partitur ergriffen und betrachtete sie auf eine gebannte, geistesabwesende Art. Als er aufsah, war sein Gesicht aschgrau; mechanisch überreichte er mir die Noten. Es handelte sich um eine vergilbte, verwischte Handschrift mit einem heute außer Gebrauch geratenen Notenschlüssel, und ihre in einer großzügigen, ausdrucksvollen Hand geschriebenen Anfangsworte lautete: »Sei Regina, io pastor sono«. Die Gräfin verharrte immer noch in der Vorstellung, Winthrop trachte seine Erregung nur unter einem Deckmantel zu verbergen und heuchele aus diesem Grunde Interesse für das Lied; ich jedoch, der ich seine außergewöhnliche Gefühlswallung während des Vortrages beobachtet hatte, konnte an einer wie auch immer gearteten Verbindung zwischen ihm und der Partitur nicht mehr zweifeln.

»Sie sagten, dieses Stück sei sehr selten«, sagte Winthrop. »Denken Sie, ich meine – denken Sie, daß außer Ihnen niemand sonst es zur Zeit kennt?«

»Natürlich könnte ich das nicht beschwören«, erwiderte die Gräfin. »Soviel jedoch darf ich Ihnen sagen, daß Professor G., einer der kenntnisreichsten unter den Fachgrößen auf musikalischem Gebiet, dem ich dieses Stück zeigte, weder von ihm noch von seinem Komponisten jemals gehört hatte; er konnte mir glaubhaft versichern, daß die musikalischen Archive in Italien und Paris kein solches Exemplar besäßen.«

»Woher wissen Sie dann«, mischte ich mich in die Unterhaltung, »daß es um das Jahr 1780 datiert?«

»Aufgrund des Stiles; Professor G. verglich es auf meine Bitte hin mit Kompositionen dieser Zeit, und wir können sagen, daß der Stil vollkommen mit diesen übereinstimmt.«

»Denken Sie also«, setzte Winthrop langsam und doch ungeduldig hinzu, »würden Sie also meinen, daß niemand sonst es im Augenblick singt?«

»Ich würde sagen nein, zumindest erschiene mir dies höchst unwahrscheinlich.«

Winthrop schwieg, blickte jedoch – wenn auch, so schien es mir, rein mechanisch – auf die Noten.

Weitere Gäste aus der Gesellschaft hatten unterdessen den Salon betreten.

»Haben Sie die außerordentliche Bewegung von Herrn Winthrop bemerkt?« wollte eine Dame flüsternd von der Gräfin wissen. »Was ist ihm widerfahren?«

»Ich kann es mir nicht erklären. Er ist ja so leicht zu beeindrucken, aber trotzdem kann ich mir nicht vorstellen, wie dieses Stück ihn überhaupt zu erregen vermochte; es ist ein nettes Ding, aber so gar nicht gefühlvoll«, antwortete ich statt ihrer.

»Dieses Stück!« hielt die Gräfin beinahe ärgerlich dagegen. »Sie nehmen doch nicht wirklich an, daß dieses Stück etwas damit zu tun hat?«

»Doch, das nehme ich in der Tat an; es hat eine ganze Menge damit zu tun. Um es kurz zu machen, ich konnte beobachten, wie es schon von den ersten Noten an einen geradezu gewaltsamen Eindruck auf ihn machte.«

»Dann sind also all diese Fragen – «

»Vollkommen ernsthaft.«

»Es kann nicht das Stück selbst sein, das ihn so erschüttert hat, auch dürfte er es kaum zuvor gehört haben. Es ist schon recht seltsam. Irgend etwas stimmt nicht mit ihm.«

Damit hatte die Gräfin zweifellos recht, denn Winthrop war extrem bleich und erregt und das um so mehr, als er sich nun bewußt wurde, zum Gegenstand allgemeiner Neugier avanciert zu sein. Offensichtlich wünschte er sich uns zu entziehen, wollte dies jedoch nicht zu plötzlich und damit offensichtlich vollziehen. Er stand hinter dem Piano und betrachtete immer noch geistesabwesend die alte Partitur.

»Haben Sie jemals zuvor dieses Stück gehört, Herr Winthrop?« fragte schließlich die Gräfin, unfähig, ihre Neugier länger im Zaum zu halten.

Er sah auf, vollkommen aus der Fassung gebracht, und erwiderte nach einem Augenblick des Überlegens: »Wie könnte ich es bereits gehört haben, da Sie doch sein alleiniger Besitzer sind?«

»Sein alleiniger Besitzer? Oh, das habe ich nie behauptet. Ich hielt es nur für unwahrscheinlich, doch möglicherweise gibt es noch einen weiteren. Klären Sie mich auf: Gibt es noch einen zweiten? Wo haben Sie das Lied schon einmal gehört?«

»Ich habe nie behauptet, daß ich es schon einmal gehört hätte«, gab er hastig zurück.

»Nun, haben Sie – oder haben Sie nicht?«, insistierte die Gräfin.

»Ich habe es noch nie gehört«, entgegnete er mit Bestimmtheit, errötete jedoch auf der Stelle, als sei er sich der Unwahrheit seiner Behauptung bewußt geworden. »Stellen Sie mir keine Fragen«, fügte er rasch hinzu, »sie beunruhigen mich«, und verschwand in derselben Minute.

In stummem Erstaunen sahen wir uns an. Dies ungewöhnliche Benehmen, diese Mischung von Ausweichen und Grobheit und vor allem die heftige Erregung, die Winthrop offensichtlich ergriffen hatte, im Verein mit seiner unerklärlichen Leidenschaft für das Stück, das die Gräfin uns vorgetragen hatte, all dies hatte bislang unsere neugierigen Versuche, Licht in die Angelegenheit zu bringen, vereitelt.

»Dem Ganzen liegt ein Geheimnis zugrunde«, so sagten wir und konnten tiefer nicht dringen.

Des nächsten Abends, als wir wieder einmal im Salon der Gräfin beisammen saßen, kehrten unsere Gespräche natürlich zu Winthrops extravaganter Aufführung zurück.

»Denken Sie, daß er uns bald wieder aufsuchen wird?« fragte einer aus dem Kreise.

»Ich glaube, er wird eher Gras über die Sache wachsen lassen und so lange warten, bis wir sein absurdes Verhalten vergessen haben«, antwortete die Gräfin.

In diesem Moment öffnete sich die Tür und Winthrop trat herein.

Er wirkte verstört und schien nicht genau zu wissen, was er sagen solle; auf unsere ablenkenden Fragen ging er gar nicht erst ein, sondern platzte unvermutet und mit großer Überwindung heraus:

»Ich bin gekommen, um Sie für mein Benehmen in der letzten Nacht um Verzeihung zu bitten. Vergeben Sie mir meine Unhöflichkeit und meinen Mangel an Offenheit, doch ich hätte in jenem Augenblick einfach nichts erklären können: Sie müssen wissen, daß dieses Stück mir einen großen Schock versetzt hat.«

»Einen großen Schock? Wie konnte das geschehen?« riefen wir alle unisono aus.

»Sie meinen doch nicht im Ernst, daß ein so affektiertes Stückchen Sie in diesen Zustand versetzen konnte?« bemerkte die Schwester der Gräfin.

»Wenn dem so gewesen sein sollte«, fügte die Gräfin selbst noch hinzu, »wäre das wohl eines der größten musikalischen Wunder, von denen ich je gehört hätte.«

»Die Angelegenheit ist äußerst diffizil zu erklären«, entgegnete Winthrop zögernd, »doch kurzum, dieses Lied hat mich so erschreckt, weil ich es, sobald die ersten Takte erklungen waren, wiedererkannte.«

»Und mir haben Sie versichert, daß Sie es nie zuvor gehört hätten!« rief die Gräfin verärgert aus.

»Ich weiß, und meine Behauptung war weder wahr noch vollständig unwahr. Ich kann nur sagen, daß ich das Stück kannte; ob ich es nun zuvor bereits hörte oder nicht – auf alle Fälle kannte ich es«, schleuderte er hervor. »Sie mögen mich wohl für wahnsinnig halten, doch ich mußte so lange daran zweifeln, ob das Stück überhaupt existierte: Ihr Vortrag erschütterte mich so, weil er den Beweis dafür erbrachte, daß das Stück tatsächlich existierte.

Sehen Sie her«, sagte er, zog ein Skizzenbüchlein aus seiner Tasche und stand eben im Begriff es zu öffnen, als er mitten in der Bewegung innehielt – »Haben Sie die Noten des Stückes hier zur Verfügung?« fragte er in gehetztem Tonfall.

»Hier sind sie«, beruhigte ihn die Gräfin und überließ ihm die alte Musikrolle.

Er würdigte sie keines Blickes, sondern blätterte statt dessen die Seiten seines Skizzenbüchleins um.

»Hier«, erklärte er nach einer Minute, »sehen Sie sich dies an«, und schob uns das aufgeschlagene Skizzenbuch über den Tisch hinweg zu. Zwischen einer Menge anderer Studien befanden sich grob gestrichelte Notenlinien mit einigen mit dem Zeichenstifte gemalten Noten sowie die Worte »Sei Regina, io pastor sono.«

»Mon dieu, das ist ja eben der Beginn unseres Liedes!« rief die Gräfin aus. »Wie sind Sie dazu gekommen?«

Wir verglichen die Noten des Skizzenbuches mit denen der Partitur; es waren dieselben, nur in einem anderen Notenschlüssel und Ton.

Winthrop saß uns gegenüber und fixierte uns verbissen. Nach einem Moment bemerkte er:

»Es sind dieselben Noten, nicht wahr? Nun, diese Bleistiftzeichnungen entstanden im Juli des letzten Jahres, während die Tinte auf der Partitur seit mehr als neunzig Jahren getrocknet sein dürfte. Und doch schwöre ich, daß ich bei der Niederschrift dieser Noten nichts von der Existenz der Partitur wußte – ja an ihre Existenz bis zum gestrigen Tage selbst nicht glaubte.«

»Dafür gibt es nur zwei mögliche Erklärungen«, bemerkte ein Herr aus der Gesellschaft. »Entweder Sie verfaßten dieses Stück selbst und wußten nicht, daß ein anderer dies bereits neunzig Jahre vor Ihnen getan hatte, oder Sie hörten dieses Stück einmal, ohne zu wissen, um was es sich handelte.«

»Erklärungen!« rief Winthrop voller Verachtung aus. »Wollen Sie denn nicht sehen, daß gerade dies eine Erklärung heischt! Natürlich, ich habe es entweder selbst komponiert oder es unwissentlich schon einmal gehört, aber welche der beiden Möglichkeiten war es?«

Solcherart gemaßregelt und zum Schweigen gebracht saßen wir da.

»Es ist schon ein recht erstaunliches Vexierspiel«, brach die Gräfin schließlich das Schweigen, »doch ich halte es für nutzlos, daß wir uns die Köpfe zermartern, da doch Herr Winthrop als einziger in der Lage sein dürfte, es zu lösen. Wir verstehen die Vorgänge nicht und können sie nicht erklären; er ist dazu in der Lage und muß es also in eigener Person tun. Ich weiß nicht«, setzte sie noch hinzu, »ob es irgendeinen Grund geben mag, weshalb er uns das Geheimnis nicht aufdecken kann; wenn es denn keinen gibt, wäre ich dankbar für eine Aufklärung.«

»Es gibt keinen Grund«, erwiderte er, »außer daß Sie mich hinterher für einen Wahnsinnigen ansehen werden. Die Geschichte ist dermaßen absurd – Sie werden mir nie Glauben schenken – und doch . . .«

»Also liegt dem allem eine Geschichte zugrunde!« rief die Gräfin aus. »Wie lautet sie? Können Sie sie uns nicht mitteilen?«

Winthrop zuckte entschuldigend mit den Schultern, tändelte mit den Briefmessern herum und machte Eselsohren in die Bücher, die auf dem Tisch lagen. »Nun gut«, ließ er sich schließlich vernehmen, »wenn Sie es wirklich hören wollen – warum soll ich es Ihnen eigentlich nicht erzählen; nur schimpfen Sie mich bitte hinterher nicht einen Verrückten. Nichts und niemand kann die Tatsache aus der Welt schaffen, daß dieses Stück wirklich existiert; und solange Sie es für einzig halten, kann ich nicht umhin, mein Abenteuer für wahr zu nehmen.«

Wir befürchteten schon, daß er uns am Ende durch all diese Ausflüchte entweichen mochte und wir doch keine Geschichte zu hören bekämen; also trugen wir ihm auf, sogleich anzufangen, und er, indem er sein Haupt immer im Schatten des Lampenschirms hielt und wie gewöhnlich in seinem Skizzenbuch kritzelte, begann seine Erzählung, langsam und stockend zunächst und mit zahlreichen Unterbrechungen, doch indem sich sein eigenes Interesse steigerte, wurde auch seine Vortragsweise außerordentlich rasant und dramatisch und ließ nicht mehr das geringste Detail aus.

II

Sie müssen wissen, sagte Winthrop, daß ich vor ungefähr eineinhalb Jahren den Herbst mit einigen Verwandten verbrachte, indem wir die Lombardei durchstreiften. Da wir in allen möglichen seltsamen Winkeln und Fleckchen herumstöberten, machten wir in M. die Bekanntschaft eines höchst gelehrten und höchst kauzigen alten Gentlemans (ich glaube, er war ein Graf oder ein Marquis), der unter dem Spitznamen Maestro Fa Diesis (Meister Fis) allseits bekannt war und eine schöne Sammlung musikalischer Memorabilia, ein wahres Museum, besaß. Er hatte einen hübschen alten Palast, der jedoch im wahrsten Sinne des Wortes in seine Bestandteile zerfiel, und dessen komplettes Erdgeschoß von seinen Sammlungen ausgefüllt wurde. Seine alten Manuskripte, seine kostbaren Missalien, seine Papyri, seine Autographen, seine Frakturinkunabeln, seine Stiche und Gemälde, seine unzähligen mit Elfenbein eingelegten Cembalos und mit Bünden aus Ebenholz geschmückten Lauten und Violinen, sie alle lebten in eleganten, geräumigen Sälen bequem vor sich hin, Sälen mit geschnitzten Eichendecken und freskengezierten Fensterlaibungen, während er selbst in einer elenden kleinen Hinterhofmansarde seine Existenz fristete, wovon, vermag ich nicht zu sagen, sollte ich es jedoch nach den ausgezehrten Erscheinungen seiner alten Aufschließerin und eines debilen Jungen, der ihn bediente, beurteilen, würde ich sagen: von nichts Substantiellerem als Bohnenhülsen und lauwarmem Wasser. Seine Bedienten schienen unter dieser Diät zu leiden; ihr Herr jedoch, so kam es mir vor, mußte irgendeine geheimnisvolle, lebensspendende Flüssigkeit von seinen Manuskripten und alten Instrumenten aufsaugen, denn er schien aus Stahl gemacht und war ein höchst anstrengender und aktiver alter Knabe, der die Nerven seiner Mitmenschen durch seine Ausgelassenheit und Redseligkeit in ständiger Anspannung hielt. Er interessierte sich für nichts in der ganzen lieben Welt als für seine Sammlungen; hierfür hatte er Baum um Baum fällen lassen und Acker um Acker und Pachthof um Pachthof veräußert; er hatte seine Möbel, seine Wandteppiche, sein Silber und seine Papiere aus dem Familienbesitz, ja sogar seine eigene Kleidung verkauft. Er hätte die Schindeln von seinem Dach und die Scheiben aus seinen Fenstern genommen, um von ihrem Erlös eine Partitur aus dem sechzehnten Jahrhundert, ein illuminiertes Messbuch oder eine Cremoneser Geige zu erstehen. Für Musik an sich, so ist meine feste Überzeugung, interessierte er sich nicht die Bohne, er betrachtete sie nur insofern für nützlich, als sie die Objekte seiner Leidenschaft in gewisser Weise hervorgebracht hatte, jene Objekte, die er nun sein Leben lang abstauben, beschildern, zählen und katalogisieren konnte, denn in diesem Haus wurde nie ein Akkord, nie auch eine einzige Note vernommen, und er wäre lieber gestorben, als einen Soldino für eine Opernkarte auszugeben.

Meine Cousine, die einigermaßen musikbegeistert ist, erwarb sich schnell das Wohlwollen des alten Gentlemans, indem sie hunderte kleiner Aufträge wie die Besorgung von Katalogen und das Besuchen von Versteigerungen übernahm, so daß es uns als Folge dieser Gefälligkeiten täglich erlaubt war, dieses seltsame, stille Haus voll von Musikalia zu betreten und wir seine Schätze nach Gutdünken untersuchen durften, immer allerdings unter den wachsamen Augen von Fa Diesis. Das Haus, sein Inventar und sein Besitzer bildeten eine Art von groteskem Ganzen, das auf mich eine gewisse Anziehungskraft ausübte. Ich stellte mir oft vor, daß die Stille nur vordergründig sei, daß, sobald der Meister sich in seine Mansarde zurückgezogen habe, all diese schlummernde Musik erwachen würde, daß die Portraits der toten Musiker aus ihrem Rahmen gleiten, die Vitrinen aufspringen und die dickbäuchigen, mit Einlegearbeiten verzierten Lauten sich in stattliche flämische Kaufherren in brokatbesetzten Wämsern verwandeln würden; die gelben, ausgeblichenen Saiten der Cremoneser Bassviole stülpten sich in meiner Phantasie zu den steifen, seidenen Reifröcken gepuderter Damen aus, und den kleinen, geriffelten Mandolinen wuchs ein mit zweifarbigen

Strümpfen bekleidetes Bein und ein mit buschigem Haar bedeckter Kopf, so daß sie als Zwerge an einem provencalischen Liebeshof oder auch als Renaissance-Pagen herumhopsen durften, während die ägyptischen Sistrum- und Querpfeifenspieler aus den Hieroglyphen ihrer Papyri kletterten und sich sämtliche pergamentenen Palimpseste der griechischen Musiker zu Aulos- und Kitharaspielern, in Chlamys gekleidet, wandelten; dann würden die Kesselpauken und die Baßtrommeln dröhnen, die Orgelpfeifen sich mit Musik füllen, die alten vergoldeten Cembalos furios klimpern, und der alte Kapellmeister dort drüben, in seiner Perücke und seiner pelzgefütterten Robe, würde den Takt auf dem Rahmen seines Portraits schlagen und die ganze buntscheckige Gesellschaft zum Tanzen bringen; bis schließlich der alte Fa Diesis, durch den Lärm aufgeschreckt und Diebe fürchtend, unvermittelt in seinem Morgenrocke wild hereinplatzte, eine dreidochtige Küchenlampe in der einen und seines Urgroßvaters Hofschwert in der anderen Hand – erst dann würden die Tänzer und Musikanten zurück in ihre Vitrinen und Bilderrahmen huschen. Ich wäre allerdings so häufig nicht in das Museum des alten Gentlemans gegangen, hätte mir nicht meine Cousine (ihr Geschlecht mag wohl meine Fügsamkeit in dieser Sache hinreichend erklären) das Versprechen abgerungen, eine Aquarellkopie eines Portraits von Palestrina anzufertigen, das sie aus welchem Grunde auch immer als besonders authentisch anzusehen sich entschlossen hatte. Das Bild war jedoch ein Ungeheuer, eine Schmiererei, vor der ich mich nur schütteln konnte; meine Bewunderung für Palestrina hätte mich eher dazu getrieben, dies häßliche, glupschäugige und schulterlose Ding zu verbrennen, doch das Musikervölkchen hat seine Launen – und die ihre war es nun einmal, eine Kopie dieser Monstrosität über ihren Konzertflügel zu hängen. So stimmte ich denn zu, griff Zeichenblock und Staffelei und machte mich zu Fa Diesis Palast auf. Dieser Palast nun war ein merkwürdiges altes Gebäude, mit vielen auf und ab führenden Stiegen, Krümmungen und Biegungen, und um zu dem einzigen Raum des Hauses mit annähernd befriedigenden Lichtverhältnissen zu gelangen, in den das bewundernswerte Objekt meiner Kopierstudien zu meiner Bequemlichkeit gebracht worden war, mußten wir einen engen, gewundenen Korridor irgendwo im Herzen des Baus passieren. Auf diesem Gang kamen wir an einer einige Stufen höher liegenden Tür vorbei.

»Ach übrigens«, fragte mich Fa Diesis, »habe ich Ihnen dies schon gezeigt? Es ist zwar nicht von großem Wert, doch als Maler könnte es Sie womöglich interessieren.« Er erstieg die Treppen, drückte die Tür auf, die nur angelehnt war, und nötigte mich in eine kleine, kahle, weißgekälkte Gerümpelkammer, in der sich gesplitterte Buchregale, schiefe Musiktischchen und wackelige Tische und Stühle ein Stelldichein gaben, alle bedeckt von einer ansehnlich dicken Staubschicht. An den Wänden hingen einige schon ganz fleckige Portraits von Personen mit Harnisch und Helmbüschen, die senatorischen Ahnen von Fa Diesis, die für die Bücherborde und Instrumentenkästen die Staatsgemächer hatten räumen müssen. Der alte Herr öffnete einen Fensterladen und richtete so das ganze Licht auf ein weiteres Bild, von dessen rissigem Firnis er behutsam mit dem abgewetzten Ärmel seines pelzgefütterten Mantels den Staub entfernte.

Ich trat näher heran. »Das ist keine schlechte Arbeit«, lobt ich es spontan, »nein wirklich, bei Gott keine schlechte Arbeit.«

»In der Tat?« rief Fa Diesis glücklich aus. »Dann kann ich es ja vielleicht zu Geld machen! Was denken Sie, wieviel wird dabei herausspringen?«

Ich lächelte. »Nun, es ist kein Raffael«, gab ich zu bedenken. »Doch zieht man die Epoche seiner Entstehung in Betracht und wie die Leute damals sonst zu schmieren pflegten, könnte es sich als recht wertvoll erweisen.«

»Ah!« seufzte der alte Mann herb enttäuscht.

Es handelte sich um ein lebensgroßes Halbfigurenbild eines Mannes im Kostüm der letzten Hälfte des vorangegangenen Jahrhunderts – ein blaßlila Seidenrock, eine Seidenweste von blassestem Erbsgrün, beide von äußerst delikatem Farbton, sowie ein Umhang von tiefem, warmem Amber; die üppige Halsbinde war lässig geöffnet, der ausladende Kragen zurückgeschlagen, der Körper leicht zur Seite gedreht, und der Kopf blickte, ganz wie bei dem Portrait der berüchtigten Beatrice Cenci, über die Schulter hinweg den Betrachter an.

Das Gemälde war für ein italienisches Portrait des achtzehnten Jahrhunderts ungewöhnlich gut und wies manchen Zug auf, der mich, obwohl vom technischen Standpunkt aus betrachtet natürlich von weit geringerem Wert als dieser, an Greuze erinnerte – einen Maler, den ich verabscheue und der mich gleichwohl fasziniert. Die Gesichtszüge waren unregelmäßig und nicht sehr ausgeprägt, mit leuchtend roten Lippen und einem Hauch purpurner Röte unter der gebräunten und doch durchscheinenden Haut; die Augen waren leicht nach oben verdreht, ihr Blick in Harmonie mit der Drehung des Kopfes und den geöffneten Lippen leicht seitwärts gewandt, wundervolle Augen, braun, sanft wie die mancher Tiere, mit einem unbestimmten, versonnen tiefsinnigen Blick. Das Ganze besaß jene klare Düsterkeit, jene sanft-verschwommene Pinselführung à la Greuze, und hinterließ eben die wunderlich gemischten Gefühle, die auch die Erzeugnisse seiner Malschule immer hinterlassen. Das Antlitz selbst war nicht schön; es hatte etwas Mürrisches und gleichzeitig Unmännliches, etwas Merkwürdiges, nicht Angenehmes; trotzdem zog es mit seinen dunklen, warmen Tönen, die durch den Kontrast zu den hellen, perlmuttern schimmernden und gepuderten Locken und der allgemeinen Luftigkeit und Sanftheit der Pinselführung um so stärker wirkten, die Aufmerksamkeit des Betrachters auf sich und nagelte sie fest.

»Es ist in seiner Art ein überaus schätzenswertes Portrait«, sagte ich, »obgleich nicht eins, das die Leute kaufen. An manchen Stellen weist es Fehler in der Zeichnung auf, obwohl Farbgebung und Pinselstrich gut sind. Wer hat es gemalt?«

Der alte Fa Diesis, dessen hoffnungsvolle Vision auf unzählige Banknotenbündel, die er aus der Veräußerung des Bildes erhalten mochte, sich jäh zerschlagen hatte, schien zu schmollen.

»Ich weiß nicht, von wem es ist«, brummt er. »Wenn es schlecht ist, dann kann ich es auch nicht ändern, also soll es hier bleiben.«

»Und wen stellt es dar?«

»Einen Sänger. Sie sehen, daß er eine Partitur in Händen hält. Ein gewisser Rinaldi, der vor hundert Jahren lebte.«

Fa Diesis verachtete alle Sänger und hielt sie für elende, unnütze Kreaturen, da sie nichts zurückließen, das man sammeln konnte – eine Ausnahme machte er nur bei Madame Banti, deren einen Lungenflügel, in Weingeist konserviert, er besaß.

Wir verließen den Raum, und ich machte mich an die Kopie dieses scheußlichen alten Portraits von Palestrina. Beim Abendessen erwähnte ich das Portrait des Sängers vor meinen Verwandten, und auf irgendeine Weise geschah es, daß ich, indem ich meinen Zuhörern das Bild zu beschreiben suchte, andere Worte wählte, als sie mir noch am Morgen über die Lippen gekommen wären; meine Erinnerung an das Bild schien vollständig vom ersten Eindruck abzuweichen. Nun entstand es vor meinem inneren Auge neu als etwas Fremdartiges, Faszinierendes. Meine Cousine wünschte es auch kennenzulernen, also begleitete sie mich am nächsten Morgen zu Fa Diesis Palast. Wie es auf sie wirkte, vermag ich nicht zu sagen, aber mir nötigte es ein seltsames Interesse ab, das ganz unabhängig von etwaigen technischen Aspekten war. Im Blick dieses Gesichtes lag etwas Eigentümliches und Unerklärliches, ein sehnsüchtiger, halb schmerzlicher Ausdruck, dessen Wirkung ich mir selbst nicht recht definieren konnte. Es wurde mir langsam bewußt, daß das Portrait sozusagen in meinen Gedanken herumspukte. Diese üppigen roten Lippen und die versonnenen Augen tauchten immer wieder vor meinem geistigen Auge auf. Instinktiv und ohne scheinbare Absicht kehrte meine Unterhaltung wieder zu dem Gegenstand meiner Irritation zurück.

»Ich wüßte gerne, wer er war«, sagte ich, als wir auf dem Platz hinter der Kathedralapsis saßen und an dem kühlen Herbstabend unser Eis schleckten.

»Wer?« fragte meine Cousine nach.

»Nun, der auf dem alten Portrait bei Fa Diesis Dargestellte, der mit dem merkwürdigen Gesicht; ich überlegte gerade, wer er wohl sein mochte.«

Meine Verwandten schenkten meinen Worten keine weitere Aufmerksamkeit, teilten sie doch jenes undefinierbare, unerklärliche Gefühl nicht, das das Portrait in mir erweckt hatte, doch während wir durch die verwaisten, von Säulengängen gesäumten Straßen schlenderten , deren Düsternis nur das beleuchtete Schild eines Wirtshauses und die zum Kastanienrösten benutzte Kohlepfanne eines Obststandes erleuchtete, während wir den großen, verlassenen Platz überquerten, den jene orientalisch anmutenden Kuppeln und Türmchen umgaben und in dessen Zentrum der Condottiere aus mittlerweile grün angelaufener Bronze auf seinem ebensolchen Schlachtroß ritt – während dieses unseres Streifzuges durch die malerische lombardische Stadt also kehrten meine Gedanken zu dem Bild zurück, zu jenem Portrait mit seiner verschwommenen, weichen Farbgebung und seinem seltsamen, unergründlichen Blick.

Der nächste Tag war der letzte unseres Aufenthaltes in M., und ich begab mich zu Fa Diesis Palast, um meine Kopie zu endigen, mich zu verabschieden und ihm unseren Dank für die erwiesene Freundlichkeit auszusprechen, ihn auch zu fragen, ob wir irgendeine Erledigung für ihn übernehmen könnten. Als ich zu dem Raum schritt, wo ich meine Zeichenutensilien und die Staffelei abzuholen gedachte, kam ich wieder durch jenen düsteren, windungsreichen Korridor und vorbei an der Tür mit den drei Stufen. Die Tür war auch jetzt nur angelehnt, und so betrat ich die Kammer mit dem Portrait. Ich näherte mich ihm und unterzog es einer eingehenden Untersuchung. Der Mann sang offensichtlich oder stand vielmehr im Begriffe, es zu tun, denn die roten, wohlgeformten Lippen teilten sich gerade, und in seiner Hand – eine wunderschöne, rundliche, weiße, von blauen Äderchen durchzogene Hand, die nur schwer mit dem gebräunten, unregelmäßigen Gesicht übereinzustimmen schien – hielt er eine Notenrolle. Die Noten waren nicht mehr als unentzifferbare Kleckser, doch auf der Partitur konnte ich den Namen, Ferdinando Rinaldi, 1782, und darüber die Worte »Sei Regina, io pastor sono«, ausmachen. Das Antlitz besaß Schönheit, eine seltsame, unregelmäßige Schönheit, und in jenen tiefen, sanften Augen schlummerte etwas wie eine magnetische Kraft, die ich fühlte und die auch schon andere vor mir gefühlt haben mußten. Ich beendete meine Skizze, klappte die Staffelei ein und verschloß den Farbkasten, fletschte vor dem gräßlichen glupschäugigen, schulterlosen Palestrina zum Abschied respektlos die Zähne und bereitete mich auf das Abschiednehmen vor. Fa Diesis, der in seinem mit Schnupftabakresten besudelten, pelzgefütterten Hausrock an einem Tisch in meiner Nähe gesessen hatte, wobei die Quaste seines blauen Fezes ihm auf die enorme Nase baumelte, erhob sich ebenfalls und geleitete mich höflich hinaus.

»Übrigens«, konnte ich mich nicht enthalten ihn zu fragen, »ist Ihnen eine Weise mit dem Titel ›Sei Regina, io pastor sono‹ bekannt?«

»›Sei Regina, io Pastor sono‹? Nein, eine solche Weise gibt es nicht.« Alle Melodien, die nicht in seiner Sammlung vertreten waren, hatten für ihn keine Existenzberechtigung, ob es sie nun tatsächlich gab oder nicht.

»Sie muß aber existieren«, beharrte ich. »Diese Worte stehen auf der Partitur, die der Sänger auf diesem Portrait in der Hand hält.«

»Das ist kein Beweis«, schnarrte er verdrießlich. »Es kann ein bloßer Phantasietitel sein, oder – oder es ist eine dieser kitschigen Kofferarien (*aria di baule*).«

»Was ist eine Kofferarie?« fragte ich ihn erstaunt.

»Eine Kofferarie«, erläuterte er, »war eine jämmerliche Weise – nur ein wenig Notenplunder und viele Pausen, um die die großen Sänger dann einst ihre Improvisationen zu ranken pflegten. Sie schleusten sie in jede Oper ein, die sie gerade sangen, und schleppten den Kitsch so über die ganze Welt; das nannten sie dann Kofferarien. Sie besaßen nicht den geringsten Wert, und niemand außer dem Sänger, dem sie auf den Leib geschrieben waren, sang sie jemals, und niemand hat es je für nötig gefunden, diesen Schund aufzuheben. Sie endeten alle als Wurstpelle oder Lockenwickler.« Und der alte Fa Diesis brach, befriedigt über diesen Verlauf der Dinge, in sein boshaftes, meckerndes Lachen aus.

Er wechselte dann das Thema und sagte:

»Wenn ich oder ein anderes Mitglied meiner illustren Familie die Möglichkeit hätte, Kataloge von musikalischen Kuriosa zu ergattern oder an Auktionen teilzunehmen – «, nun, er suche immer noch nach dem Erstdruck von Guido di Arezzos »Micrologus«, von allen anderen Ausgaben besitze er Kopien, eine ganz besonders kostbare Sammlung; und es gab noch ein Exemplar, das seine Gruppe von Amati-Geigen komplettieren würde, ein Exemplar mit *fleurs-de-lys* auf dem Resonanzboden, speziell für Karl IX. von Frankreich angefertigt – aber ach! er hatte Jahre nach diesem Instrument gesucht – und er würde, ja bei seinem Wort, so wahr er jetzt vor mir stünde, er zahlte für diese Violine mit den *fleurs-de-lys* fünfhundert Goldmarenghi. (Eine lombardische Münze, die Napoleon nach der Schlacht von Marengo hatte prägen lassen, und nach der ältere Leute noch heute hin und wieder zu zählen pflegen.)

»Verzeihen Sie«, unterbrach ich ihn abrupt, »aber dürfte ich wohl noch einmal das Bild sehen?«

Wir waren vor der Tür mit den drei Stufen angelangt.

»Sicher«, sagte er und setzte seine Ausführungen über die Amati-Geige mit den *fleurs-de-lys* fort, wobei er immer sprunghafter und ausgelassener wurde.

Dieses seltsame Antlitz mit seinem wilden, sehnsüchtigen Blick! Ich blieb reglos davor stehen, während der Alte wie ein Verrückter plapperte und vor meinen Augen herumgestikulierte. Was für ein tiefsinniger, unnennbarer Ausdruck in diesen Augen lag!

»War er ein sehr berühmter Sänger?« fragte ich, um nur etwas zu sagen.

»Er? *Eh altro!* Das will ich meinen! Denken Sie vielleicht, diese Sänger von damals wären wie unsere heute gewesen? Puuh! Sehen Sie sich nur all das an, was sie damals taten: ihr Papier war aus Leinenfetzen gemacht, nicht aus *diesem* zerreißbaren Zeug. Und wie sie erst ihre Geigen gebaut haben! Ach, das waren noch Zeiten!«

»Wissen Sie irgend etwas über diesen Mann?« bohrte ich weiter.

»Über diesen Sänger, diesen Rinaldi? Oh ja, er war ein sehr berühmter Sänger, aber er nahm ein schlimmes Ende.«

»Schlimm? In welcher Beziehung?«

»Nun, Sie wissen doch, wie diese Leute sind, und dann noch die Jugend – wir waren schließlich alle einmal jung, alle einmal jung!« Und der alte Fa Diesis schüttelte seine ausgedörrte Gestalt.

»Was widerfuhr ihm?« wiederholte ich, die Augen immer noch auf das Portrait gerichtet; es wollte mir so scheinen, als gebe es Leben auf dem Grund dieser sanften, samtigen Augen, als teilten sich diese roten Lippen in einem Seufzer, einem langen, müden Seufzer.

»Also«, antwortete Fa Diesis, »dieser Rinaldi war ein großer Sänger. Um das Jahr 1780 herum nahm er Dienst am Hof von Parma. Dort, so erzählt man sich, zog er zu viel der Aufmerksamkeit einer Dame auf sich, die am Hofe in hoher Gunst stand, und wurde als Folge davon entlassen. Anstatt sich jedoch in die Ferne zu schlagen, hing er in der Nähe der parmesischen Grenzen herum, mal hier, mal dort, denn er besaß unter dem Adel viele Gönner und Freunde. Ob man nun befürchtete, er könne an den Hof von Parma zurückkehren, oder ob er sich unvorsichtiger äußerte, als er es hätte tun sollen – ich weiß es nicht. *Basta!* Eines schönen Morgens fand man ihn auf den Stufen vor dem Wohnsitz Senator Negris, erstochen.«

Der alte Fa Diesis zog seine hölzerne Schnupftabakdose hervor.

»Wer es getan hatte, wußte niemand, und niemand machte sich die Mühe, es herauszufinden. Ein Bündel verschnürter Briefe, die er, wie sein Diener zu berichten wußte, jederzeit auf dem Leib trug, war alles, was fehlte.

Die Dame verließ Parma und trat in den Klarissinnenkonvent hier am Orte ein; sie war die Tante meines Vaters, aus ihrem Besitz stammte auch das Portrait. Eine ganz gewöhnliche Geschichte also, nichts Besonderes in jenen Tagen.«

Und der alte Gentleman stopfte sich den Schnupftabak in die Nase.

»Sie denken wirklich, ich könnte das Bild nicht doch zu Geld machen?« fragte er mich.

»Nein!« erwiderte ich entschieden, denn ich spürte eine Art Schauder meinen Rücken entlangrinnen. Ich verabschiedete mich, und am selben Abend reisten wir nach Rom.

Winthrop hielt in seiner Erzählung inne und bat um eine Tasse Tees. Er war errötet und wirkte erregt, gleichzeitig jedoch auch begierig, seine Geschichte zu Ende zu bringen. Sobald er den Tee getrunken hatte, strich er seine wirren Haare mit beiden Händen zurück, gab einen kleinen Seufzer der Sammlung von sich und nahm den Faden wieder auf:

III

Im Jahr darauf kehrte ich auf meinem Weg nach Venedig nach M. zurück und blieb ein paar Tage an dem alten Flecken, da ich ein Geschäft, den Ankauf bestimmter Renaissance-Schnitzwerke, für einen Freund zu erledigen hatte. Es war Mittsommer; die Felder, die bei meiner Abfahrt mit Kohlköpfen und Rauhreif bedeckt gewesen waren, glühten nun lohfarben vor reifem Korn, und die schweren Weinreben bogen sich nieder, um den hochgeschossenen, grünen Hanf zu küssen; die dunklen Straßen brannten vor Hitze, und die Menschen lümmelten sich alle unter den schattenspendenden Kolonnaden und Zeltdächern; es war Ende Juni in der Lombardei, Gottes Obstgarten auf Erden. Ich begab mich zum Palast des alten Fa Diesis, um zu erfahren, ob er irgendwelche Aufträge durch mich in Venedig wahrzunehmen habe; es bestand durchaus die Möglichkeit, daß er im Lande war, doch vor allem hing dieses Bild, *das* Portrait, in seinem Palaste, und das war Grund genug für mich, ihn aufzusuchen. Den Winter über hatte ich oft an das Bild denken müssen, und ich wollte gerne wissen, ob es nicht nun, da die Sonne jeden Winkel durchglühte, jene Wirkung auf mich verfehlen mochte, die es im düsteren Herbst noch gehabt hatte. Fa Diesis hielt sich tatsächlich zuhause auf und war überglücklich, mich wiederzusehen; er hüpfte und tollte um mich herum wie eine Figur aus dem Totentanz, vollkommen aus der Fassung gebracht durch einige Manuskripte, die er kürzlich zu Gesicht bekommen hatte. Er gab eine Erzählung oder besser gesagt eine Aufführung seiner Reise – denn er befand sich in einer ungeheuren Anspannung, und so begleitete er seinen Bericht mit den entsprechenden Gesten –, die er neulich nach Guastalla unternommen hatte, um in einem Kloster einen gewissen Psalter in Augenschein zu nehmen; wie er den Fahrpreis für eine Postkutsche ausgehandelt habe, wie diese auf der Hälfte des Weges den Geist aufgegeben habe, wie er – dring, dring – am Tor des Klosters geläutet habe, wie er gerissenerweise vorgegeben habe, auf der Suche nach einem wertlosen alten Kruzifix zu sein und wie die Mönche die Unklugheit begangen hätten, einhundertundfünfzig Francs dafür zu fordern. Wie er ›hm‹ und ›ähm‹ gemacht und plötzlich den Psalter zu entdecken vorgegeben habe, gefolgt von der Frage, was das denn sei usw. – als hätte er das nicht genau gewußt! Und am Ende hatte er das Kreuz plus den Psalter für einhundertundfünfzig

Francs erstanden – einen Psalter von 1310 für einhundertundfünfzig Francs! Und diese Idioten von Mönchen waren noch zufrieden über den Handel gewesen! Sie dachten nämlich, sie hätten ihn übers Ohr gehauen – ihn, übers Ohr, ha! Und er tanzte und zappelte seinen Triumph heraus. Wir waren inzwischen vor der besagten Tür angelangt; sie stand offen, ich konnte das Portrait sehen. Hell schien die Sonne auf das gebräunte Gesicht und die leicht gepuderten Locken. Ich wußte nicht genau, wie mir geschah, doch ich verspürte eine kurzfristige Schwindeligkeit und Übelkeit wie die, die einen angesichts einer langersehnten, unerwartet eintreffenden Freude überkommt; all das dauerte nur einen Augenblick, und ich schämte mich hernach vor mir selbst.

Fa Diesis war vortrefflicher Laune.

»Sehen Sie das!« schwätzte er, offensichtlich all dessen vergessend, was er mir einst erzählt hatte. »Das ist ein gewisser Ferdinando Rinaldi, ein Sänger, den man ermordet hat, weil er meine Großtante verführte.« Und er stakste in großer Freude umher, dachte an seinen Psalter aus Guastalla und wedelte sich selbstgefällig mit einem grünen Fächer Kühlung zu.

Plötzlich durchzuckte mich ein Gedanke.

»Es passierte hier in M., nicht wahr?«

»Soviel steht fest!«

Und Fa Diesis nahm seine Wanderung durch den Raum wieder auf, gekleidet in seinen alten blauroten Hausrock mit den Papageien und Kirschzweigen.

»Haben Sie je mit einem Menschen gesprochen, der ihn gesehen oder gehört hat?«

»Ich? Nie. Wie könnte dem auch sein? Er wurde vor vierundneunzig Jahren getötet.«

Vor vierundneunzig Jahren! Ich sah zu dem Portrait hoch – vierundneunzig Jahre! Und doch: Die Augen schienen mich mit ihrem seltsam starren, absichtsvollen Blick zu fixieren.

»Und wo – « ich hielt wider Willen inne, »wo ereignete es sich?«

»Das wissen nur wenige Leute, eigentlich niemand außer mir, heute«, antwortete er mit äußerster Befriedigung. »Mir jedoch hat mein Vater das Haus gezeigt, als ich noch klein war; es hatte einem Marchese Negri gehört, aber nach diesem Zwischenfall wollte, aus welchen Gründen auch immer, niemand mehr darin wohnen, und so wurde es dem Verfall anheimgegeben; schon als ich noch ein Kind war, stand es verlassen und zerfiel zu Ruinen. Trotzdem, ein schönes Haus! Ein schönes Haus, und es wird auch einmal seinen Wert gehabt haben. Ich sah es vor ein paar Jahren noch einmal – jetzt bewege ich mich nur noch selten außerhalb der Stadttore – es war vor der Porta San Vitale – ungefähr eine Meile entfernt von hier.«

»Vor der Porta San Vitale? Da steht das Haus, wo dieser Rinaldi – es steht immer noch da?«

Fa Diesis sah mich mit großer Verachtung an.

»*Bagatella!*« rief er aus. »Denken Sie denn, eine Villa fliegt einfach so durch die Luft davon?«

»Sind Sie sicher?«

»*Per Bacco!* So sicher, wie ich Sie vor mir stehen sehe – draußen vor der Porta San Vitale, ein alter zerfallender Palast mit Obelisken und Vasen und all diesem Schnickschnack.«

Wir waren am oberen Absatz der Treppe angelangt. »Leben Sie wohl«, sagte ich. »Ich komme morgen noch einmal vorbei wegen der Pakete für Venedig«, rief ich ihm zu, während ich die Stufen herunterflog. »Vor der Porta San Vitale!« flüsterte ich mir selbst zu. »Vor der Porta San Vitale!« Es schlug sechs Uhr abends, doch immer noch brannte die Hitze. Ich rief eine alte, himmelblaue Kutsche aus den zwanziger Jahren herbei, ein Fahrzeug mit verwittertem Verdeck und bemalten hölzernen Seitenteilen. »*Dove commanda*?« gähnte mich der Fahrer an. »Vor die Porta San Vitale«, rief ich ihm zu. Er ließ die Zügel auf das Hinterteil seines knochigen, langmähnigen Zugschimmels fallen, und schon hüpften wir über das unebene Pflaster, vorbei an der ziegelroten lombardischen Kathedrale mit ihrem Baptisterium, durch die lange, dunkle Via San Vitale mit ihren großartigen alten Palästen, hindurch unter dem roten Tor, über dem immer noch das alte Wort »Libertas« zu lesen stand, und über eine staubige Landstraße, die, gesäumt von Akazien, hinaus in die reiche lombardische Ebene führte. Und weiter ratterten wir durch die Felder mit Korn und Hanf und glänzend-dunklem Mais, die unter der fruchtbringenden Abendsonne reiften. In der Ferne schimmerten die purpurroten Stadtwälle, die Geschlechtertürme und die Kuppeln im Licht; jenseits der Stadt dehnte sich die weite blaue, goldene, dunstige Ebene, am Horizonte begrenzt vom weit entfernten Alpenmassiv. Die Luft stand warm und heiter, alles war still und feierlich. Nur ich war erregt. Ich untersuchte begierig jedes größere Landhaus, ließ mich hinfahren, wo immer ein höherer Belvedere-Turm über die Ulmen und Pappeln hinausragte; kreuz und quer durchfuhr ich die Ebene vor dem Tor, eine Straße nach der anderen, bis hin zur Wegkreuzung nach Crevalcuore; ich kam an unzähligen Villen vorbei, jedoch an keiner mit Obelisken und Vasen, keiner, die zu Ruinen zerfiel, keiner, die hätte *meine* Villa sein können. Was wunderte ich mich denn auch? Fa Diesis hatte sie gesehen, doch Fa Diesis war an die siebzig, und das – das hatte sich vor vierundneunzig Jahren abgespielt! Trotzdem mochte es sein, daß ich am falschen Ort suchte; vielleicht war ich zu weit oder auch nicht weit genug gefahren – hier gab es eine Straße neben der anderen und Pfade um Pfade. Vielleicht war die Villa völlig von Bäumen verdeckt, vielleicht lag sie auf das rückwärtige Tor zu und blieb so meinen Blicken entzogen. Und so suchte ich denn weiter durch die mit Alpenveilchen eingefaßten Wege, überschattet von knotigen Maulbeerbäumen und Eichen. Ich sah mir ein Haus nach dem anderen an: Alle waren sie alt, manche verfallen, manche schienen mir alte Kirchen mit zugemauerten Kolonnaden zu sein, andere hatte man an alte Wachtürme gebaut; von dem jedoch, das der alte Fa Diesis mir beschrieben hatte, fand ich nichts. Ich wandte mich an den Fahrer, und der fragte die alten Frauen und die hellhaarigen Kinder, die vor den kleinen Bauernhäusern lärmten. Kannte irgend jemand ein altes verlassenes Haus mit Obelisken und Vasen – ein Haus, das einem gewissen Marchese Negri gehört hatte? Nicht in dieser Nachbarschaft; hier gab es zwar die Villa Montecasignoli mit dem Turm und der Sonnenuhr, die wahrlich zerfallen genug war, und das Casino Fava, das in jenem Kohlfelde dort drüben vor sich hin rottete, doch keine der beiden besaß Obelisken oder Vasen, und dem Marchese Negri hatten sie auch nicht gehört.

Und schließlich gab ich verzweifelt auf. Vierundneunzig Jahre! Das Haus existierte einfach nicht mehr; so kehrte ich in meine Herberge zurück, wo die drei lustigen mittelalterlichen Pilger über der Türlampe pendelten, nahm mein Nachtmahl ein und versuchte, die ganze Angelegenheit zu vergessen.

Am Tage darauf machte ich mich endlich an die meinem Freunde versprochene Besorgung und kam mit dem Besitzer des Schnitzwerkes überein, und danach streifte ich müßig durch die alte Stadt. Am nächsten Tag sollte ein großer Jahrmarkt abgehalten werden, und allseits wurden die Vorbereitungen dafür getroffen; Körbe und Taschen wurden entleert, überall auf dem großen Platz Verkaufsbuden aufgestellt; Girlanden aus Weißblech und kunstvoll geschlungene Zöpfe aus Zwiebeln wurden zwischen den gotischen Bogen des Rathauses an den massiven bronzenen Fackelhaltern aufgehängt; auf seiner fahrbaren Bühne hielt bereits ein Quacksalber seine Pülverchen und Wässerchen feil, vor sich auf einem Tisch einen Schädel und viele Flaschen, und ein kleiner flittergeschmückter Page teilte seine Anschlagzettel aus; an der Ecke wurde inmitten eines noch leeren Halbkreises von Stühlen ein Puppenspiel gegeben, just unter der steinernen Kanzel, von der herab die Mönche einst die Montagus und Capulets von M. ermahnt hatten, sich zum Friedenskuß zu umarmen. Ich schlenderte an den Ständen mit Töpferwaren und Glas vorbei, wand mich durch die Packkisten und Heuballen, durch die lautstarke Menge der Landbewohner und Städter hindurch. Ich besah mir die Feigen und Kirschen und roten Paprika in den Körben, schenkte den rostigen Schlüsseln, Nägeln, Ketten und Schmuckapplikationen aus Alteisen, die schon in den Auslagen der Marktstände auf ihre Käufer warteten, einen Blick, und wohl auch den breiten blauen und grünen Sonnenschirmen, den alten Drucken und Heiligenbildchen, die an der Kirchenbank befestigt waren – kurzum, der ganzen quirlenden, quäkenden und gestikulierenden Menge. Ich erstand ein altes silbernes Tandstückchen in Form eines Totenschädels am Stand eines fahrenden Uhrenmachers sowie einige frische süße Erbsen und Rosen von einer Bäuerin, die auch Puten und Truthähne feilbot. Dann wandte ich mich ins Labyrinth der pittoresken kleinen, gepflasterten Gäßchen, die man durch Eisenketten vor Kutschen und Karren abgesperrt hatte und die ihre Namen, die auf kleinen Steinplatten zu lesen standen, den mittelalterlichen Gasthäusern verdankten: *Scimmia* (Affe), *Alemagna*, *Venetia* und, das kurioseste von allen, *Brocca in dosso* (Krug auf dem Rücken). Hinter dem hochaufragenden, von der Zeit gezeichneten, festungsähnlichen roten Rathaus lag eine Reihe von Kesselflickerbuden, und zwischen seinen Bogen schaukelten Kessel, Krüge, Pfannen und riesige Puddingformen mit dem eingestanzten kaiserlich-österreichischen Adler, geräumig und antik genug, um die Nachspeisen von Generationen deutscher Caesaren aufgenommen zu haben. Dann stöberte ich in einigen dieser wundersamen Ramschläden von M. herum, kleinen dunklen Höhlen, wo eichene Kleiderschränke Haufen von Brokatkleidern und bestickten Westen bargen, meterweise Spitze und kostbare Meßgewänder, die Überbleibsel prachtliebender Jahrhunderte. Ich ging die Hauptstraße entlang und entdeckte eine Menschenmenge, die sich um einen Mann mit einer gewaltigen weißen Haubeneule versammelt hatte; das Tier war so prächtig, daß ich mich entschloß, es zu erstehen und in meinem Studio in Venedig zu halten, doch als ich mich der Gruppe näherte, flog die Eule einen Sturmangriff auf mich, flatterte mit den Schwingen und krächzte furchterregend, so daß ich einen schimpflichen Rückzug einleiten mußte. Am Ende wandte ich mich zu dem Platz zurück und ließ mich unter einem Zeltdach nieder, wo zwei nacktbeinige Bengel mir ein exzellentes Zitronensorbet zum Preis von einem Sou das Glas servierten. Sie sehen also, daß ich mich den letzten Tag in M. vortrefflich vergnügte, und dort, inmitten des sonnenbeschienenen, hellen Platzes mit all seinem geschäftigen und lärmenden Treiben fragte ich mich, ob der Besessene, der am vergangenen Abend das Land auf der Suche nach einer windschiefen Villa, in der vor vierundneunzig Jahren ein Mann ermordet worden war, durchkämmt hatte, wirklich und wahrhaftig ich selbst gewesen sein konnte.

So brachte ich den Morgen hin; den Nachmittag hielt ich mich im Innern der Herberge auf, verpackte das zerbrechliche Schnitzwerk mit eigenen Händen, obwohl mir der Schweiß das Gesicht hinunterlief und ich keuchend nach

Luft schnappen mußte. Als schließlich der Abend und seine Kühle sich ankündigten, nahm ich meinen Hut und ging noch einmal zu Fa Diesis Palast hinüber.

Ich fand den alten Knaben in seinem vielfarbigen Morgenrock vor, in einem kühlen, dämmrigen Raum zwischen seinen eingelegten Lauten und Cremoneser Geigen sitzend und damit beschäftigt, sorgfältig die zerrissenen Saiten eines illuminierten Missales zu flicken, während seine alte, hexenhafte Schließerin Etiketten ausschnitt und auf einen Haufen handgeschriebener Partituren klebte, der auf dem Tische lag. Fa Diesis sprang auf, hüpfte ekstatisch umher, hielt gravitätische Reden und versicherte mir schließlich, daß, da ich nun einmal nicht davon abzubringen sei, ihm behilflich zu sein, er ein halbes Dutzend Briefe vorbereitet habe, die ich doch freundlicherweise bei einigen seiner Korrespondenten in Venedig abliefern möchte, damit er die Zweipfennig-Briefmarke sparen könne.

Der grimmige, hagere alte Kerl mit seiner erstaunlichen Kappe und dem ebensolchen Hausmantel, mit seiner hohlwangigen Beschließerin und der mürrischen grauen Katze, mit seinen prachtvollen Cembalos und Lauten und Missalien, amüsierte mich mehr als je zuvor. Ich setzte mich eine Weile zu ihm, während er sein Missale flickte. Geistesabwesend blätterte ich in den vergilbten Seiten eines Musikbuches, das, seines Etikettes harrend, unter meiner Hand lag, und ganz automatisch fiel mein Blick auf jene Worte in verblichener, gelblicher Tinte, die am Kopf eines der Stücke standen und seinen Sänger bezeichneten:

Rondo di Cajo Gracco, »Mille pene mio tesoro«, von Ferdinando Rinaldi. Parma 1782.

Ich erschrak jäh, denn ich hatte die ganze Angelegenheit beinahe aus dem Kopf verloren.

»Was haben Sie denn da?« fragte Fa Diesis mit einer Spur von Argwohn in der Stimme; er lehnte sich über den Tisch und drehte die Noten zu sich um.

»Oh, nur diese alte Oper von Cimarosa – ach, übrigens, *per Bacco*, wie konnte ich gestern nur so einen Fehler machen? Habe ich Ihnen nicht erzählt, Rinaldi sei in einer Villa vor der Porta San Vitale erdolcht worden?«

»Ja«, rief ich eilfertig aus. »Warum?«

»Nun, ich kann es mir selbst nicht erklären, aber ich muß wohl mit meinen Gedanken bei diesem gesegneten Psalter in San Vitale in Guastalla gewesen sein. Die Villa, in der Rinaldi getötet wurde, befindet sich hingegen vor der Porta San Zaccaria, auf den Fluß zu, in der Nähe dieses alten Klosters, wo es diese Fresken von – habe den Namen des Malers vergessen, wissen Sie, der, dessen Werke sich die Fremden alle ansehen.«

»Ach«, rief ich aus, »jetzt verstehe ich.« Und tatsächlich verstand ich nun einiges mehr, denn die Porta San Zaccara liegt zufällig am genau entgegengesetzten Ende der Stadt als die Porta San Vitale, und nun hatte ich auch die Erklärung für meine erfolglose Suche vom vorigen Abend. Also mochte das Haus nach allem doch noch stehen: Das Verlangen, es zu sehen, ergriff wieder Besitz von mir. Ich nahm die Briefe an mich, die, so vermutete ich, wiederum andere Briefe enthalten würden, die weitere postalische Gebühren sparen sollten, und bereitete mich zum Aufbruch vor.

»Leben Sie wohl, leben Sie wohl«, sagte Fa Diesis überschwenglich, während wir uns durch den düsteren Korridor bewegten, um zum Treppenhaus zu gelangen. »Schreiten Sie, mein lieber Freund, in jenen Spuren der Weisheit und der Kultur fort, die unter der heutigen Jugend leider so schnöde in Vergessenheit geraten sind, auf daß das süße Versprechen Ihrer glücklichen, silberhellen Jugend seine würdige Vollendung im reiferen – ach übrigens«, unterbrach er selbst seine weihevolle Rede, »ich habe noch eine kleine von mir verfaßte Denkschrift über die Herstellung von Geigensaiten vergessen, die ich meinem alten Freund, dem Kommandanten der Garnison von Venedig, verehren wollte«, und mit diesen Worten schlurfte er davon. Ich befand mich in der Nähe der gewissen Tür mit den drei Stufen und konnte der Versuchung, das Bild noch einmal zu betrachten, nicht widerstehen. So stieß ich die Tür auf und ging in die Kammer; ein langer Strahl der untergehenden Sonne, der von dem roten Kirchturme gegenüber reflektiert wurde, fiel über das Gesicht des Portraitierten, schien mutwillig auf dem leicht gepuderten Haar und den trägen, wohlgeschnittenen Lippen zu tänzeln und endete in einem zitternden scharlachroten Fleck auf dem getäfelten Boden. Ich ging ganz nah an das Bild heran; da stand der Name, »Ferdinando Rinaldi, 1782« auf der Notenrolle, die er in der Hand hielt; die Noten selbst jedoch täuschten nur deren Aussehen vor, waren in Wahrheit nichts als bedeutungslose Kleckse und Kritzel, obwohl der Titel des Liedes deutlich zu erkennen war: »Sei Regina, io Pastor sono«.

»Hallo, wo steckt er denn?« kreischte Fa Diesis schrille Stimme durch den Korridor. »Aha, hier sind Sie«, und händigte mir die Abhandlung mit ihrer pompösen Adresse an den illustren General S. in Venedig aus. Ich steckte sie in meine Rocktasche.

»Sie werden sie auch ganz bestimmt ausliefern?« versicherte er sich noch, bevor er den Faden seiner vorhin unterbrochenen Rede wieder aufnahm: »Tragen Sie dafür Sorge, daß das Versprechen Ihrer glücklichen silberhellen Jugend sich in einem goldenen Mannesalter erfüllen wird, so daß die Welt Ihren Namen *albo lapillo* vermerken wird. »Ach«, fuhr er fort, »vielleicht werden wir uns nie wiedersehen. Ich bin alt, mein lieber Freund, ich bin alt!« und er schmatzte mit den Lippen. »Wer weiß, wenn Sie nach M.

zurückkehren, werde ich womöglich schon bei meinen unsterblichen Ahnen ruhen, die, wie Sie sicher wissen, im Jahre 1490 des Herrn in die herzogliche Familie der Sforza einheirateten!«

Das letzte Mal! Es könnte wohl wirklich das letzte Mal sein, daß ich dieses Bild zu sehen bekäme! Was würde nach Fa Diesis Tod aus ihm werden? Ich wandte mich im Hinausgehen noch einmal zu dem Bild um; der letzte Schimmer des Abendlichtes fiel über das dunkle, sehnsüchtige Gesicht, und es schien, in dem zitternden letzten Sonnenstrahl, als wende sich das Haupt um und blicke mich an. Ich sah das Portrait nie wieder.

Rasch durchschritt ich die schnell sich verdüsternden Straßen, durch die Menge der Bummler und Vergnügungssuchenden hin zur Porta San Zaccaria. Es war zwar schon spät, doch wenn ich mich beeilte, bliebe mir noch eine Stunde der Dämmerung; und am nächsten Morgen mußte ich M. verlassen. Dies war meine letzte Chance. Ich konnte sie nicht ungenutzt verstreichen lassen; so eilte ich voran, der bedenklichen Böen warm-feuchter Luft und des rasch sich zusammenziehenden Himmels nicht achtend.

Es war Sankt Johannisabend, und die Freudenfeuer begannen auf den Hügeln rings um die Stadt aufzuflackern; glühende Ballons wurden in die Luft geschickt, und die große Glocke der Kathedrale läutete zu Ehren des bevorstehenden Festtages. Ich schlängelte mich durch die staubigen Straßen und durch die Porta San Zaccaria hinaus aus der Stadt. Flink schritt ich die Pappelalleen rund um die Stadtmauern entlang, bis ich einen rechtwinklig auf sie treffenden Feldweg einschlug, der auf den Fluß zu führte. In meinem Rücken reckten sich die Wälle empor, ausgezackt und mit Zinnen versehen; in ihrem Schatten der hohe Kirchturm und die Zypressen der Kartäuserklause, darüber der sternen- und mondlose Himmel, an dem schwere

Wolkenbänke hingen. Die Luft war mild und erholsam, hin und wieder blies ein heftiger, heiß-feuchter Wind, der ein wellenförmiges Zittern durch die silbrigen Pappeln und rankenden Weinreben schickte; ein paar dicke Tropfen mahnten mich an den bevorstehenden Sturm, und jede Minute wich das Licht ein wenig mehr. Doch ich war entschlossen; war dies nicht meine letzte Gelegenheit? So stolperte ich denn auf dem unebenen Feldweg dahin, weiter durch die Felder von Korn und frisch duftendem Hanf, und die Gewitterfliegen wirbelten in phantastischen Spiralen vor mir her. Etwas Dunkles ringelte sich über meinen Weg; ich hielt es mit meinem Stock auf, eine lange, schleimige Schlange, die sich schnell davonwand. Die Frösche quakten dem Regen entgegen, die Grillen zirpten in bedrohlicher Lautstärke, die Gewitterfliegen flogen vor meinen Augen auf und ab; trotzdem schritt ich weiter, schneller und schneller in der hereinfallenden Düsternis. Ein breiter Riß rosigen Blitzes durch den Himmel und ein weit entferntes Donnergrollen: Die Tropfen wurden zahlreicher, die Frösche quakten lauter, die Grillen zirpten heftiger und heftiger, die Luft wog immer schwerer, und der Himmel wurde schweflig-gelb und fahl, wo die Sonne untergegangen war; trotzdem ging ich weiter, dem Fluß entgegen. Völlig unvermittelt traf mich ein sintflutartiger Regenguß, als hätten sich die Schleusen der Himmelstore geöffnet, und mit ihm kam die Dunkelheit, plötzlich und vollständig; der Sturm hatte den Abend zur tiefsten Nacht gemacht. Was sollte ich tun? Zurückkehren? Wie? Hinter einer dunklen Baumgruppe sah ich Licht schimmern; dorthin würde ich mich wenden, dort mußte ein Haus sein, wo ich Schutz erbitten konnte, bis das Unwetter sich gelegt haben würde; ich war bereits zu weit gegangen, um in die Stadt zurückkehren zu können. So kämpfte ich mich durch den strömenden Regen voran. Der Weg machte eine plötzliche

Biegung, und ich fand mich an einer offenen Stelle in der Mitte der Felder wieder, vor einem eisernen Tor, hinter dem, umgeben von Bäumen, eine dunkle, gewaltige Masse sich erhob; ein Loch in der Wolkendecke erlaubte mir einen flüchtigen Blick auf eine öde, graue Villa mit zerbrochenen Obelisken an ihrer dreieckförmigen Frontseite. Mein Herz tat einen großen Sprung in meiner Brust; ich hielt an, der Regen prasselte unvermindert auf mich nieder. Von der anderen Staßenseite begann ein Hund vor einer kleinen Bauernkate wütend zu bellen, von wo auch der Lichtschein, den ich durch die Bäume gesehen hatte, kam. Die Tür öffnete sich, und ein Mann mit einer Lampe in der Hand erschien.

»Wer da?« brüllte er in den Wind.

Ich kämpfte mich zu ihm hinüber. Er hielt das Licht in die Höhe und unterzog mich einer Untersuchung.

»Aha!« stelle er sofort fest. »Ein Fremder – ein Ausländer. Bitte einzutreten, *illustrissimo*.« Mein Aufzug und mein Skizzenbuch hatten ihm auf der Stelle meine Beschäftigung entdeckt; er hielt mich für einen Künstler, einen der vielen, die das benachbarte Kartäuserkloster besuchten, und der seinen Weg im Labyrinth der Feldwege verloren hatte.

Ich schüttelte den Regen ab und trat in den niedrigen Raum ein, dessen weißgekälkte Wände durch das Küchenfeuer warm-gelb beleuchtet wurden. Auf dem flackernden Feuerhintergrunde hob sich eine malerische Gruppe von Landbewohnern in schwarzen Umrissen ab: eine alte Frau spann an ihrem zeitlosen Rocken, eine junge entwirrte Garnstränge auf einer Art von rotierendem Stern, eine andere pulte Erbsen, ein alter, glattrasierter Mann saß, beide Ellbogen aufgestützt, rauchend am Tisch, ihm gegenüber ein wohlbeleibter Priester mit Dreispitz, Kniehosen und kurzem Rock. Sie erhoben sich, sahen mir entgegen und bewillkommneten mich mit jener familiären Zuvorkommenheit, die ihrer gesellschaftlichen Klasse zu eigen ist; der Priester bot mir seinen Platz an, das Mädchen ergriff meinen tropfnassen Mantel und Hut und hängte sie über das Feuer, der junge Mann brachte ein enormes Hanftuch und begann damit, mich trocken zu reiben, was viel zur allgemeinen Ausgelassenheit beitrug. Sie hatten gerade ihre Lieblingsgeschichten von Karl dem Großen in ihrem abgegriffenen »Reali di Francia«, jener Enzyklopädie der italienischen Bauern, gelesen, doch bei meinem Eintritt legten sie ihre Bücher beiseite und begannen eine Unterhaltung, indem sie mich über jedes mögliche und unmögliche Sujet ausfragten. Stimmte es, daß es in England immer regnete? (Wie denn die Engländer unter diesen Umständen den Wein anpflanzen könnten, bemerkte der alte Mann pfiffig, und, wenn sie keinen Wein anpflanzten, von was lebten sie dann?) Stimmte es, daß man irgendwo in England Goldklumpen von der Straße auflesen konnte? Gab es dort eine Stadt, die so groß wie M. war? usw. usw. Der Priester hielt diese Fragen für töricht und erkundigte sich würdevoll nach der Gesundheit von Milord Vellingtone, der, so habe er kürzlich vernommen, ernsthaft unpäßlich gewesen sei. Ich hörte kaum zu; meine Gedanken waren nicht bei der Sache, sondern drehten sich um anderes. Ich händigte den Frauen mein Skizzenbuch aus; sie zeigten sich hocherfreut über seine Inhalte, hielten alle Pferde für Ochsen und alle Männer für Frauen, riefen durcheinander und gaben spitze kleine Entzückensschreie von sich. Der Priester, der sich seiner höheren Bildung rühmte, lobte mich verbindlichst, fragte, ob ich bereits in der Gemäldegalerie gewesen sei, ob ich schon das benachbarte Bologna besucht hätte (er war sehr stolz darauf, am letzten Sankt Petroniustag dort geweilt zu haben), klärte mich darüber auf, daß jene Stadt die Mutter aller Künste sei und die Caracci ihre ruhmreichsten Söhne etc. etc. Der Regen kam immer noch in einem ständigen Gusse nieder.

»Ich glaube nicht, daß ich heute abend noch nach Hause zurückkehren kann«, ließ sich der Gottesmann schließlich vernehmen, nachdem er durch das Fenster in die Dunkelheit gespäht hatte. »Mein Esel ist das wundervollste Tier seiner Art auf der ganzen Welt – beinahe wie ein Mensch. Wenn man zu ihm ›Leone, Leone‹ spricht, schlägt er aus und steigt auf den Hinterläufen wie ein Akrobat; ja bei meiner Ehre, das tut er; doch ich glaube, selbst er könnte seinen Weg nicht durch diese Düsternis finden, die Räder meines Einspänners würden unweigerlich im Morast steckenbleiben, und dann? Nein, ich muß hier über Nacht bleiben, anders geht es nicht. Mir tut es nur um den Signore hier leid, der diese Unterkunft sehr karg finden wird.«

»In der Tat«, antwortete ich, »wäre ich nur zu glücklich, hier bleiben zu dürfen, wenn ich sicher sein könnte, daß ich niemanden störe.«

»Uns stören! Was für ein Gedanke!« protestierten sie alle durcheinander.

»So soll es geschehen!« sagte der Priester, der auf das Gefährt, das er wie der ganze lombardische Klerus auf diese spaßige Weise fuhr, besonders stolz war. »Und ich werde den Signore morgen früh in die Stadt zurückfahren, und ihr könnt euren Karren mit den Gemüsen auf den Markt bringen.«

Ich schenkte all dem wenig Aufmerksamkeit; ich war mir sicher, daß ich nun endlich am Ziel meiner Suche angelangt war; dort, nur ein paar Schritte entfernt, lag die Villa; doch hier, inmitten der hellen, weißgekälkten Küche und dieses Landvölkchens schien sie beinahe so weit wie zuvor von mir entfernt zu sein. Der junge Mann bat mich schüchtern um die besondere Gunst, ein Bild des jungen Mädchens, das seine Braut und sehr hübsch war – mit lachenden, unregelmäßigen Gesichtszügen und drahtig krausem, goldenem Haar – anzufertigen. Ich nahm meinen Zeichenstift hervor und begann, ich fürchte, nicht so umsichtig, wie diese guten Leute es wohl verdient haben würden. Sie jedoch waren bezaubert, standen in einem Kreis um mich herum und tauschten geflüsterte Bemerkungen aus, während das Mädchen, unruhig zappelnd und kichernd, auf einer voluminösen hölzernen Truhe saß.

»Was für eine Nacht!« rief der alte Mann aus. »Was für eine schlimme Nacht, und auch noch Sankt Johannisabend!«

»Was hat das damit zu tun?« wollte ich wissen.

»Nun«, antwortete er mir, »man sagt doch, daß am Sankt Johannisabend die Toten wieder auf der Erde wandeln dürfen.«

»Was für ein Unsinn!« verwehrte sich der Priester verärgert. »Wer hat dir denn das weisgemacht? Was berichten denn das Messbuch und die Sendbriefe des Erzbischofs und die heiligen Kirchenväter über Geister?« und er erhob seine Stimme zur inquisitorischen Würde des besorgten Seelenhirten.

»Sie können sagen, was Sie wollen«, beharrte der alte Mann stur, »es ist nichtsdestotrotz wahr. Ich selbst habe nie so etwas gesehen, und vielleicht geht es dem Herrn Erzbischof genauso, aber ich kenne Leute, die was gesehen haben.«

Der Priester stand eben im Begriff, eine Sintflut von Gegenargumenten im Dialekt auf den Armen loszulassen, als ich ihn unterbrach.

»Wem gehört jenes große Haus dort gegenüber?« Mit äußerster Anspannung erwartete ich die Antwort.

»Es gehört dem Avvocato Bargellini«, sagte die Frau mit großer Hochachtung, und sie fuhren fort mich zu unterrichten, daß sie seine Pächter seien, seine *contadini*, die die Verantwortung für den ganzen mit dem Hause in Verbindung stehenden Besitz trügen, ferner, daß der Avvocato Bargellini ungeheuer reich und ungeheuer gebildet sei.

»Ein enzyklopädischer Mann!« platzte der Priester heraus. »Er weiß alles, Recht, Kunst, Geographie, Mathematik, Numismatik, Gymnastik!« Und zwischen jedem Wissenszweig wedelte er einmal dramatisch mit den Händen. Ich war enttäuscht.

»Ist es bewohnt?« erkundigte ich mich weiter.

»Nein«, antwortete man mir, nie habe jemand darin gewohnt. »Der Avvocato hat es vor zwanzig Jahren von dem Erben eines gewissen Marchese Negri gekauft, der sehr arm gestorben ist.«

»Ein Marchese Negri?« rief ich aus; dann war ich ja am Ende doch am richtigen Ort!

»Warum ist es denn nicht bewohnt und seit wann?«

»Oh, seit – seit immer schon – seit dem Großvater des Marchese hat nie jemand darin gewohnt. Alles zerfällt; wir stellen unsere Gartengeräte und ein paar Säcke dort unter, aber leben kann man dort nicht – es gibt kein Fensterglas und keine Läden mehr.«

»Aber warum läßt der Avvocato es nicht wieder instandsetzen?« beharrte ich. »Es scheint doch ein sehr schönes Gebäude zu sein.«

Der alte Mann wollte mir antworten, doch der Priester warf ihm einen Blick zu und antwortete schnell an seiner Stelle:

»Die Lage in diesen Feldern ist sehr ungesund.«

»Ungesund!« rief der alte Mann ärgerlich aus, offensichtlich erbost über die Einmischung des Priesters. »Ungesund! Habe ich nicht seit sechzig Jahren in diesem Haus gelebt, und nicht einer aus meiner Familie hat je auch nur Kopfschmerzen bekommen? Ungesund, ja tatsächlich! Nein,

nein, das Haus ist ein böses Haus, um darin zu leben, das ist es!«

»Das ist aber seltsam«, erwiderte ich. »Sicher gibt es dort Geister?« Und ich versuchte zu lachen.

Das Wort *Geister* wirkte wie Magie; wie alle italienischen Bauern stritten sie, wenn man sie ohne Umschweife fragte, solche Vermutungen lauthals ab, obwohl sie unbewußt oft selbst darauf zu sprechen kamen.

»Geister! Geister!« riefen sie. »Der Signore wird doch sicher nicht an solche Ammenmärchen glauben? Ratten gibt es dort, und das in Massen. Knabbern Geister Kastanien an und stehlen den Mais?«

Sogar der alte Mann, der aus Oppositionsgeist gegen den Priester anfangs geneigt erschienen war, die Sache der Geister zu verfechten, wechselte nun entschieden auf die Seite des Klerikers, und nicht ein einziges Wort konnte ich ihm weiter über diesen Gegenstand entreißen. Sie wünschten nicht, über Geister zu sprechen, und ich für mein Teil wünschte nicht, davon zu hören; denn in meinem gegenwärtigen, überaus verworrenen und phantasievollen Gemütszustand schienen mir eine mit einem weißen Bettlaken angetane Erscheinung, ein Kettenklirren und alle anderen standardmäßigen Manifestationen geisterhafter Präsenz als in höchstem Grade verabscheuungswürdig; in meinem Geist spukte es schon genug, als daß ich auch noch von vulgären Gespenstern gestört zu werden wünschte, und während ich mechanisch das kichernde, errötende kleine Bauernmädchen skizzierte und in ihr gesundes, rosiges, sonnengebräuntes Gesicht blickte, das keck unter einem schreiend-bunten, seidenen Kopftuch hervorsah, waren meine geistigen Augen doch auf ein ganz anderes Gesicht fixiert, das ich jedoch so deutlich wie das ihre vor mir sah – jenes dunkle, sehnsüchtige Gesicht mit den seltsam sattroten Lippen und den leicht gepuderten Haaren. Landvölkchen und Priester fuhren lustig schnatternd in ihrer Unterhaltung fort, die von einem Gegenstand zum nächsten sprang – die Ernte, die Weinreben, der morgige Jahrmarkt; die phantastischsten politischen Begebenheiten, womöglich noch haarsträubendere Fetzen historischer Überlieferung, und immer schwatzten sie fort, in der besten Laune und der erstaunlichsten Unkenntnis der Tatsachen, mit kindlicher Albernheit, vollkommenem Ernst und viel pfiffig-skeptischem Humor. Ich gab mein Bestes, mich an der Unterhaltung zu beteiligen, und lachte und scherzte, so gut ich konnte. Die Tatsache war, daß ich mich gelöst und heiter fand, denn nach und nach hatte sich in mir ein absurder Plan verfestigt, extrem kindisch und in höchstem Maße hasardös, den ich jedoch damals mit kühlem Verstand und Überzeugung betrachtete, wie man eben manchmal gefährliche und dumme Taten ausführt, die die Laune eines Augenblicks einem eingegeben hat. Ich hatte endlich das Haus gefunden; ich würde dort die Nacht verbringen.

Ich muß mich wohl in einer heftigen Gemütsreizung befunden haben, doch die war so allgegenwärtig und unwidersprochen, daß sie schon fast wieder natürlich erschien; ich fühlte damals, als sei es ganz normal, in einer ständigen Atmosphäre des Zauberischen und Abenteuerlichen zu leben, und in meinem Vorsatz blieb ich fest. Schließlich kam der Augenblick der Tat: die Frauen legten ihre Arbeit nieder, der alte Mann klopfte die Asche aus seiner Pfeife; sie sahen sich an, als wüßten sie nicht, wie sie es sagen sollten. Der Priester, der gerade aus dem Stall zurückgekommen war, um seinem Esel etwas Heu zu geben, warf sich zu ihrem Sprecher auf:

»Ähm!« räusperte er sich, »der Signore mag die große Schlichtheit dieser ungebildeten Landleute verzeihen und sich vergegenwärtigen, daß sie nicht an das Wohlleben in den großen Städten gewöhnt sind, und daß sie zudem bei

Tagesanbruch wieder auf den Beinen sein müssen um ihr Land zu –«

»Schon gut«, lächelte ich, »ich verstehe schon. Sie wollen zu Bett gehen, und daran tun sie auch ganz richtig. Ich muß Sie um Verzeihung bitten, daß ich Sie unwissentlich so lange wachgehalten habe.« Wie sollte man nun vorgehen? Ich war mir nicht sicher.

»Wachgehalten? Oh, nicht im geringsten; im Gegenteil, sie haben sich sehr geehrt gefühlt«, riefen sie alle im Chor.

»Nun«, bemerkte der Priester, der langsam schläfrig wurde, »natürlich ist nicht daran zu denken, bei diesem Regen nach Hause zu gehen; die Wege sind zu unsicher, die Stadttore außerdem verschlossen. Kommt, was können wir dem Signore anbieten? Können wir ihm hier eine Schlafstatt bereiten? Ich werde mit dem alten Maso zusammen nächtigen«, und er klopfte dem jungen Mann auf die Schulter.

Die Frauen hatten sich schon nach dem Bettzeug und Matratzen und was nicht noch allem in Bewegung gesetzt; ich jedoch stoppte ihren Arbeitseifer.

»Bitte bemühen Sie sich nicht«, erklärte ich. »Ich möchte Ihre Gastfreundschaft nicht ausnutzen. Ich kann sehr bequem dort drüben schlafen – in dem großen Haus.«

»Drüben? In dem großen Haus?« kreischten sie alle zusammen. »Der Signore will in dem großen Haus schlafen? Oh, niemals, niemals! Unmöglich.«

»Eher werde ich meinen Esel antreiben und den Signore durch Schmutz und Morast und Regen und Dunkelheit in die Stadt bringen; ja, das werde ich, *corpo di Bacco*«, rief der kleine, rotgesichtige Priester aus.

»Aber warum denn nicht?« hielt ich dagegen, entschlossen, meine Pläne nicht durchkreuzen zu lassen. »Ich kann doch phantastisch dort drüben nächtigen. Warum sollte ich es nicht tun?«

»Nie! Nie!« riefen sie mich im Chor zurecht.

»Da es doch nun einmal keine Geister dort gibt«, verteidigte ich mich und versuchte zu lachen, »was könnte dagegen sprechen?«

»Ach, was Geister angeht«, warf der Priester ein, »ich verspreche Ihnen, daß es keine gibt. Ich gebe keinen Deut für Geister.«

»Nun«, beharrte ich, »Sie werden mir nicht einreden wollen, daß die Ratten mich für einen Sack Kastanien halten und mich verspeisen könnten, oder? Kommen Sie, geben Sie mir den Schlüssel.« Ich gewann langsam die Überzeugung, daß ein wenig Gewalt nun angebracht sein würde. »Welcher ist es?« verlangte ich zu wissen, da ich einen Schlüsselbund an einem Nagel hängend entdeckt hatte. »Ist es dieser? – Oder dieser? *Via!* Sagen Sie mir, welcher es ist!«

Der alte Mann bemächtigte sich der Schlüssel. »Sie dürfen nicht dort schlafen«, stellte er mit großer Bestimmtheit fest. »Es hat doch keinen Sinn mehr, länger darum herumzureden. Das ist kein Haus für einen Christenmenschen, um darin die Nacht zu verbringen. Eine böse Sache geschah dort einst – jemand wurde ermordet; darum will niemand mehr darin wohnen. Es hat keinen Zweck, *nein* zu sagen, Abbate«, und verächtlich wandte er sich dem Priester zu. »In diesem Haus gehen böse Dinge vor.«

»Geister?« rief ich aus, lachte und versuchte, ihm die Schlüssel zu entwinden.

»Nicht eigentlich Geister«, gab er mir zur Antwort, »aber – der Teufel sucht manchmal dieses Haus heim.«

»In der Tat!« lachte ich, recht verzweifelt, auf. »Das genau ist es, was ich will. Ich muß nämlich ein Bild von ihm malen, wie er mit einem unserer Heiligen kämpft, der ihn einst mit einer Zange an der Nase gezogen hatte, und ich wäre überglücklich, das Gemälde nach dem Leben zeichnen zu können.«

Sie verstanden mich nicht ganz, vermuteten wohl, ich sei wahnsinnig, und wahnsinnig war ich auch.

»Laßt ihm seinen Willen«, brummte der alte Mann, »er ist ein halsstarriger Junge – laßt ihn gehen und alles sehen und hören, was er sehen und hören will.«

»Um Gottes willen, Signore!« mischte sich die Frau ein.

»Ist es möglich, Signore Forestiere, daß Sie es ernst meinen?« protestierte der Priester und legte mir eine Hand auf den Arm.

»So ist es«, erwiderte ich, »Sie sollen morgen früh alles zu hören bekommen, was mir widerfahren wird. Ich werde dem Teufel meine schwarze Tinte an den Kopf werfen, wenn er nicht still sitzen bleiben will, während ich ihn male!«

»Den Teufel malen? Ist er verrückt?« flüsterten die Frauen bestürzt.

Ich hatte mich unterdessen der Schlüssel bemächtigt. »Ist es der hier?« fragte ich und deutete auf einen schweren, hübsch ausgeführten, aber sehr rostigen Schlüssel.

Der alte Mann nickte.

Ich nahm den Schlüssel vom Bund. Die Frauen, wenn auch höchst entsetzt durch meine waghalsige Absicht, waren doch auch durch die Aussicht auf die interessante Geschichte am nächsten Morgen erfreut. Eine von ihnen überreichte mir eine große, zweidochtige Küchenlampe, an deren massivem Ständer Lichtputzschere und Pinzette mit einem Kettchen befestigt hingen; eine andere schleppte einen rosafarbenen Sonnenschirm herbei; der junge Mann holte einen weiten, mit grün abgesetzten Umhang und eine dicke Schabracke; sie hätten noch eine Matratze und Dekken herbeigebracht, hätte ich sie nicht gehindert.

»Sie bestehen also darauf, zu gehen?« fragte der Priester. »Denken Sie doch nur, wie scheußlich zugig und feucht es dort drüben sein wird!«

»Ich flehe Sie an, bedenken Sie sich!« warfen die jungen Frauen ein.

»Habe ich Ihnen denn nicht gesagt, daß man mich gedungen hat, des Teufels Portrait zu malen?« gab ich zur Antwort und stürzte, den Riegel fortschiebend und den Schirm öffnend, aus der Hütte.

»*Gesù Maria!*« riefen die Frauen. »In einer solchen Nacht vor die Tür zu gehen!«

»Auf dem Boden zu schlafen!« rief der Priester mir hinterher. »Was für ein Mann, was für ein Mann!«

»*È matto, è matto!* Er ist wahnsinnig!« stellten alle fest und schlossen die Tür hinter sich.

Ich hastete durch die Sintflut vor der Tür, entriegelte das eiserne Tor und ging eilig durch Dunkelheit und Nässe die Allee mit den seufzenden Pappeln hinan. Ein plötzlicher Blitz, rosig, hell und lange anhaltend, erlaubte mir, das Haus zu sehen, das wie ein riesenhaftes gestrandetes Schiff oder ein grimmiges Skelett in der Düsternis lauerte.

Ich rannte seine Stufen hinauf, schloß das Portal auf und rüttelte kräftig an ihm.

IV

Ich versetzte der morschen alten Tür einen kräftigen Stoß; ächzend sprang sie auf, und ich betrat eine weite, hohe Halle, den Empfangssalon der noblen alten Villa. Als ich vorsichtig vorwärts schritt, vernahm ich einen schneidend scharfen Laut, und etwas Samtig-Weiches strich an meiner Wange entlang. Ich taumelte zurück und riß die Lampe hoch: Es war nur eine Eule, die das Licht aufgeschreckt hatte; sie schrie einmal unheilvoll, bevor sie auf ihren hohen Sitz zurückflatterte. Der Regen fiel nun träge und monoton; das einzige andere Geräusch kam von meinen Tritten, die das Echo der hohen Halle weckten. Ich äugte so weit voraus, wie es mir das unstete Licht der Zweidochtlampe gestattete; der glänzende Marmorfußboden war nur an einigen wenigen Stellen sichtbar; der Staub hatte eine dichte Schicht über ihn gebreitet, und hier und da lagen gelbe Maiskörner über den Boden verstreut. In der Mitte standen einige zerbrochene Stühle – hohe, schmale Stühle, auf denen noch Reste der Vergoldung und des Brokatbezuges hingen, sowie einige kleinere hölzerne, deren Stroh bereits zur Hälfte aus den Polstern herausgequollen war. Gegen einen ausladenden Eichentisch lehnten einige Kornsäcke; in den Ecken stapelten sich Haufen von Kastanien und von grünen und gelben Seidenraupenkokons, Hacken, Spaten und andere Gartengeräte; Wurzeln und Knollen bedeckten den Boden; über dem ganzen Ort lag ein unbestimmter Modergeruch nach verfaulendem Holz und Gips, nach Erde, trocknenden Früchten und Seidenraupen. Ich sah empor; der Regen spritzte durch die glaslosen Fenster und ergoß sich in Strömen über die Reste von Fresken und Schnitzwerk; ich sah noch höher zu den ungeschützt vor sich hin modernden Deckenbalken. So stand ich, während draußen der Regen schwer und träge fiel und das Wasser von den Dachkanten niederspritzte; dort stand ich, inmitten jenes verlassenen Raumes, in dumpfer Gedankenlosigkeit. Dieser ganze feierlich stille Verfall beeindruckte mich zutiefst, mehr als ich jemals erwartet hätte; alle Gemütserregung hatte mich verlassen, meine Laune schien mich geflohen zu haben.

Ich vergaß beinahe, warum ich hier zu sein gewünscht hatte; ja wirklich, warum nur? Jene wahnsinnige Leidenschaft schien ihres Zieles beraubt und unerklärlich, diese fremdartige, festliche Szene war genug an sich. Ich wußte nicht, was ich tun oder sogar fühlen sollte; ich war am Ziel meiner Wünsche angelangt, alles war vorbei. Ich befand mich in der Villa; weiter wagte ich nicht vorzustoßen, weiter wagte ich nicht einmal zu denken. All jenes draufgängerische Trachten nach dem Pittoresken und dem Übernatürlichen, das mich bis jetzt besessen hatte, war dahin; ich fühlte mich als Eindringling, schüchtern und demütig – ein Eindringling in Einsamkeit und Verfall.

Ich breitete die Pferdedecke auf dem Boden aus, stellte die Lampe zu meiner Seite ab, wickelte mich fest in den Mantel des Bauern, lehnte meinen Kopf gegen einen gebrochenen Stuhl und sah teilnahmslos zu den freiliegenden Deckenbalken empor, lauschte dem monoton fallenden Regen und dem vom Dach spritzenden Wasser; Gedanken oder Gefühle hatte ich wohl nicht mehr.

Wie lange ich in diesem Zustand verblieb, kann ich nicht sagen; die Minuten dieser Nachtwache hätten ebensogut Stunden sein können, nichts gab es außer dem Zischen und Flackern der Kerze drinnen und dem gleichmäßigen Plätschern draußen; einsam lag ich dort, wach und doch leer, in der weiten, verfallenden Halle.

Ich kann selbst nicht sagen, ob ich plötzlich oder allmählich leise und undeutliche Geräusche aus einer unbekannten Richtung zu vernehmen begann – oder mir einbildete, sie zu vernehmen. Was es war, vermochte ich nicht zu unterscheiden; ich wußte nur, daß es etwas anderes als das Tröpfeln und Plätschern des Regens war. Ich stützte mich auf die Ellenbogen hoch und lauschte; ich nahm meine Uhr aus der Tasche und drückte auf den Repetierer, um mich zu vergewissern, daß ich nicht schlief: eins, zwei, drei, vier, fünf, sechs, sieben, acht, neun, zehn, elf, zwölf zitternde Schläge. Ich setzte mich ganz auf und lauschte noch intensiver, versuchte, die Geräusche von denen des Regens zu trennen. Die Töne – silberhell, spitz und doch leise – schienen deutlicher zu werden. Näherten sie sich oder erwachte ich nur? Ich stand auf und horchte, hielt meinen Atem an.

Ich zitterte; ich nahm die Lampe und machte einen Schritt voran; wartete einen Augenblick, lauschte erneut. Es gab keinen Zweifel, die metallisch hellen Töne drangen aus dem Inneren des Gebäudes; es waren Noten, Noten, die irgendein Musikinstrument hervorbrachte. Vorsichtig tappte ich vorwärts. Am Ende der Halle befand sich, ein paar Stufen erhöht, eine schiefe, zerborstene, vergoldete Tür; ich zögerte einen Moment, sie zu öffnen, hatte ich doch eine vage, gräßliche Furcht davor, was sich hinter ihr befinden mochte. Sanft und zentimeterweise schob ich sie auf und stand zitternd und atemlos auf der Schwelle. Nichts lag dahinter als ein dunkler, leerer Raum, und dann noch einer; sie besaßen die kalt-klamme Luft und den Geruch einer Krypta. Langsam bewegte ich mich durch sie hindurch, störte die Fledermäuse mit meinem Licht auf; und die Töne, diese metallisch spitzen Klänge, wurden immer deutlicher hörbar; indem dies geschah, gewann der lähmende Schrecken mehr und mehr die Herrschaft über mich. Ich kam an eine breite Wendeltreppe, deren oberes Ende sich in der Dunkelheit verlor; meine Lampe warf ihr flackerndes Licht nur auf die untersten Stufen. Die Töne waren nun recht gut zu hören, die hellen, spitzen, silbrigen Klänge eines Cembalos oder Spinetts; klar und zitternd fielen sie in die Stille des grabähnlichen Gemäuers. Kalter Schweiß perlte auf meiner Stirn; ich klammerte meine Hände um das Geländer der Treppe und zog mich Stück um Stück wie eine fühllose Masse empor. Ein Akkord erscholl, und sanft und unmerklich glitten die Klänge einer fremdartigen, exquisiten Stimme unter die Modulationen des Instrumentes. Sie hatte eine wundersam süße, volle, sanfte Qualität, weder dünn noch durchdringend, dafür mit einem unbestimmten, einschläfernden Zauber, der die Seele in eine kräftezehrende Glückseligkeit zu tauchen schien; doch gemeinsam mit diesem Zauber senkte sich eine schreckliche Kälte in mein Herz. Ich kroch die Stiegen hinauf, lauschend, keuchend. Oben an dem breiten Treppenabsatz befand sich eine vergoldete zweiflügelige Tür, durch deren Ritzen ein schwacher Lichtschimmer drang und hinter der die Klänge entstanden. Neben der Tür, doch höher zur Decke hin, war eins dieser ovalen Schmuckfenster, das die Franzosen *œil de bœuf* nennen, eingelassen; ein alter, ruinierter Tisch stand nahebei. Ich nahm meinen ganzen Mut zusammen und lugte, indem ich auf das wacklige Möbel stieg und mich auf Zehenspitzen bis zur Höhe des Fensters reckte, zitternd durch dessen angelaufenes Glas. Ich blickte in einen großen, hohen Raum, dessen größerer Teil im Dunkel verborgen lag, so daß ich nur die Umrisse der mit schweren Vorhängen bedeckten Fenster, des Wandschirms und einer oder zweier gewichtiger Sessel erkennen konnte. In der Mitte stand ein zierliches, mit Einlegearbeiten geschmücktes Cembalo, auf dem zwei Wachslichter brannten, die einen hellen Widerschein auf den glänzenden Marmorfußboden warfen und eine Masse blaßgelben Lichts in dem Raume entstehen ließen. Am Cembalo, leicht von mir abgewandt, saß eine Gestalt im Kostüme des ausgehenden letzten Jahrhunderts – ein langer blaßlila Rock, eine blaßgrüne Weste und leicht gepudertes Haar, das von einem schwarzen Seidenband zusammengehalten wurde; ein seidener Umhang von dunklem Amber war nachlässig über die Stuhllehne geworfen. Er sang hingegeben und begleitete sich dazu auf dem Cembalo, seinen Rücken wandte er dem Ochsenauge zu, hinter dem ich zitterte.

Ich stand wie durch einen Zauber gebannt, unfähig auch nur der kleinsten Bewegung, als sei das Blut in meinen Adern gefroren und meine Glieder paralysiert, beinahe fühllos, außer daß ich ihn sah und hörte, ihn allein sah und hörte. Die wundervoll süße, sanfte Stimme glitt gewandt und wie schwebend durch das komplizierte Labyrinth des Liedes; sie krönte die Weise mit Ornament um Ornament, schwoll kaum merklich zu wundervoller, dunstiger Fülle an und wieder ab, starb sanft von einer hohen zu einer tieferen Note herunter wie in einem wilden, geheimnisvollen Seufzer; dann warf sie sich zu einer hohen, klaren, triumphierenden Note empor und explodierte in einem blitzartigen, strahlenden Tremolo.

Für einen kurzen Augenblick nahm er die Hände von den Tasten und drehte sich halb herum. Meine Augen trafen auf die seinen: Es waren die tiefen, sanften und sehnsüchtigen Augen des Portraits in Fa Diesis Palast.

In diesem Moment schob sich ein Schatten zwischen mich und die Lichter, und auf der Stelle, wie oder von wem ist mir unbekannt, wurden sie ausgelöscht, und der Raum blieb in vollständiger Finsternis zurück; im selben Moment auch brach das Lied unvollendet ab; die letzten Noten des Stückes wandelten sich in einen langanhaltenden, schrill zitternden Schrei; ich hörte Geräusche wie von einem Handgemenge und gedämpfte Stimmen, den dumpfen Aufprall eines fallenden Körpers, einen gräßlichen Lärm und einen letzten langen, vibrierenden, schrecklichen Schrei. Der Zauber war gebrochen, ich schreckte auf, sprang von dem Tisch und stürzte auf die geschlossene Tür des Raumes los; vergeblich rüttelte ich zwei und ein drittes Mal an seinen vergoldeten Paneelen; so zerrte ich sie in einer gewaltigen Kraftanstrengung auseinander und trat in den Raum.

Durch ein Loch im eingestürzten Dach fiel das Mondlicht wie ein weißes Leichentuch in den verlassenen Raum und erfüllte ihn mit einem unbestimmten, grünlichen Licht. Er war leer. Brocken gesprungener Ziegel und Gipsstücke lagen auf dem Boden verstreut; das Wasser rann in Bächen an den besudelten Wänden herunter und sammelte sich in

Pfützen auf dem Boden; ein zerborstener Deckenbalken lag quer durch die Mitte, und dort, einsam und verlassen im Zentrum des Raums, stand ein offenes Cembalo, dessen Deckel vollständig mit Staub und Mörtel bedeckt, dessen Drähte verrostet und gesprungen, dessen vergilbte Tasten mit dicken Spinnweben eingesponnen waren; das grünlichweiße Licht fiel direkt auf das Instrument.

Mich ergriff eine unwiderstehliche Panik; ich stürzte hinaus, packte noch die Kerze, die ich auf dem Treppenabsatz gelassen hatte, und stolperte die Treppe herunter; ich wagte es kein einziges Mal, mich umzublicken, sah auch nicht nach links oder nach rechts, als verfolge mich etwas Gräßliches, Unnennbares, und dieser gedehnte Todesschrei klang mir unablässig in den Ohren nach. Ich eilte weiter durch die leeren, hallenden Zimmerfluchten und schleuderte die Tür des großen Eingangssalons auf – hier wäre ich endlich in Sicherheit –, als ich, gerade nachdem ich den ersten Fuß hineingesetzt hatte, ausrutschte, meine Kerze mir aus den Händen glitt und erlosch und ich fiel, fiel, ich weiß nicht wohin, und verlor das Bewußtsein.

Als ich wieder zu meinen Sinnen fand, ganz allmählich und langsam, lag ich am äußersten Ende der weiten Eingangshalle jener verfallenden Villa, am Fuße einiger Stufen, die Lampe neben mir. Benommen und erstaunt blickte ich um mich; das weiße Morgenlicht strömte in die Halle. Wie war ich hierher gekommen? Was war mir widerfahren? Nach und nach erinnerte ich mich, und mit der Erinnerung stand auch die Furcht wieder auf, so daß ich mich rasch erhob. Ich preßte die Hand auf meinen schmerzenden Kopf und zog sie, mit ein wenig Blut bedeckt, wieder zurück. Ich mußte in meiner Panik wohl die Stiegen vergessen haben und gestürzt sein, so daß mein Kopf gegen die scharfe Kante der Säulenbasis geprallt war. Ich wischte das Blut fort, ergriff die Kerze, Schabracke und Mantel, die noch lagen, wo ich sie gestern gelassen hatte, verstreut auf dem schmutzbedeckten Marmorboden, inmitten von Mehlsäcken und Kastanienhaufen, und ich stolperte durch den Raum, nicht ganz sicher, ob ich auch richtig wach war. Am Eingangstor hielt ich noch einmal inne und sah zurück in die große leere Halle mit ihren freiliegenden, vor sich hin rottenden Deckenbalken und den verderbenden Fresken, den Stapeln von Abfall und Gartengeräten, in ihrem ganzen traurig-feierlichen Verfall. Ich öffnete die Tür und trat auf die Freitreppe vor dem Haus, blickte staunend auf die heiter-liebliche Szene, die sich mir darbot. Der Sturm hatte sich gelegt, hatte nur einige wenige neblig-weiße Wölkchen am blauen Himmel zurückgelassen; die wassergetränkte Erde dampfte sich unter der schon kraftvollen Sonne aus; das gelbe Korn war umgeknickt und durchnäßt, Mais und Weinreben mit Regentropfen übersät, und der hohe, grüne Hanf veströmte wieder seinen süßen, frischen Duft. Vor mir breitete sich der verwilderte Garten aus mit seinen aus der Form geratenen Buchsbaumhecken, seinen immensen zitronengelben Ziervasen, den ausgebreiteten Geflechten der Seidenraupen, dem kleinen Dschungel von Unkraut, Gemüsepflanzen und Blumen; dahinter dehnte sich die wogende grüne Ebene mit den hohen Pappelalleen in alle Himmelsrichtungen aus, und in ihrer Mitte reckten sich die purpur- und graufarbenen Wälle und Dächer und Türme der alten Stadt empor; die Hennen liefen gackernd herum auf der Suche nach Würmern aus der dampfig aufgeweichten Erde, und die tiefen, klaren Klänge der Kathedralglocke fluteten über die Felder. Indem ich diese frische, liebliche Szenerie vor mir ausgebreitet sah, traf mich der Gedanke mit verdoppelter Macht, wie schrecklich es sein müsse, von all diesem getrennt zu sein und blind und taub unter der Erde zu modern. Die Vorstellung ließ mich schaudern und vor dem verfallenden Gebäude zurückweichen; ich rannte zur Straße herunter; dort standen die Bauern, in ihre farbenfrohsten, besten Kleider geworfen, rot, blau, zimtfarben und erbsgrün, und stapelten emsig Gemüse in den leichten Karren, der bemalt war mit Rebenkränzen und Seelen in den Flammen des Purgatoriums. Ein wenig abseits, vor der Tür des weißen, arkadengeschmückten Bauernhauses mit seiner Sonnenuhr und seiner weinumrankten Pergola, schnallte gerade der drollige kleine Priester das Geschirr seines wundersamen Esels fest, während eins der Mädchen, das auf einen Stuhl gestiegen war, frische Beerengirlanden und ein frisches, noch tropfendes Sträußchen vor den kleinen verblichenen Madonnenschrein setzte. Als sie mich erblickten, schrien sie alle gleichzeitig auf und stürmten auf mich zu.

»Nun!« fragte der Priester, »Haben Sie denn Ihre Geister gesehen?«

»Und das Portrait des Teufels gemalt?« lachte mich das Mädchen an.

Ich schüttelte den Kopf mit einem gezwungenen Lächeln.

»Oh!« rief der Bursche aus. »Der Signore hat sich die Stirn verletzt! Wie konnte das passieren?«

»Die Lampe ging aus, und da bin ich gegen eine scharfe Kante gestolpert«, antwortete ich hastig.

Sie bemerkten, daß ich bleich und krank aussah, schoben dies jedoch auf meinen Sturz. Eine der Frauen rannte ins Haus und kehrte mit einer fragilen, zwiebelförmigen Glasflasche zurück, die mit einer grünlichen Flüssigkeit gefüllt war.

»Reiben Sie etwas davon in den Schnitt«, befahl sie mir, »das ist ein Allheilmittel, es reinigt jede Wunde. Es ist ein mehr als hundert Jahre altes heiliges Öl, das uns die Großmutter vererbt hat.«

Ich schüttelte den Kopf, gehorchte jedoch und massierte etwas von dem merkwürdig riechenden grünen Zeug in den Schnitt ein, ohne aber irgendwelche Wunderwirkungen festzustellen.

Sie gingen auf den Markt; als der Karren vollgeladen war, kletterten sie alle auf seine Bänke, bis er sich unter ihrem Gewicht schräg zu stellen begann; der Bursche gab dem klapprigen alten Gaul die Peitsche und sie ratterten davon, winkten mir noch mit den Hüten und Taschentüchern. Der Priester bot mir zuvorkommend den Platz neben sich auf dem offenen Einspänner an; automatisch nahm ich sein Angebot an, und los ging es, dem hin und her schwankenden Gefährt der Landleute hinterher, durch die kotigen Feldwege, wo sich die nassen Äste über uns bogen und wir beim Vorüberfahren die Tropfen von den grünen Hecken abstreiften. Der Priester befand sich in höchst redseliger Laune, ich jedoch hörte kaum auf das hin, was er sagte, denn mein Kopf schmerzte und drehte sich. Ich blickte über die Schulter auf die verlassene Villa zurück, eine große dunkle Masse inmitten der hellgrünen Felder von Hanf und Mais, und schauderte.

»Sie befinden sich nicht wohl«, stellte der Priester fest. »Sie müssen sich in dem verwünschten zugigen alten Gemäuer eine Erkältung eingefangen haben.«

Wir kamen in die Stadt, die von Karren und Bauern überquoll, fuhren über den Marktplatz mit seinen grandiosen alten Bauwerken, die nun alle mit Weißblech, Zwiebeln, bemalten Girlanden und was sonst nicht noch geschmückt waren; er setzte mich an meinem Gasthof ab, über dessen Eingang das Schild mit den drei Pilgern schaukelte.

»Auf Wiedersehen, auf Wiedersehen! *A Rividerci!* Bis zum nächsten Mal!« rief er.

»*A Rividerci!*« antwortete ich schwach. Ich fühlte mich stumpf und krank; ich zahlte meine Rechnung und gab auf der Stelle mein Gepäck auf. Ich sehnte mich danach, aus M. herauszukommen, ahnte ich doch instinktiv, daß ich am Vorabend einer schlimmen Krankheit stand, und mein einziger Gedanke war, Venedig vor ihrem Ausbruch zu erreichen.

Ich sollte recht behalten; am Tag nach meiner Ankunft in Venedig ergriff mich das Fieber und hielt mich manche Woche noch in seinen Klauen fest.

»Das kommt davon, wenn man bis in den Juli hinein in Rom bleibt!« schalten mich alle Freunde, und ich beließ sie in dem Glauben.

Winthrop legte eine Pause ein und blieb eine Weile reglos sitzen, den Kopf in beiden Händen; keiner von uns machte eine Bemerkung, denn wir wußten nicht, was wir hätten sagen sollen.

»Diese Weise – die, die ich letzte Nacht hörte«, fügte er schließlich hinzu, »und ihre Anfangsworte, jene ›Sei Regina, io Pastor sono‹ von dem Portrait, hatten sich meinem Gedächtnis tief eingeprägt. Ich ergriff jede Möglichkeit herauszufinden, ob eine solche Weise tatsächlich existierte; ich fragte eine Menge Leute und durchstöberte ein halbes Dutzend Musikarchive. Ich fand ein Stück, ja sogar mehrere, mit jenen Worten, die zahlreiche Komponisten vertont zu haben schienen, aber wenn ich die Noten am Klavier spielte, erwiesen sie sich als vollkommen verschieden von denen in meiner Erinnerung. Die Folge des Ganzen war natürlicherweise, daß, je schwächer der Eindruck des Abenteuers wurde, ich desto heftiger zu zweifeln begann, ob nicht alles eine Sinnestäuschung gewesen sei, ein alptraumhaftes Trugbild, das ich der Überreizung der Nerven und dem Fieber verdankte – und der morbiden, unbestimmten Sehnsucht nach etwas Anderem, etwas Übernatürlichem. Nach und nach verfestigte sich diese Deutung der Vorgänge in meinem Sinn, und schließlich hielt ich das

Ganze für nichts als bloße Einbildung. Was die Weise anging, nun, die konnte ich mir nicht erklären, also mogelte ich sie mir halberklärt aus den Gedanken und versuchte, sie zu vergessen. Aber jetzt, nachdem ich unvermutet eben dieses Lied von Ihnen gehört habe – da ich nun seiner Existenz unabhängig von meiner Erinnerung versichert bin –, ist die ganze Szene in aller Lebendigkeit für mich zurückgekehrt, und ich fühle mich gezwungen, sie zu glauben. Könnte ich etwas anderes tun? Sagen Sie! Ist es Realität oder Fiktion? Auf alle Fälle«, setzte er schließlich hinzu, erhob sich, ergriff seinen Hut und bemühte sich, leichthin zu sprechen, »werden Sie mir vergeben, wenn ich Sie bitte, mich dieses Stück nie wieder hören zu lassen?«

»Dessen seien Sie versichert«, erwiderte die Gräfin und drückte seine Hand. »Es gibt auch mir jetzt ein leicht ungutes Gefühl; auch müßte der Vergleich wohl zu sehr zu meinem Nachteil ausfallen. Ach, lieber Herr Winthrop, wissen Sie, ich denke, ich würde fast selbst eine Nacht in der Villa Negri verbringen, um ein Lied aus Cimarosas Zeiten von einem Sänger des letzten Jahrhunderts vorgetragen zu hören.«

»Ich wußte, daß Sie kein Wort davon glauben würden«, war Winthrops einzige Antwort.

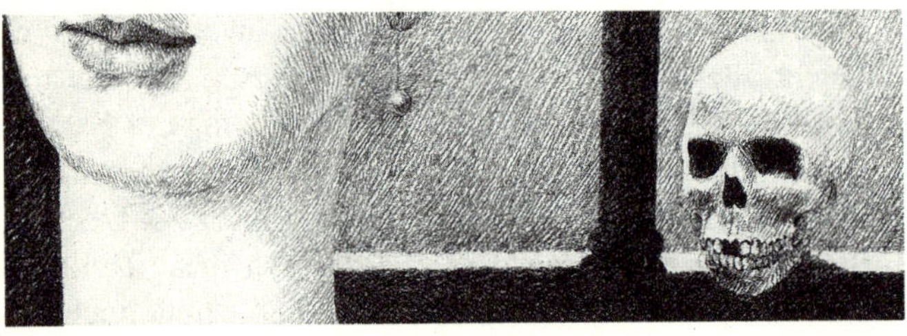

Nachwort des Herausgebers

»Sie ist gefährlich und intelligent und beides in hohem Maße. Sie ist der bei weitem fähigste Kopf in Florenz.« Henry James' Bewunderung galt einer der schillerndsten Figuren im literarischen Leben seiner Zeit. Als brillante, polyhistorische Gesprächspartnerin gesucht, als angriffslustige Kritikerin gefürchtet, verkehrte Vernon Lee mit den Leitfiguren der britischen Intelligenz, darunter George Bernard Shaw und Herbert George Wells, dessen sozialutopische Ideen sie in der zweiten Hälfte ihres Lebens aufgriff. Die hier vorgelegten phantastischen Erzählungen, »die zu den subtilsten in englischer Sprache gehören« (Rein A. Zondergeld im »Lexikon der phantastischen Literatur«), stellen nur eine Facette ihres vielseitigen Schaffens dar: Vernon Lee schrieb fünf Romane, dabei mit »The Prince of the Hundred Soups« (1883) eine noch heute lesenswerte Burleske im Stil der Commedia dell'Arte, ferner zwei Theaterstücke, Reiseberichte und zahlreiche Essays zu Gegenständen der Malerei und Literatur, der Musik und des Theaters, zudem polemische Einwürfe in die moralphilosophischen und ästhetischen Dispute der Zeit sowie sozialkritische Streitschriften. Eine besondere Erwähnung verdienen die »Tuscan Fairy Tales«, eine eindrucksvolle Sammlung toskanischer Märchen, »dem Volk

Vernon Lee, Porträt von John Singer Sargent (1881) ▹

vom Munde abgelesen« (1880). Die produktive Autorin veröffentlichte insgesamt mehr als vierzig Bücher; ihre unzähligen Zeitschriftenbeiträge sind bis heute nicht vollständig erfaßt.

Violet Paget, die sich später den Namen Vernon Lee zulegte, weil man ihre Texte ohne Ansehen ihres Geschlechts lesen sollte, wurde am 4. Oktober 1856 in Château St. Léonard geboren, nahe Boulogne, dem größten französischen Fischerhafen am Kanal. Der Vater, Henry Ferguson Paget, wird als eine »ungefestigte Persönlichkeit von obskurer Vergangenheit« (J. Clute) beschrieben; als Hauslehrer unterrichtete der ›heimatlose‹ Brite u. a. in Polen. 1855 berief ihn die Witwe Matilda Lee, geb. Adams als Erzieher ihres Sohnes aus erster Ehe, Eugene. Bald entwickelte sich eine erotische Beziehung, durch Eheschließung sanktioniert, indessen gesellschaftlich weiterhin anrüchig: Der arrivierte Hauslehrer und die begüterte Witwe (eines Kapitäns namens Lee-Hamilton) fügten sich nicht in den Erwartungshorizont viktorianischer Sittenstrenge. Auf die Ablehnung durch die distinguierte Gesellschaft reagierte Matilda Lee-Paget, eine hochgebildete, emanzipierte Frau, ihrerseits mit einem Rückzug aus den ›guten Kreisen‹, einer obstinaten Bindung an Henry Paget, den sie intellektuell zugleich dominierte. Es begann ein unstetes Wanderleben.

Die vielen Ortswechsel, welche die Familie nach Deutschland, Italien und Frankreich führten, hatten nichts mit den romantischen Reisen ihrer Zeitgenossen gemein. Man enthielt sich jeder Berührung mit der fremden Lebensart und Kultur, etablierte, gleich an welchem Ort, schnellstmöglich die unabänderlichen Rituale des einmal gewählten Lebensstils. Vernon Lee sprach später nur zögernd, zumeist in privaten Briefen darüber, doch scheint sich aus dieser familiären Isolation ein besonders intensives, zugleich freilich konfliktreiches Miteinander der vier Pagets entwickelt zu haben. Hervorgehoben sei die innige Zuneigung der jungen Violet zu ihrem zehn Jahre älteren Halbbruder Eugene, der gleichfalls literarische Begabung zeigte und 1903 auch einen phantastischen Roman veröffentlichte: »The Lord of the Dark Red Star«, dessen Handlung im mittelalterlichen Italien angesiedelt ist. Die Verbindung zu Eugene zerbrach, als dieser gegen Violets Willen eine Ehe einging.

Ende der sechziger Jahre fand die junge, frühreife Violet den Weg aus der Monotonie und Abgeschlossenheit eines Familienalltags, der sie nur mit den glitzernden Aspekten der aristokratischen und großbürgerlichen Sphäre vor dem kontinentalen Trauma des Preußisch-Französischen Krieges von 1870/71 bekanntgemacht hatte. In Rom begegnete sie damals dem gleichaltrigen John Singer Sargent, der später als eleganter Maler vorwiegend gesellschaftlicher Sujets reüssieren sollte. (Sein Porträt Violets – wir geben es hier wieder – hängt heute in der Tate Gallery, London). Die beiden jungen Leute streiften gemeinsam durch Rom, bis hinein in die Vorstädte. Violet zeigte sich fasziniert und abgestoßen zugleich vom Leben der einfachen Leute, den Geräuschen und Gerüchen, dem geschäftigen Treiben vor der Kulisse alter, verfallender Paläste. Sie entdeckte ihre Empfänglichkeit für den *genius loci*, die sinnlich-geistige Aura eines Orts, die sie in Essays und Erzählungen suggestiv zu beschwören wußte.

Und sie entwickelte ein Faible für die italienische Kunst. Dabei wandte sie sich einer Epoche zu, der man bis dahin – weil sie als Zeit künstlerischen Abstiegs galt – nur wenig Beachtung geschenkt hatte: dem 18. Jahrhundert. Ihre Essay-Sammlung »Studies of the Eighteenth Century in Italy«, Frucht ausgedehnter Lektüre, erschien 1880 und machte die 24jährige Autodidaktin in der literarisch-künstlerischen Welt schlagartig bekannt – Robert Browning lobte das Werk in hohen Tönen. In der Kollektion sind literatur-, kunst- und musikhistorische Aufsätze vereint, darunter Biographien gefeierter Sänger.

Spuren der Begeisterung für die großen Sängergestalten des 18. Jahrhunderts finden sich auch in Vernon Lees Erzählungen. Im Conservatorio G. B. Martini zu Bologna fesselte sie das Bildnis des Carlo Broschi, genannt Farinelli. Es erweckte in ihr den Wunsch, ein einziges Mal nur die Stimme dieses Sängers einer untergegangenen Epoche zu hören. In der Erzählung »Winthrops Abenteuer« wird dem jungen Helden dieser Wunsch erfüllt, dem ›nordischen‹ Komponisten in »Die verruchte Stimme« verkehrt sich Zaffirinos vokaler Zauber dagegen in einen Fluch. Beide Erzählungen beschwören die Faszination und die Amoralität vergangener Kunst als ein Spannungsfeld, das hineinschwingt in die Gegenwart.

Vernon Lees Wahrnehmung italienischer Kunst, Kultur und Landschaft war dabei von jeher eine literarisch vermittelte. Wordsworth, Coleridge, Byron, Shelley, Keats, Browning – beinahe alle führenden Gestalten der englischen Literatur in der ersten Hälfte des 19. Jahrhunderts hatten in Italien gelebt oder das Land ausgiebig bereist. Mit ihren romantischen Gedichten prägten sie das Italien-Bild ihrer Zeitgenossen, zogen sie bildungshungrige Bürger und Aristokraten ins ›gelobte Land der Kunst‹; die Italien-Reise, zunächst als ›Kavaliersreise‹ vollzogen, geriet in gebildeten und begüterten Kreisen regelrecht in Mode – und nirgendwo konnte ein Gentleman so viele Bekannte von Rang und Namen treffen wie in den Hotels von Florenz und Rom. Eine Flut von autobiographischen Büchern – Reisebeschreibungen, Briefe, Tagebücher – war die Folge dieses Italien-Kults, und Vernon Lee wird sie gekannt haben, so wie sie gewiß auch jene populären Reiseromane kannte, in denen junge englische Kavaliere dem Zauber wunderschöner, aber verderbter italienischer Opernsängerinnen verfallen.

In ihren späteren Lebensjahren zog es Vernon Lee nach England; Monate und Jahre verbrachte sie im Land ihrer Muttersprache. Doch war Italien nicht vergessen. Bei ihren italienischen Freunden fühlte sich die kosmopolitische Britin wenn auch nicht zu Hause, so doch am wohlsten – zumal sie sich auf englischem Boden im Laufe der Zeit immer mehr Gegner machte, trat sie doch kritisch und sozialkritisch, zuweilen gewiß auch ungerecht und boshaft auf, drückte sich allzu direkt aus und wußte sich brüsk dem englischen *small talk* zu entziehen. Wollte sie in der Sache überzeugen, setzte sie sich nonchalant über Konventionen hinweg und ließ es an der gewünschten viktorianischen Zurückhaltung fehlen.

Zweierlei sollte sie ihre gesellschaftliche Stellung kosten. Einmal waren da die beharrlichen Gerüchte, kein junges Mädchen sei vor ihrer Nachstellung sicher – und in der Tat kann kaum bezweifelt werden, daß Vernon Lee homoerotisch empfand. Noch unliebsamer war der ›guten‹ Gesellschaft, ob in London oder Florenz, indessen Vernon Lees weltoffene Haltung. Der Schriftstellerin war jeder Nationalismus fremd – auch dann noch, als er allenthalben besonders gefragt war. Entschieden sprach sich Vernon Lee gegen jedwede nationalistische Überheblichkeit und in diesem Zusammenhang auch gegen die Kolonialkriege aus. Mit radikalem Pazifismus reagierte sie 1914 auf den Ersten Weltkrieg. Die Worte der kulturellen Sympathie, die sie damals für Deutschland fand, schwärzten vollends ihren Ruf im Empire.

Einer so orientierten Persönlichkeit, welche Meriten sie auch sonst vorweisen mochte, konnte es beiderseits der letzten Jahrhundertwende nur schlecht ergehen. Da half es nicht, daß Vernon Lee/Violet Paget dem viktorianischen Sittenkodex literarischen Tribut zollte, wenn sie in ihrem Roman »Miss Brown« den Kreis um die Präraffaeliten Burne-Jones und Rossetti sexueller Zügellosigkeit bezichtigte. Vernon Lee/Violet Paget hatte im Glashaus den Stein geworfen.

In ehrlicher Überzeugung freilich. Sexualität erschien ihr, die sich zu ihren erotischen Neigungen nie offen zu bekennen vermochte, nachgerade als eine Zumutung, auch in ihrer literarischen Darstellung. Auf den Schild hob sie dagegen Dantes Liebe zu Beatrice, da sie der »leidenschaftlichen, jedoch unkeuschen Liebe des Mittelalters« entwachsen sei und die »widerwärtige Asche und die seelenvernichtenden Dünste der irdischen Lust« hinter sich lasse (»Euphorion«-Essays, 1884). Ausgehend von solch strengen Prinzipien, verharrte sie zwangsläufig in Selbstzweifeln: »Verwechsle ich nicht vielleicht den Ruf der Bestie mit dem Ruf Gottes, könnte nicht auf dem Grund meiner scheinbar wissenschaftlichen, philanthropischen, idealisierenden, deutlich edelwirkenden Natur etwas Gemeines, Gefährliches, Ehrloses liegen, das mich trügt (...)? Könnte ich einer eher verdorbenen Begierde für das Abstoßende nachgeben, während ich mir *einbilde*, die Seuche zu erforschen und die Wunden zu untersuchen um ihrer Heilung willen?« (Tagebucheintrag vom 1.1. 1884)

Merkwürdig und widersprüchlich dies alles – und doch so typisch für die viktorianische Ära, unter deren sittlichgeglätteter Oberfläche es gärte. Das ›Verdrängte‹ kehrte zurück – bediente sich der Künste und dort nicht zuletzt der phantastischen Literatur, deren Aufschwung und Resonanz beim zeitgenössischen Publikum schon deshalb gesichert war, weil sie Tabuiertes, tief wurzelnde Ängste und Sehnsüchte in metaphorischer Verschlüsselung zu artikulieren vermochte.

In den erfolgreichen Erzählungen des Engländers Arthur Machen vom »Großen Gott Pan« (1894) oder von den »Weißen Gestalten« (1904) – wir bewegen uns in eben der Zeitspanne, in der Vernon Lees Phantastik entstand – ist die gleichermaßen erwünschte wie gefürchtete Wiederkehr der Sexualität ebenso handlungsbestimmend wie beispielsweise in John Meade Falkners exzellent komponiertem Roman »The Lost Stradivarius« (1895).

Mit ihrer 1890 veröffentlichten Sammlung »Hauntings«, die drei der vier in unserer Kollektion vorgestellten Erzählungen enthält (dazu die häufig anthologisierte und deshalb hier ausgelassene Novelle »Oke von Okehurst«), bewegt sich Vernon Lee, damals 34 Jahre alt, in diesem literarischen Kontext. Ihre stilistische Eleganz und gefühlvolle Feinheit bestätigen dabei ihren Rang als Schriftstellerin.

»Amour dure« und »Dionea« thematisieren die unheilvolle Macht der sinnlichen Liebe. Ins Verderben stürzt, wem Eros sich unvermittelt offenbart. Spiridion Trepka, der keine Frau lieben kann, verfällt dem Bildnis einer Renaissance-Schönheit und wird in dem Moment vernichtet, als Medea da Carpi für ihn zu einer ›lebendigen‹ Frau zu werden scheint. Dionea, ein Wildfang rätselhaften Ursprungs, widersetzt sich allen Erziehungsversuchen und bringt in ihrer vor-zivilisatorischen Vitalität einem Bildhauer den Tod, der die verführerische junge Frau, Verkörperung einer paganen Gottheit, in kühlem Marmor festhalten will. Medea wie Dionea sind Ikonen des Verdrängten, bestrickend und bedrohlich zugleich – so wie auch Zaffirinos süßliche Triller in eine schwüle, gefährliche Welt jenseits aller ›nordischen‹ Klarheit hineinziehen.

Das Moment der Strafe, der allein Winthrop entgeht, als auch er nach verbotenen Früchten greift, durchzieht ja überhaupt die Literatur des *fin de siècle*, häufig verknüpft mit dem Topos der *femme fatale*. Nicht nur die ungehemmte Liebe hat dabei böse Folgen; strafbar ist es allein schon, die Schönheit um ihrer selbst willen zu lieben. Oscar Wildes »Dorian Gray« zeichnet das Bild eines Ästheten, der seinem Schönheitskult alle moralischen Werte opfert. Dafür hat er zu büßen, so wie auch Spiridion Trepka und Waldemar für ihre bedingungslose Hingabe an das Schöne gestraft werden – ist ein solches Verhalten mit den moralischen Spielregeln doch nicht vereinbar. Das schauerliche Ende der Helden setzt den Moralkodex wieder in Kraft.

Vernon Lee, deren zweite Lebenshälfte von Krankheit und persönlichen Krisen überschattet war, verbrachte ihre letzten Jahre, von den englischen Bekannten weitgehend verlassen und unter zunehmender Taubheit leidend, in ihrer Villa ›Il Palmerino‹ bei Florenz. Dort starb sie am 13. Februar 1935.

Editorische Notiz

Die Erzählungen »Amour dure«, »Dionea« und »Die verruchte Stimme« (»A Wicked Voice«) erschienen zuerst 1890 in der Sammlung »Hauntings. Fantastic Stories« bei Heinemann, London (US-amerikanische Ausgabe noch im selben Jahr bei F. T. Lovell, New York). Im Jahre 1900 veröffentlichte der Wiener Verlag, Wien, eine deutsche Ausgabe unter dem Titel »Schemen«, übersetzt durch M. von Berthof. Auf diese Übersetzung greift, sprachlich behutsam überarbeitend, der entsprechende Teil der vorliegenden Edition zurück. Die Erzählung »Winthrops Abenteuer« (»Winthrop's Adventure«), 1881 in der Zeitschrift »Fraser's« erstveröffentlicht, wurde durch den Band »For Maurice. Five Unlikely Stories«, erschienen 1927 bei John Lane, London, einem breiteren Publikum bekannt. Sie wird hier erstmals in deutscher Sprache veröffentlicht.

Insgesamt publizierte Vernon Lee, soweit recherchierbar, 15 phantastische Erzählungen, denen sie häufig freilich die Übergangsform einer Legende gab. Beispiele dafür sind »Pictor Sacrilegus« (1891), »Sister Benvenuta and the Christ Child« (1906), »Pope Jacynth«, »Prince Alberic and the Snake Lady«, »The Lady and Death«, »St. Eudaemon and His Orange-Tree« (alle 1907) sowie »Tannhäuser and the Gods« und »The Virgin of the Seven Daggers« (beide 1927). ›Regelrechte‹ phantastische Erzählungen sind neben den im vorliegenden Band versammelten noch »Oke of Okehurst« (»Oke von Okehurst«, 1890; dt. 1900 in »Schemen«), ersterschienen 1886 unter dem Titel »A Phantom Lover«, »The Legend of Madame Krasinska« (1892) und »Marsyas in Flanders« (1927).

Band 3001

Walerij Brjussow

Der feurige Engel

Von den Wirren der Reformationszeit lange Jahre umhergetrieben, will Ruprecht nun endlich in seinem Heimatdorf die Eltern wiedersehen. Da kreuzt Renata den Weg des Abenteurers, der sogleich ihrer morbiden Schönheit und Ausstrahlung verfällt. Sie gehen nach Köln, wo die von Dämonen heimgesuchte Verführerin ihre Suche nach Madiel, dem feurigen Engel, dem visionären Geliebten ihrer Kindertage, fortsetzt ...

Ein historischer phantastischer Roman, der ein sorgfältig recherchiertes Bild der Stadt Köln im 16. Jahrhundert malt; ein spannungsreiches Werk, das seine Leser mit den Geheimlehren jener Zeit bekannt macht.

Band 3003

Alexander Lernet-Holenia

Ein Traum in Rot

Weit in das galizische Hügelland hinein reicht der Blick Chlodowskis, wenn er aus dem Fenster seines Gutshauses Rafalowka blickt; seine Gedanken freilich schweifen weiter - bis in die Ukraine, ja, bis nach Asien hinein. Von dorther, aus den Steppen der Mongolei, aus dunkler Vergangenheit, droht Unheil über Rafalowka hereinzubrechen . . .
Lernet-Holenia beschwört, nicht ohne Ironie, die Atmosphäre einer brüchigen Welt, die ihrem Verderben entgegengeht. Gespannt taucht der Leser ein in die Schilderung der unabwendbaren Katastrophe.

DuMont's Kriminal-Bibliothek

»Knarrende Geheimtüren, verwirrende Mordserien, schaurige Familienlegenden und, nicht zu vergessen, beherzte Helden (und bemerkenswert viele Heldinnen) sind die Zutaten, die die Lektüre der ersten vier Bände aus DuMont's neuer ›Kriminal-Bibliothek‹ zu einem Lese- und Schmökervergnügen machen – auch, wenn man sich knisterndes Kaminfeuer, die Karaffe uralten Portweins und den echten Londoner Nebel dazudenken muß.

Der besondere Reiz dieser Krimi-Serie liegt in der Präsentation von hierzulande meist noch unbekannten anglo-amerikanischen Autoren, die mit repräsentativen Werken (in ausgezeichneter Übersetzung) vorgelegt werden.

Die ansprechend ausgestatteten Paperbacks sind mit kurzen Nachbemerkungen von Herausgeber Volker Neuhaus versehen, die auch auf neugierige Krimi-Fans Rücksicht nehmen, die gerne mal kiebitzen: Der Mörder wird nicht verraten. Kombiniere – zum Verschenken fast zu schade.« *Neue Presse/Hannover*

Band 1001	Charlotte MacLeod	**»Schlaf in himmlischer Ruh'«**
Band 1002	John Dickson Carr	**Tod im Hexenwinkel**
Band 1003	Phoebe Atwood Taylor	**Kraft seines Wortes**
Band 1004	Mary Roberts Rinehart	**Die Wendeltreppe**
Band 1005	Hampton Stone	**Tod am Ententeich**
Band 1006	S.S. van Dine	**Der Mordfall Bischof**
Band 1007	Charlotte MacLeod	**». . . freu dich des Lebens«**
Band 1008	Ellery Queen	**Der mysteriöse Zylinder**

Band 1009	Henry Fitzgerald Heard	**Die Honigfalle**
Band 1010	Phoebe Atwood Taylor	**Ein Jegliches hat seine Zeit**
Band 1011	Mary Roberts Rinehart	**Der große Fehler**
Band 1012	Charlotte MacLeod	**Die Familiengruft**
Band 1013	Josephine Tey	**Der singende Sand**
Band 1014	John Dickson Carr	**Der Tote im Tower**
Band 1015	Gypsy Rose Lee	**Der Varieté-Mörder**
Band 1016	Anne Perry	**Der Würger von der Cater Street**
Band 1017	Ellery Queen	**Sherlock Holmes und Jack the Ripper**
Band 1018	John Dickson Carr	**Die schottische Selbstmord-Serie**
Band 1019	Charlotte MacLeod	**»Über Stock und Runenstein«**
Band 1020	Mary Roberts Rinehart	**Das Album**
Band 1021	Phoebe Atwood Taylor	**Wie ein Stich durchs Herz**
Band 1022	Charlotte MacLeod	**Der Rauchsalon**
Band 1023	Henry Fitzgerald Heard	**Anlage: Freiumschlag**
Band 1024	C. W. Grafton	**Das Wasser löscht das Feuer nicht**
Band 1025	Anne Perry	**Callander Square**
Band 1026	Josephine Tey	**Die verfolgte Unschuld**

Band 1020

Mary Roberts Rinehart

Das Album

Das gleichförmige Leben und die Abgeschiedenheit der fünf Familien am Crescent Place werden empfindlich gestört, als die alte Mrs. Lancaster mit einer Axt ermordet wird. Für alle Bewohner des Crescent Place steht fest: Der Mörder ist einer von ihnen! Auch über das Motiv kann kein Zweifel bestehen – im Besitz von Mrs. Lancaster befand sich eine Truhe mit Gold im Wert von fast 100000 Dollar. Gäbe es da nicht ein Album mit alten Fotografien, wäre der Mörder wahrscheinlich ungestraft davongekommen . . .

Band 1021

Phoebe Atwood Taylor

Wie ein Stich durchs Herz

Wenn sich die Mitarbeiterin eines illegalen Buchmachers, ein Gelegenheitsdieb, der Polizist werden möchte, und ein Lehrer für englische Literatur, der nicht nur gerne Shakespeare zitiert, sondern auch dem berühmten Dichter täuschend ähnlich sieht, mitten in der Nacht in einer schlechtbeleumdeten Gegend kennenlernen, darf man sich eigentlich über nichts mehr wundern. So nimmt es Mr. Leonidas Witherall mit Gelassenheit hin, daß man nach einem Treffen in seiner früheren Schule gleich zweimal versucht, ihn zu überfahren. Erstaunter ist er schon, daß einer der Attentäter sein ehemaliger Schüler Bennington Brett ist. Aber erst, als er diesen tot mit einem Tranchiermesser in der Brust entdeckt, fängt er an, sich ernsthaft Gedanken zu machen.

Band 1022

Charlotte MacLeod

Der Rauchsalon

Für eine Lady aus der Bostoner Oberschicht ist es auf jeden Fall unpassend, ihr Privathaus in eine Familienpension umzuwandeln, um ihren Lebensunterhalt zu verdienen. So ist der Familienclan der Kellings entsetzt, als die junge Sarah, die gerade auf tragische Weise Witwe geworden ist, ankündigt, sie werde Zimmer vermieten. Doch selbst die konservativen, stets die Form wahrenden Kellings ahnen nicht, daß Sarahs neue Beschäftigung riskanter ist, als man annehmen sollte – mit den Mietern, sämtlich respektable Mitglieder der Bostoner Oberschicht, hält auch der Tod Einzug in das vornehme Haus auf Bacon Hill . . .

Kein Wunder, daß die junge Frau froh ist, daß ihr der Detektiv Max Bittersohn beisteht, der mehr als ein berufliches Interesse daran hat, daß wieder Ruhe und Ordnung in das Leben von Sarah Kelling einkehren.

Band 1023

Henry Fitzgerald Heard

Anlage: Freiumschlag

Sidney Silchester führt ein ruhiges, beschauliches Leben. Seine Leidenschaft ist zugleich sein Beruf: Er entschlüsselt verschlüsselte Nachrichten. Eine überaus interessante Aufgabe wird ihm von dem mysteriösen Mr. Intil übertragen. Da Silchester den Text nicht alleine dekodieren kann, bittet er seine Kollegin Miss Brown um Hilfe, die sich auf einer Séance in Trance versetzt und dabei erstaunliche Dinge erfährt. Wie soll er auch ahnen, daß er sie beide in tödliche Gefahr bringt . . . So beginnt ein höchst abenteuerlicher Kriminalfall, der nur zu lösen ist mit Hilfe eines Mannes, der mit Spürsinn und erstaunlichen Fachkenntnissen in den ausgefallensten Bereichen selbst dem genialsten Übeltäter ein ebenbürtiger Gegner ist. Auch wenn Sidney Silchester, der die Rolle des getreuen, begriffsstutzigen Dr. Watson spielt, es nicht bemerkt: Sherlock Holmes hat sich keineswegs zur Ruhe gesetzt!

Band 1024

C. W. Grafton

Das Wasser löscht das Feuer nicht

Bei dem Fall, mit dem der Anwalt Gil Henry betraut worden ist, scheint es sich um eine Lappalie zu handeln. Schließlich gilt es lediglich herauszufinden, warum der Fabrikant Jasper Harper aus Harpersville der jungen Ruth McClure für ihre Aktien weit mehr als den normalen Kurswert bietet. Schon auf der Fahrt nach Harpersville muß Gil Henry erfahren, daß hinter der Sache mehr steckt, als er vermutet hatte. Nur mit knapper Not entkommt er einem Mordanschlag. In Harpersville selbst macht ihm der Besitzer der ›Harper Products Company‹ unmißverständlich klar, daß er keine Nachforschungen wünscht. Gil Henry riskiert mehr als einmal Kopf und Kragen und muß selbst illegale Mittel einsetzen, bis der Fall gelöst ist.

Band 1025

Anne Perry

Callander Square

Die Welt ist in Ordnung am Callander Square. Die Herren der feinen Gesellschaft gehen ihren Geschäften nach oder vergnügen sich in ihren Clubs, während ihre Gattinnen beim Tee die neuesten Gerüchte verbreiten. Ruhe und Harmonie werden jäh zerstört, als zwei Gärtner einen Busch umpflanzen wollen und dabei zwei Skelette entdecken. Inspector Thomas Pitt stößt bei seinen Recherchen auf eine Mauer des Schweigens. Daher entschließen sich Pitts Frau Charlotte und deren Schwester Emily, unauffällig ihre eigenen Ermittlungen anzustellen. Hinter den Kulissen einer nur scheinbar geordneten Welt stoßen sie auf Intrigen, Untreue, Erpressung. Als die beiden merken, daß sie mit dem Feuer spielen, ist es fast zu spät . . .

Band 1026

Josephine Tey

Die verfolgte Unschuld

Der Rechtsanwalt Robert Blair langweilt sich. Nichts scheint seinen geregelten Tagesablauf zu unterbrechen, bis ihn Marion Sharpe, die mit ihrer alten Mutter allein in einem einsam gelegenen Haus lebt, eines Tages um Hilfe bittet. Zu seiner Verwunderung erfährt er, daß die Frauen eines ganz unglaublichen Verbrechens angeklagt werden: Sie sollen ein fünfzehnjähriges Schulmädchen entführt und mit Schlägen und Drohungen gezwungen haben, für sie als Hausgehilfin zu arbeiten. Robert Blairs Versuche, die Unschuld der beiden Frauen zu beweisen und die Glaubwürdigkeit der Anklägerin zu erschüttern, machen ihn mit einer Welt bekannt, in der es alles andere als wohlgeordnet zugeht ...